葉國良 著

古典文學的諸面向

臺灣學生書局印行

中編　主題·想像·動機

下編 文化·融合·轉化

自序

我的專業是經學和金石學，研究課題主要集中在古禮和石刻資料上，古典文學只能算是業餘的愛好。但我的專業課題中，頗有一些內涵與古典文學相關，所以交叉研究是很自然的，畢竟文史哲難以分家。這本書收錄我二十年來與古典文學有關的論述十二篇，其中三分之二是近六年所撰。全書分成上、中、下三編。

上編以文體為核心，而展開文體與技巧、禮制互動關係的討論。筆者很早便關心文體（或稱文類）的問題，並認為當代古典文學的教學和研究都太忽略文體產生的原因及其沿革的解析，以致學子未能掌握其中要義，應予改進。這部分共收論文五篇，第貳篇和第肆篇曾分別收入拙著《石學蠡探》及與友人合著的《漢族成年禮及其相關問題研究》中，之所以再收入本書，乃因不收則無法完整反映我對文體沿革的一些觀點。

第壹篇是〈李觀的古文及其對韓愈的影響〉。本文承認一般看法，即韓愈的古文受到很多前人的影響，來源不是單一的。但筆者又認爲韓愈在三十歲以後，寫作技巧受到亡友李觀的影響最大。爲了獲得證明，本文採取微觀的方式，仔細分析李觀的作品，指出其中不少技巧前此未曾出現或未得到充分發展，也未出現在韓愈三十歲以前的作品中，而韓愈三十歲以後的作品則大量出現此類技巧並發展得比李觀更爲成功。因而李觀的作品值得學界重視，李觀在唐代古文發展史上也應獲得比現今更高的地位。

第貳篇是〈韓愈冢墓碑誌文與前人之異同及其對後世之影響〉。本文寫作前，先對史上的冢墓碑誌文作鳥瞰式的觀察，然後以韓愈的作品爲中心進行討論。文中指出韓愈吸收各種傳統思想的內涵與文學技巧的養分，並以其煥發的創造力改革興起於東漢的冢墓碑誌文，而取得了無比的成就，並使得後代的作者難以越其藩籬。全文分題、序、銘、立意四個部分，以微觀的方式分析韓愈的匠意，亦以同樣的部分，說明後代作者受韓愈的影響何在。筆者多年來的信念是，文體的演變，主要受到大文豪的影響，所以研究一種文體的演變，應以微觀的方式進行分析，才能了解大文豪的匠意和其影響力所在；若只是作宏觀抽象的議論，意義不大。本書若干篇論文，都秉持此一觀點進行，讀者察之。

第參篇是〈唐宋哀祭文的發展〉。本文寫作前的預設，和前篇一樣，然後將討論的焦點放在唐宋作品之上。全文分唐代前期的哀祭文、韓愈的哀祭文、唐代後期的哀祭文、北宋前期的哀祭文、歐陽脩的哀祭文、韓歐哀祭文的餘響幾個部分，以微觀的方式進行分析探討。結論是：唐代以後，哀祭文以韓愈最爲大師，其創新基本上都獲得成功，但〈祭十二郎文〉以散文出之，在現實社會的行禮場合中效法者不多。歐陽脩成就不如韓愈，但〈祭石曼卿文〉乃是宋代古文家在體製上掙脫傳統風格的里程碑。而宋代某些哀祭文中參差錯落的句法和豐富自由的押韻方式，在傳統韻文中獨樹一格，頗値得重視。

第肆篇是〈冠笄之禮的演變及其與字說興衰的關係——兼論文體興衰的原因〉。本文前大半，指出冠笄之禮中取字的禮儀，由於社會功能強大，並沒有隨著冠笄之禮的衰亡而消失，轉而由尊長爲青年撰寫字說來取代，而字說此一文體又隨著取字禮俗在近數十年間衰亡而衰亡。後小半，則以前述現象爲例，說明所謂文體可以區分爲兩種，一種為「藝術性載體」，如詩、詞、曲等，其生命長，但因藝術重創新，在文學史上會有「文體遞變」的問題；另一種則為「應用性載體」，如字說、碑誌文等，乃因禮俗上的需要而產生，當該禮俗存在，則該文體興盛，當該禮俗衰亡，則該文體亦衰亡，此種文體的興衰不能以「文體遞變」之說去解釋。本文寫作的目的之一，在提醒學者，中國古典文學中因禮俗的需要而產生的文體數量極多，乃是中國文學的特色之一，而且此種作品不應只從文學的角度去衡量。

第伍篇是〈八股文的淵源及其相關問題〉。本文寫作的宗旨，在指出八股文源自先秦「先斷後論」式的短篇論說文，其後吸納了各種修辭技巧，終於成為一種高難度的文體，以適應科舉考試高淘汰率的需求。至於明、清及近人對八股文的指責，指的是考試的範圍和命題的方式，而非文體本身，其實此種「先斷後論」式的短篇論說文很有寫作上的參考價值。

中編涉及古典文學的主題、想像與寫作動機之間的互動關係，共五篇。

第陸篇是〈中國文學中的臥遊——想像中的山水〉。本文以舉例的方式，揭出中國文學中臥遊作品的類型與特點，並討論相關問題，包括從讀者的立場看，臥遊文學應如何認知，以及幻遊文學與臥遊文學的異同等。文末則主張記遊、臥遊與幻遊作品三者起源頗早，且各有裔孫，可以之爲脈絡，區分某些相關作品的性質，俾能在詮釋上掌握住大體，且在文學史上與前代、後代的文學現象相銜接。

第柒篇是〈中晚唐古文家對「小人物」的表彰及其影響〉。本文指出：從韓愈、柳宗元開始，中晚唐古文家寫作了一批表彰「小人物」言行的傳記，並影響了宋代以後的古文家，且其中若干作品被收入史傳。全文除歷舉二十餘篇作品並略作分析外，指出此乃當時社會結構因門閥的逐漸崩潰而改變，知識份子開始注意「小人物」的價值。此一文學現象，與歷史學者對中國社會現象的分析是一致的。本文受限於體例和篇幅而未充分發揮的是，這些「小人物」的傳記，乃是其後的話本、小說、戲曲不全以「大人物」爲描述對象的先聲。

第捌篇是〈唐宋詩人的「日本」想像〉。在可知的唐宋詩人中，儘管有不少作家曾與日本僧人、學者、使者有所往來，或者曾獲見日本出產的物品，但他們對日本歷史、文化、風土的了解，大都只是通過少數歷史文獻的記載或日本友人的口述，並沒有親身遊歷的經驗，因而形諸詩歌的內容，想像的成分很高。本文從《全唐詩》、《全唐詩外編》、《全唐詩補編》、《全宋詩》中找出與日本有關的唐宋華人詩歌作品，以探究詩人們對日本有何陳述，並在可能的範圍內，討論何者較接近事實，何者完全出於想像或誤解。本文的選題，應是討論文學與想像的關係的一個良好個案。

第玖篇是〈范仲淹〈桐廬郡嚴先生祠堂記〉的寫作動機與目的〉。此文乃一名篇，是范仲淹在仁宗廢后事件中遭貶謫後所作，一般都從范氏對嚴氏的表彰中反過來去欣賞范氏的襟懷氣度，本文則比對當時政局和范氏相關作品與言行，指出：在讚譽光武帝氣度和嚴氏情懷的包裝下，范文其實是一篇暗諷仁宗和宰相呂夷簡的時政論。

第拾篇是〈歐陽脩父子親友之植物愛好及其對宋詩題材的影響〉。本文指出：歐陽脩父子和其若干親友都有植物愛好和植物學著作，對植物觀察入微，因而產生了許多吟詠花草樹木的作品，開拓了宋詩題材的領域。關於唐宋詩的比較，前人論述極多，筆者則相信從題材的分析入手也不失爲一個途徑。

下編討論的焦點，是從文化的融合與轉化的角度，觀察文學作品的內涵和文人的情懷，共兩篇。

第拾壹篇是〈周敦頤愛的是什麼蓮〉。周敦頤〈愛蓮說〉將蓮比擬爲君子，而蓮的意象則來自佛典，此點久經學界討論，或同意，或引申，或修正，種種不一，但無人認真分辨此「蓮」究竟指荷還是睡蓮。本文主張周文的「濯清漣而不妖」、「中通外直」二句明顯指睡蓮，而佛典中的五種蓮也都指蓮葉貼浮水面的睡蓮，周文「可愛」以及「出淤泥而不染，濯清漣而不妖，香遠益清，亭亭淨植」諸詞，取義更完全出自佛經，而「中通外直，不蔓不枝，可遠觀而不可褻玩焉」三句則是濂溪依據儒家價值加入的新意。總之，濂溪採擇佛典中的蓮花意象，融合儒家價值，將蓮轉化爲嶄新的君子意象，豐富了君子的文化意涵。

第拾貳篇是〈蒙元回回教世家之漢詩人薩都剌的文化情懷〉。薩都剌的祖先是信仰回回教的色目人，爲蒙元政權効力，其本人則進士出身，擔任蒙元官員，卻又成爲著名的漢詩人。此一角色複雜的人物，其內心世界、文化情懷究竟如何？本文依據其詩作，從宗教情懷、家國情懷、文士情懷三個面向觀察，證明薩都剌在文化上已完全轉化成傳統的華夏文人，以破除學界至今仍議論不休的薩都剌族屬和信仰問題的迷思。

以上十二篇，討論的作品上起魏晉下迄明清，而以唐宋時期的爲最多，各篇大都放在文學史的脈絡中去分析討論，此點自有筆者的深意。各篇收入本書時，文字有少許增刪修改，文末均注出原發表時地。早期所撰諸篇多缺書名號、篇名號，已補入，以使全書一致，但注腳格式則不勉強統一，以見一時風尚，讀者察之。

二〇一〇年八月　葉國良　序於國立臺灣大學文學院

李觀的古文及其對韓愈的影響

一、緒論

韓愈（西元768~824）是大文宗，影響往後千餘年的文學創作。他的文學，「文以載道」和「陳言務去」是兩大特色。文以載道，是文章「目的」的論述，強調知識份子言論的責任；陳言務去，則是文章「技巧」的宣示，旨在增進文章的可讀性。這兩者都有其多元的淵源，不是任何單一觀念或單一人物的影響所造成的，此一觀點，前人論述已多①，筆者亦無不同意見。因此本文將略人所詳，詳人所略，單論學界較少觸及的李觀的古文及其對韓愈的影響。

李觀，字元賓，其先隴西人，家居蘇州。生於代宗大曆元年（766），卒於德宗貞元

①較完整的論述，請參羅聯添：《韓愈研究》（臺北：臺灣學生書局，1988年增訂三版），第4、5、6、7章。

10年（794），年29。18歲，兩度受鄉薦，但未至京師。貞元5年入京應舉，貞元6年曾兩度落第，8年，以〈明水賦〉、〈御溝新柳詩〉與韓愈同陸贄榜登進士第，同年又舉博學宏詞，得太子校書，10年客死京師。②

今存李觀的著作，除詩數首之外，文章見《李元賓文集》，該集包括唐末陸希聲在漢上所得的遺文29篇，宋慶歷年間章詧得於蜀人趙昂的14篇，清嘉慶年間秦恩復於《唐文粹》、《文苑英華》輯出的6篇，總共49篇（趙昂14篇中，傳本缺〈上王侍御書〉、〈晁錯論〉兩篇，秦氏補入，不計入所輯6篇中）。本文所引所論，依據藝文印書館《百

---

②李觀18歲兩度受鄉薦事，見《李元賓文集》（臺北：藝文印書館，百部叢書集成，1966年），卷4〈與張宇侍御書〉；貞元6年兩度落第事，見卷5〈報弟兌書〉；貞元8年又舉博學宏詞事，見卷5所附〈貞元八年宏詞試中和節詔賜公卿尺〉詩。至於何年入京，王南冰：〈李觀與韓愈交游考〉，認爲在貞元4年，但未舉實證。文載《現代語文．文學研究版》（曲阜：曲阜師範大學），2007年9月，頁16。按：《李元賓文集》卷6〈弔漢武帝文并序〉有「戊辰歲秋八月，周覽秦原，次茂陵之下」云云，戊辰即貞元4年，似可爲王說之證。但《唐文拾遺》（臺北：文海出版社，1962年）指出〈弔漢武帝文并序〉又見於明刊本《歐陽行周集》，「與李觀所作，字句不同」，則該文究爲李觀作，或爲歐陽詹作，尚待確認，王說又不可必。本文姑從一般說法。

部叢書集成》本，該本係畿輔叢書本取粵雅堂本校訂，較爲翔實，前有陸希聲〈李元賓文集序〉、秦恩復〈李元賓文集序〉，後附粵雅堂本所載伍崇曜跋及《四庫全書總目提要》、胡玉縉《四庫提要補正》關於《李元賓文集》的評價。

李觀是李華（?~774）的從子，而韓愈伯兄韓會、叔父韓雲卿則是李華的門弟子，算來兩人是世交關係。但據考證，李觀與韓愈的結識應在貞元6年，當時曾共游梁肅門下，至於結爲好友則在貞元8年兩人同登進士第時。兩年後，李觀病逝。所以兩人真正相交，其實只有短短的幾年，但韓愈卻用心的爲他撰寫了〈李元賓墓銘并序〉，並在一些詩文中感情濃厚的稱道他，顯示出兩人非比尋常的情誼。③筆者也認爲兩人的情誼，並非只因兩人有世交和同榜的關係，最主要是韓愈在古文方面受到李觀頗大的影響，對他懷有特殊的情誼，所以數次以李觀的「友人」自稱，而以「故友」、「吾元賓」稱李觀。④

③參前注王南冰：〈李觀與韓愈交游考〉，頁16~17。
④文見〈李元賓墓銘〉、〈瘞硯銘〉、〈答李秀才書〉，分載馬其昶：《韓昌黎文集校注》，卷6、卷8、卷3。詩見〈北極一首贈李觀〉、〈重雲一首李觀疾贈之〉，載錢仲聯：《韓昌黎詩繫年集釋》，卷1。二書合印爲《韓昌黎集》（臺北：河洛圖書出版社，影印本，1975年）。

李觀的古文，在其生前，時人即與韓愈相提並論，身後仍受到唐人的高度肯定。首先，韓愈在〈李元賓墓銘〉推崇李觀爲：

才高乎當世，而行出乎古人。⑤

「才高乎當世」指的自然是文才，很能反映此時韓愈對李觀文才的推崇。其後則有韓愈友人李翺（774~836）在〈與陸傪書〉中，將李觀和揚雄相比，而將韓愈和孟子相比：

李觀之文章如此，官止於太子校書郎，年止於二十九。雖有名於時俗，其卒深知其至者果誰哉！信乎天地鬼神之無情於善人而不罰罪也，甚矣為善者將安所歸乎！……與李觀平生不得相往來，及其死也，則見其文，嘗謂使李觀若永年，則不遠於揚子雲矣。……故書〈苦雨賦〉綴于前。當下筆時，復得詠其文，則觀也雖不永年，亦不甚遠於揚子雲矣。書〈苦雨〉之辭既，又思我友韓愈，非茲世之文，古之文也；非茲世之人，古之人也。其詞與其意適，則孟軻既沒，亦不見有過於斯者。……嘗書其一章

⑤馬其昶：《韓昌黎文集校注》，卷6。

曰〈獲麟解〉，其他可以類知也。⑥

文比揚雄，對唐人來說，乃是極高的讚美⑦，因爲揚雄是漢代以來受到極度推崇的文人。晚唐人陸希聲於昭宗天復年間（901~903）在〈李元賓文集序〉中則對兩人的長短作出重要卻又很簡略的比較：

> 貞元中，天子以文化天下，天下翕然興於文。文尤高者，李元賓觀、韓退之愈。始元賓舉進士，其文稱居退之右。及元賓死，退之之文日益工，今之言文章，元賓反出退之之下。論者謂元賓早世，其文未極，退之窮老不休，故能卒擅其名。予以為不然。要之，所得不同，不可以相上下。何者？文以理為本，而辭質在所尚。元賓尚於辭，故辭勝其質；退之尚於質，故質勝其辭。退之雖窮老不休，終不能為元賓之辭；假使

---

⑥唐・李翺：《李文公集》（臺北：臺灣商務印書館，影印文淵閣四庫全書，1983年），卷7。

⑦唐人推崇揚雄者極多，如韓愈〈重答張籍書〉稱「己之道，乃夫子、孟軻、揚雄所傳之道也」，〈進學解〉稱「子雲、相如，同工異曲」。張籍〈上韓昌黎第二書〉稱「後孟子之世，發明其學者，揚雄之徒，咸自作書」，見《全唐文》（臺北：匯文書局，影印本，1961年），卷684。

元賓後退之死，亦不能及退之之質。此所以不相高也。⑧

陸希聲又在敘述韓愈大革漢明帝以來文風之衰靡「落落有老成之風」之後，稱讚李觀：

元賓則不古不今，卓然自作一體，激揚超越，若絲竹中有金石聲。每篇得意處，如健馬在御，蹀躞不能止。其所長如此，得不謂之雄文哉！⑨

然而，清人王士禎（1634~1711）卻極力貶抑李觀，他說：

唐《李觀元賓文集》，五卷，附詩四篇。始〈郊天頌〉、〈邠寧節度饗軍記〉，凡雜文五十篇。諸碑銘亦有奇處，至〈與孟簡吏部〉、〈奚員外〉諸書，粗率叫呶，如醉人使酒罵坐，蓋唐中葉已後，江湖布衣挾行卷干薦紳，延接稍遲，贈遺稍薄，則謗讟隨之，浸以成習，觀諸書可見。編首有陸希聲〈序〉，謂始元賓舉進士，其文居退之右，元賓早世，其文未極，退之窮老不休，故能卒擅其名。又云元賓尚於辭，故辭勝其質；退之尚於質，故質勝其辭。予謂元賓視退之，如跛鼈欲追騏驥，未可以道里計

⑧唐·李觀：《李元賓文集》，卷首。
⑨同前注。

也。⑩

《四庫全書總目提要》則認爲李觀雖比不上韓愈，但能與劉蛻、孫樵相較：

今觀其文，大抵琱琢艱深，或格格不能自達其意，殆與劉蛻、孫樵同為一格，而鎔鍊之功或不及，則不幸蚤凋未卒其業之故也。然則當時之論，以較蛻、樵則可，以較於愈則不及，希聲之〈序〉為有見，宜不以論者為然也。顧當琱章繪句之時，方競以駢偶鬥工巧，而觀乃從事古文，以與愈相左右，雖所造不及愈，固非餘子所及。王士禎《池北偶談》詆其〈與孟簡吏部〉、〈奚員外〉諸書如醉人使酒罵坐，抑之未免稍過矣。惟希聲之〈序〉，稱其文不古不今，卓然自作一體，品題頗當。⑪

李慈銘（1829~1894）則認爲李觀不及孫樵，而稍勝於劉蛻：

元賓之文，昌黎以故交且早夭，因極稱之，本非定論。後人無識，遂謂其才足與昌黎

⑩清·王士禎：《池北偶談》（臺北：臺灣商務印書館，影印文淵閣四庫全書，1983年），卷16。按：《李元賓文集》有文49篇，王士禎文中稱50篇者，乃舉成數而言。

⑪《四庫全書總目提要》（臺北：藝文印書館影印本，1989年），卷150。

並。陸希聲且謂其辭勝昌黎。今平心論之，元賓卒時，年僅二十九，其文嶄然自異，不肯一語猶人，使假其年，正未可量。即其所傳諸篇，如〈項籍碑銘〉、〈古受降城銘〉、〈弔監察御史韓弇文〉、〈弔涇州王將軍文〉、〈上宰相安邊書〉、〈代李圖南上蘇州韋使君論戴察書〉，其文皆有奇氣，餘篇大率意淺語枝，囂而無實，又少年負氣，急於自見，所沾沾者，惟在科名，不止王阮亭所舉與奚員外、孟簡兩書作使酒罵坐態也。《四庫提要》以與孫樵、劉蛻並稱，蓋不及孫，差過於劉耳。⑫

上引者，對李觀文章的評價不一，但基本上都是印象式的描述，而且沒有提到過李觀對韓愈的文學觀和具體的寫作技巧上有什麼影響。本文則將對李觀的古文進行微觀式的分析，而和韓文作比較，重點放在探討他對韓愈的具體影響之上，並檢驗上引諸說何者適合，或何者需要補充修正。

由於韓愈（768~824）比李觀（766~794）小兩歲，且在李觀卒後又有三十年之久的創作生涯，所以將韓愈所有的作品和李觀的作品相比較是不合理的，因此本文先取韓愈

⑫清·李慈銘：《桃花聖解盦日記》（臺北：文海出版社，1963年），庚集，頁76。

三十歲（797）以前的作品和李觀的作品相比較，然後略舉三十歲以後的作品，說明何種匠心應是受到李觀的影響。當然，以韓愈的才情，即使受到影響，也絕對不會太露痕跡，正如歐陽脩學韓而能變韓一般，所以本文的論證是無法不用「以意逆志」的辦法去體會其微妙的匠心的，因而論述過程也不完全就相同文類做比較。

二、李觀古文的特色

李觀自道其文的言辭很少，但在貞元8年的〈帖經日上侍郎書〉中曾說：

> 十首之文，去冬之所獻也。有〈安邊書〉、〈漢祖斬白蛇劍贊〉、〈報弟書〉、〈邠甯慶三州饗軍記〉、〈謁文宣王廟文〉、〈大夫種碑〉、〈項籍碑〉、〈請修太學書〉、〈弔韓弇沒胡中文〉等作，上不罔古，下不附今，直以意到為辭，辭訖成章；中最逐情者，有〈報弟書〉一篇。

此處所引，以「上不罔古，下不附今，直以意到爲辭，辭訖成章；中最逐情者，有〈報弟書〉一篇」等語最爲重要。所謂「上不罔古，下不附今」者，指文章不拘泥於古人之成法，不附和於時人之所尚，自成一體。所謂「直以意到爲辭，辭訖成章」者，其意如同「文以氣爲主」，即不裝腔作勢，不套現成架構，筆隨意之所至自然流轉，不以形似自限。所謂「中最逐情者，有〈報弟書〉一篇」者，指文章要有眞感情。李觀自述的前兩者，和陸希聲「元賓則不古不今，卓然自作一體，激揚超越，若絲竹中有金石聲。每篇得意處，如健馬在御，蹀躞不能止」的評價是一致的。根據筆者對東漢以來、中唐以前（即所謂「八代」）文章的了解和檢閱，筆者認爲：李觀在創作上的「自我認知」，有意以「情」、「意」爲行文的動力，不拘泥形式，以打破八代文章駢偶綺麗但頗僵硬的體製，這個創作理念，和韓愈「陳言務去」的主張是相合的（所謂「陳言」，包括文章體製和鑄詞造語兩方面）。另外，李觀在〈上梁補闕薦孟郊崔宏禮書〉中推崇孟郊的詩爲「奇」，也與他自己的文風及韓愈的「怪怪奇奇」是一致的。至於推崇崔宏禮的文章稱：

> 崔之文，雄健宏深，度中文質。言之他時，必得老成；言之今日，粲然出倫。

此言反映出李觀熟悉當時被提倡的理念。⑬按：李觀叔父李華論政治有〈質文論〉，主張「質弊則佐之以文，文弊則復之以質」，論書法有〈字訣〉，主張「大抵字不可拙，不可巧，不可今，不可古，華質相半可也」，則其論文符合「文質彬彬」的理念可知。梁肅對於文章也有類似的主張，如〈常州刺史獨孤及集後序〉轉述獨孤及的話說「荀、孟樸而少文，屈、宋華而無根」，〈補闕李君前集序〉謂揚雄、張衡之後「作者理勝則文薄，文勝則理消」，又說「蓋道能兼氣，氣能兼辭，辭不當則文斯敗矣」，都有文質要相濟的看法。⑭李觀以「度中文質」稱許崔宏禮，顯見對此種文論有一定的了解，但這不意味李觀沒有自己的看法和做法。

如果只像上文在「陳言務去」的文論方面將李、韓二人的創作觀點作如此比附，顯然還不夠具體。下文擬先指出李觀文章的特色，俾便觀察其對韓愈是否有所影響。所謂

⑬關於唐代古文家的文論，可參潘呂棋昌：《蕭穎士研究》（臺北：文史哲出版社，1983年），第7章第2節〈文學思想〉，該節歷述陳子昂、盧藏用、富嘉謨、元德秀、蕭穎士、李華、賈至、顏真卿、韓會、陳晉、蕭存、獨孤及、韓愈、李舟、裴度等十五人之文論。關於韓愈，可參羅聯添：《韓愈研究》，第6章〈文學理論〉。

⑭以上李華文分見《全唐文》（臺北：匯文書局，影印本），卷317、318。梁肅文見卷518。

李覯文章的特色，指文章體製和寫作技巧鮮見於其前的古文家作品而言，筆者認爲可以歸納爲以下幾點：

（一）打破整齊句式

偶數的整齊句式，是八代文人所講究的，但至末流每令人生厭。李覯〈大夫種銘并序〉的銘辭卻是27句，打破成規，茲引其文如下：

銘曰：姑蘇之仇，敵國既亡，大夫何哉？不知其去，只知其來。子胥至忠，不信於吳。鴟夷知幾，浩然乘桴。君胡役役，謀國遺軀。或曰不然，吉凶相賓。不有覆車，孰懲為臣？不有泛舟，孰為濟人？道無全功，用有屈伸。冥然陳力，得於開卷。神能感我，髣髴如面。往者之悔，來者之憲。志於元石，將懋將唁。

至於〈故人墓銘并序〉的銘辭雖然是偶數句，但每句卻是3字4字5字不等，而且多用排句，少用對仗，以增加古文的趣味：

詞曰：君加我以義，我求子以心。學不愧古，人不侔今。周旋二人，久用欽欽。素書東來，告君之亡。不屨而步，不言而傷。琴不破，劍不懸。非不能之，顧無讀焉。松為薪，壟為田。而此數字，不更於淵。

其中「非不能之，顧無瀆焉」，雜糅駢散句法，但又渾然對稱，這自然是李觀作文時內心往古文靠攏下的產物。

（二）打破呆板的押韻成規

古來作賦，一般使用駢體，唐賦更是用韻，尤其應科舉時要作律賦，不僅要用駢體行文，韻腳更限用考官指定的八韻，難度極高，李觀以〈明水賦〉進士及第，自是作賦能手，但其〈苦雨賦〉卻不用駢體，而且只有稀疏的幾處韻腳，無韻的文句遠多於有韻處，全文形成有韻、無韻、有韻、無韻、有韻、無韻、有韻、無韻、有韻、無韻、有韻、無韻、無韻循環六次的結構，這是向所未見的新體，自然是李觀擬打破成規的努力，怪不得李觀死後李翺在〈與陸傪書〉中附上親手書寫的〈苦雨賦〉向陸傪推薦（已見上文引）。

在〈周苛碑并序〉的銘辭中，李觀以兩句成一個單位，每兩句的上句與下句押韻，但時有以韻近押韻的情況⑮：

> 其辭曰：龍戰未分，崩雷泄雲。雷崩雲泄，其下流血。滎陽攻急，介士涕泣。赤帝徘徊，惟公在哉。秉心慷慨，處死不改。沈沈積寃，千古奚言。紀公之烈，參史之闕。

此處，上下句末字依《廣韻》大多同韻，但泄爲「薛」韻，血爲「屑」韻，《韻府群玉》則都在「屑」韻。《廣韻》慨在「代」韻，改在「海」韻，而《韻府群玉》慨在「隊」韻，改在「賄」韻，屬同攝，蓋上去通押。烈在「薛」韻，闕在「月」韻，而《韻府群玉》則「烈」在「屑」韻，闕在「月」韻，「屑」、「月」韻近。按：李觀進士及第，對官韻自然熟悉，但在其作品中卻每每「泛入旁韻」（詳下文），有如此處所述，吾人不宜以「出韻」視之，而當視爲李觀行文時刻意使用的手法。

⑮本文判斷是否合韻，依據《廣韻》（宋・陳彭年等：《校正宋本廣韻》，臺北：藝文印書館，1976年）。所謂韻近，則指《廣韻》雖屬不同韻目，元・陰時夫：《韻府群玉》（臺北：臺灣商務印書館，影印文淵閣四庫全書，1983年）卻列爲同一韻目或相近韻部。

在〈郊天頌〉中，李觀更使用「複式押韻」，即同時使用多重韻腳，譬如：

八方之靈，各以位焉。祥光促明，和氣解嚴。石無觸雲，木無緒風。獻羞飫神，烘燎歷天。神下於蓋高，樂作於無聲。昂昂巍巍，大繇之英。洋溢乎帝心，肸蠁乎萬靈。是用報盛德於上，申洪緒於後，為茂世之績，紹允之程也。

這裡引用的頌文，《廣韻》焉屬「仙」韻，天屬「先」韻，《韻府群玉》則都屬「仙」韻，這是第一重押韻。《廣韻》明和英屬「庚」韻，聲和程屬「清」韻，但四字在《韻府群玉》則都屬「庚」韻，形成第二重押韻。而前後兩個靈字又相互押韻，形成第三重押韻。如此一來，此段遂交織出多重唱的旋律。

觀察李觀所有有韻作品，筆者認爲此乃李觀有意的創作。歐陽脩曾特別欣賞韓愈詩工於用韻，說道：

予獨愛其工於用韻也。蓋其得韻寬，則波瀾橫溢，泛入旁韻，乍還乍離，出入回合，殆不可拘以常格，如〈此日足可惜〉之類是也。得韻窄，則不復傍出，而因難見巧，愈險愈奇，如〈病中贈張十八〉之類是也。余嘗與聖俞論此。……聖俞戲曰：「前史言退之為人木強，若寬韻可自足而輒傍出，窄韻難獨用而反不出，豈非其拗強而然歟！」坐客皆為之笑也。⑯

事實上，韓愈在詩以外的韻文的用韻上，也廣泛使用「得韻寬，則波瀾橫溢」、「泛入旁韻，乍還乍離」的方式，這乃是承襲自李觀而來的寫作手法之一，並非如梅聖俞所言完全出於韓愈拗強的個性。（另參下節）據韓推李，可以看出李觀不願墨守成規的心思。

（三）雜糅駢散及有韻無韻句法

前文提到〈故人墓銘并序〉中「非不能之，顧無贖焉」兩句雜糅駢散句法，但這不是孤例。〈涇州王將軍文〉不僅雜糅駢散句法，並且有韻、無韻間用：

有涇人告我曰：虜侵涇州，去城六十里，涇軍陷圍。固無藩籬，脫無走飛。有王將

⑯見宋．歐陽脩：《歐陽脩全集》（臺北：河洛圖書出版社，影印本，1975年），卷5，〈詩話〉。

軍，雖實涇帥，別戍而來。奮少擊眾，提挈赴危。身先其兵，兵後其私。張旗為風，伐鼓為雷。風雷之威，壯哉鼓旗。全涇軍如雲迴，破虜陣如山開。然後創痛還奔，戎醜殘摧。將軍猶殺敵不窮，駭怒疾馳，遂沒於沙埃。吁！少卿生降，蘇武老歸，竇憲出師，曷如將軍之亡哉！

上引文，乍一讀之，有如散行史傳文。再讀，便發現「奮少擊眾」至「戎醜殘摧」是駢行韻文，其後又是散行。三讀才察覺看似散文處其實也是韻文，而且還是複式押韻。從最前面到最後面，圍、飛、威、歸《廣韻》屬「微」韻。籬、危、私、旗、馳、師在《廣韻》雖分屬「支」、「脂」、「之」三韻，但在《韻府群玉》則都屬「支」韻。來、雷、迴、開、摧、埃、哉在《廣韻》雖分屬「咍」、「灰」二韻，但在《韻府群玉》則都屬「灰」韻。三種韻部交錯使用，不細心的讀者很可能不會注意，而以爲此段乃是無韻的散文；但如朗讀一二過，便會發現這種多重押韻的情形。同樣的手法，也見於〈斬白蛇劍贊〉：

吁審厥劍，在昔天地之靈器也，而莫我敢知。漢皇得之初，其天成乎？其神造乎？其人為乎？何乃出而逢經綸，用而會大人，斬白帝於澤，升赤龍於雲，然後安繹騷乎荒屯，作之臣，作之君，豐雄倜儻，若斯之不測邪！

此段文氣完全是古文，但細讀之，則是駢散間用，而其中人與臣在《廣韻》屬「真」韻，雲與君屬「文」韻，是二重韻腳。而屬於「諄」韻的綸，《韻府群玉》與人、臣同在「真」部，這應也是李觀「得韻寬」的方式，以便使文章讀起來更鏗鏘有力。這樣的例子，在李觀文中是常見的。

（四）引用古人語或插入對話使文章生動化

先秦散文、漢代史傳，在文中引用古人語或插入對話者本極平常，但八代文章則極爲鮮見，李觀則大量採用，自然是有意爲之。如〈郊天頌〉：

於是睿言下諏曰：「爾庸我謀。」謀協不違，官乃交修。居天之陽，崛起虛邱。於斯時也，歲在子，月在子。……群公常伯相揖而言曰：「我元后父戴天，所以象為子，子不私其能；天視我元后，所以象為父，父不有其仁。子不私其能，莫大於郊天之

> 義；父不有其仁，莫富於生物之遂。元哉！二者之為德，與變化而終始。」

另，〈趙壹碑并序〉：

> 元叔乃去袁司徒，訪陟以為主人，將出所懷以動之，會（羊）陟猶寢於堂內，元叔直言而伏曰：「僕高君之義，故遊君之門，將藏窮達之誠，君豈當然。」陟乃眷而禮之。……因曰：「良寶不剖，必泣血以相予。」

這裡根據的是《後漢書．文苑列傳．趙壹傳》，但屬詞則是李觀隳括史傳文意而來。

又，〈周苛碑并序〉：

> 項氏毅然鷹瞵，爨大鼎於宇下，謂苛曰：「請封三萬戶，為上將軍。軍之政，自不穀而下及卒乘皆聽其所為。不從則烹，決無疑焉。」公怒甚色作，視羽而咳之曰：「吾聞不善者，善人之資。今天將錫漢，……

這裡根據的是《史記》〈項羽本紀〉、〈張丞相列傳〉及《漢書．高帝紀》，但《史》、《漢》的記載很簡短，李觀則以其想像力對周苛之忠勇剛烈用對話的方式大加敷演，使周苛的事迹歷歷如在眼前。其他如〈斬白蛇劍贊〉、〈項籍碑銘并序〉、〈故人墓銘并序〉、〈苦雨賦〉、〈邠甯慶三州節度饗軍記〉，也都運用引用古人語或插入對話的技巧，以破除板滯。

（五）綜合以上四者

以上四項，雖然分別舉例，但其實往往互見，如第四項所舉〈郊天頌〉，同時也屬於第二、三項，讀者細觀自能知曉。其中反映以上四項寫作特色最具代表性的作品，筆者認爲是〈古受降城銘并序〉。茲分段引錄全文，並解說其特點：

古之帝天下者，七德震曜，四夷威懷，有漢孝武焉。祖作之，父述之，而已因其資，皇哉鑠乎，猶可以頌其餘。昔孔子云：「無憂者，其惟文王乎！」然孝武亦庶而儔之。

到這裡，都是散行的古文口氣和句型，其中引用古人語。

始乎高皇勤功，功階乎天；累聖重光，光燭乎泉。解殷之羅，要民以輕刑；沃秦之焚，以起民於焦原。故國無困民，民無異心。孝武即既安之朝，而得安其安；馭無為之民，而得為其為。遊心大中而陋八區，旁目不庭而叱九軍。

到這裡，都是駢偶句，而且局部有韻。

詔大司馬曰：「王師有征，其禮若何？」大司馬歷級而言：「王師無校，謂莫敵也。征乃可服，柔服以德。所謂善征不戰，善戰不陳。聖人不易之道也。」帝曰：「吁！周之衰，秦之亡，皆不由之，故龜鼎用遷。」

到這裡，都是散文體的對話，無韻。

乃出元宮，登皇車，驚六龍，建九旒。人馬騈駟，戎車擊輈。非六月之師，異瑤池之遊。雲撓雷厲，風行川浮。震震雄雄，而入於苦之陬。

到這裡，除了起首二句以外，都是用韻的駢句，陬字雖在《廣韻》「侯」韻，但《韻府群玉》陬與旒、輈、遊、尤都屬「尤」韻。

> 胡有高臺，登臺而觀兵。兵不血鋒，築城而受降。闉絕垠而為墉，徑空磧而作防。然後回鳴，鳶飾中權。飲至廟庭，勒功於鼎。銘以遺子孫，以恢紀經。壯乎哉而難斷之。

到這裡，似無韻腳，其實也是多重押韻，只是韻腳不一定在第二句。《廣韻》臺、哉都在「咍」韻。兵、鳴都在「庚」韻。鋒、墉都在「鍾」韻。庭、銘、經都在「青」韻。降、防二字，《廣韻》與《韻府群玉》都分別在「江」、「陽」韻，韻近。但最後一句「壯乎哉而難斷之」卻是散文，則恰可引起後面引用的兩句散文：

> 嘗聞：「天子有道，守在四夷。」知守者，非殫師遠征，窮徼成城。害元元之生，黷明明之靈。蓋在義以討，仁以擾。虞舜以之歸有苗，姬發以之合孟津。秦乃反之，民共苦辛。孝武何哉！復踵是焉。

到這裡，除引文外，基本上是兩句一個單元，但李觀在用韻上卻作了變化，在短短的兩三句中迅速轉韻，先用平聲韻，轉仄聲韻，再轉平聲韻。征、城《廣韻》同在「清」韻。生、靈《廣韻》與《韻府群玉》都分別在「庚」、「青」韻，韻近。討在《廣韻》

「皓」韻，擾在《廣韻》「小」韻，《韻府群玉》則討在「皓」韻，擾在「篠」韻，都是上聲，韻近。津、辛則同在《廣韻》「真」韻。但到下文，則在二十句中連用九個平聲韻：

> 重難畜之民，城無用之夷。脫內不勤，而外安足保之？不其危歟！夫四極之裔，日月所薄，獲其土不可以豐財，俘其人不可以化遷，而王者必綏之，欲其知所尊，而不思亂華，何必征而降之，城而降之？若然者，三方之夷，皆可降而城，何獨一陲？此所謂反無外，傷無私。不可為後王之規。

這段，文氣是單行的散文，但散文之中，卻隱藏著「支」、「脂」、「之」三韻通用的韻文，即夷、之、危、之、之、之、陲、私、規數字，這可使前面的韻文變爲後面的散文時，不至於太過突兀。

> 愚忝學古，敢陳銘云：天長匪民，蒼蒼有北。窮兵之弊，播德之克。武皇以兵，而不以德。聚師萬甲，懸罄四國。男悲遠征，女泣夜織。死生其苦，木石其力。古無降城，胡乃重傷。城不可轉，夷居無常。前有濁河，濁河自流。後有黑山，黑山自高。

堙塹屍委，崩榛烏號。居者匪居，勞者荐勞。我思古人，疾首用搔。

到這裡，乍看乃是傳統銘辭慣用的四言兩句一韻的韻文，依序嚴謹的用著《廣韻》「登」、「蒸」、「陽」、「豪」四韻的韻字（《韻府群玉》同），但李觀不墨守成規，「前有濁河，濁河自流」兩句，並不和前後文押韻，而有劃破呆板格式的效果。

通觀全集，李觀古文的特色，並不在論奏或書信方面，而在改造八代原本即有「序」有「詞」的文類，諸如賦、頌、弔文、祭文、墓誌等。在一般全以駢句或全以散句行文的「序」之中，時而用散句行文，時而用駢句行文；用駢句行文時，時而用較稀疏的韻腳，時而用密度極高的韻腳；甚至用散句行文時，也似有若無的使用韻腳，以免和上下文的文氣懸隔太大；中間又用對話使文章生動活潑。而作一般使用整齊句式的有韻「銘」辭時，有時用韻嚴謹，有時用韻寬泛，又偶而出現無韻的句子，以化除板滯。凡此，都能見出李觀打破八代文章僵硬體製的用心。

三、李觀古文對韓愈的影響

韓愈文章，體製結構，鑄詞造句，都千變萬化，後代古文家，難以越其藩籬，令人歎服。但這是就其一生的成就而言，如果以三十歲以前的作品爲範圍，則未必能如此評論。今依據馬其昶校注所引資料，舉出貞元13年（三十歲）以前之作品如下：

賦　〈明水賦〉，貞元8年，25歲
　　〈感二鳥賦〉，貞元11年，二十八歲
　　〈復志賦〉，貞元13年，三十歲

頌　〈河中府連理木頌〉，貞元7年，24歲

議　〈省試學生代齋郎議〉，貞元10年，27歲

論　〈省試顏子不貳過論〉，貞元10年，27歲

書

〈上賈滑州書〉，貞元6年，23歲

〈與鳳翔邢尚書書〉，8年以後10年以前，25歲至27歲之間

〈應科目時與人書〉，貞元9年，26歲

〈上考功崔虞部書〉，貞元9年，26歲

〈上宰相書〉，貞元11年，二十八歲

〈答侯繼書〉，貞元11年，二十八歲

〈答崔立之書〉，貞元11年，二十八歲

〈答張籍書〉

〈重答張籍書〉

序

〈贈張童子序〉，貞元10年，27歲

〈送權秀才序〉，貞元12年，29歲

祭文　〈祭田橫文〉，貞元11年，二十八歲
　　　〈祭鄭夫人文〉，貞元11年，二十八歲
碑誌　〈李元賓墓銘并序〉，貞元11年，二十八歲
銘　　〈瘞硯銘〉，貞元8年以後，25歲以後
傳　　〈毛穎傳〉⑰

---

⑰說者或謂〈答張籍書〉作於貞元11年，或謂12年，或謂13年，而書中「無實駁雜之說」指〈毛穎傳〉，則〈毛穎傳〉作於〈答張籍書〉以前，〈重答張籍書〉亦在〈答張籍書〉後不久，均在韓愈三十歲以前。但此說證據薄弱，筆者不甚相信。疑三文當在此稍後作，以〈答張籍書〉有「三十而立，四十而不惑，吾於聖人，既過之，猶懼不及，矧今未至，固有所未至耳，請待五六十然後爲之，冀其少過也」云云，則似在三十歲以後。又張籍〈上韓昌黎第二書〉有「今執事雖參於戎府，當四海弭兵之際」云云，則應是韓愈32歲以前尚在幕府時所作，而時已過三十歲。羅聯添先生：〈張籍上韓昌黎書的幾個問題〉一文認爲作於貞元14年冬，時韓愈31歲，並歷舉諸不以「無實駁雜之說」指〈毛穎傳〉者之說甚詳，可參。羅文收入《臺靜農先生八十壽慶論文集》（臺北：聯經出版事業公司，1981年）。茲爲便參考，仍列如上，而說明如此。

綜觀以上各文，韓愈在貞元10年、即二十七歲之前，其文章在體製上，比起前輩古文家，並沒有特殊之處，換言之，他的「文以載道」和「陳言務去」的兩大方向，此時尚未顯露出來。但就在李觀去世的隔年，韓愈在文章體製和鑄詞造句兩方面開始出現李觀文章的特色，特別是碑誌文和祭文方面。其後韓愈更加用其匠心，別出心裁，發揚光大，終於成爲韓愈最受推崇的兩種文體。⑱

關於碑誌文，韓愈三十歲以前只寫了一篇，即〈李元賓墓銘並序〉，爲便於討論，先錄其全文於下：

李觀，字元賓，其先隴西人也。始來自江之東，年二十四舉進士，三年登上第。又舉博學宏詞，得太子校書，一年，年二十九客死于京師。既歛之三日，友人博陵崔弘禮葬之于國東門之外七里，鄉曰慶義，原曰嵩原。友人韓愈書石以誌之，辭曰：已虖元賓！壽也者，吾不知其所慕；夭也者，吾不知其所惡。生而不淑，孰謂其壽；死而不朽，孰謂其夭。已虖元賓！才高乎當世，而行出乎古人。已虖元賓！竟何為哉！竟何

⑱宋．陸九淵說：「韓文章多見於墓誌、祭文，『洞庭汗漫，粘天無壁』。」見《象山全集》（臺北：臺灣商務印書館，四部叢刊正編，1979年）附《象山語錄》，卷4。

為哉！

此文的「序」，用最簡潔的古文筆觸書寫，一洗凡俗常見的冗詞贅語之弊。「銘」的部分，駢散與有韻無韻雜糅，而且其中的韻還可以視爲複式押韻，正是李觀擅長的手法。李觀〈故人墓銘并序〉的「銘」詞爲：

> 君加我以義，我求子以心。學不愧古，人不侔今。周旋二人，久用欽欽。素書東來，告君之亡。不屨而步，不言而傷。琴不破，劍不懸。非不能之，顧無贖焉。松為薪，壟為田。而此數字，不更於淵。

此銘一句三、四、五字不等，韓文則三、四、五、六字不等；此銘對墓主以「君」「我」稱呼，韓文則以「元賓」、「吾」相稱；此銘造句避免駢儷雕飾，韓文亦然。古人常以模仿親友的文風撰文作爲紀念，⑲筆者認爲韓愈此文正是如此，這可以說明韓愈

⑲此意筆者以往已在拙著中提出數次，茲因友朋垂詢，再次舉證。獨孤及卒，其外從祖舅崔祐甫撰〈祭獨孤常州文〉，即刻意模仿獨孤及撰文喜套用古籍成句的習慣，參見本書第參篇：〈唐宋哀祭文的發展〉。又，《歐陽脩全集》卷3〈論尹師魯墓誌〉云：「脩見韓退之與孟郊聯句，便似孟郊詩；與樊宗師作誌，便似樊文。慕其如此，故師魯之誌，用意特深而語簡，蓋爲師魯文簡而意

對於李觀的寫作技巧知之甚明。

至於祭文，三十歲以前有兩篇，都寫於二十八歲。〈祭田橫文〉的祭辭部分，雖然兩句一韻、數韻後換韻的形式同於前人，但每句長短不一，最長10字，最短5字，長短幅度遠大於古人，而出現9，7。6，10。7，10。5，7。6，6。7，9。6，6。6，7。6，6。6，7。6，6。的架構（。表示韻腳），其中各句字數多寡又形成一重韻律，讀者試加誦讀便知。再者，古文句法和駢文句法交雜使用，如「事有曠百世而相感者」、「余既博觀乎天下」、「當秦氏之敗亂」，純爲古文句法；「苟余行之不迷，雖顛沛其何傷」、「跽陳辭而薦酒，魂髣髴而來享」，純爲駢文句法；至於「孰爲使余歔欷而不可攀」、「曷有庶幾乎夫子之所爲」、「嗟余去此其從誰」，則雜糅駢散；因而使整篇銘詞呈現嶄新的面貌，讓人想起李觀的〈涇州王將軍文〉。

韓愈三歲而孤，靠伯兄韓會與妻鄭夫人撫育，韓愈至爲感念。〈祭鄭夫人文〉多四

深。」參考拙文：〈石本與集本碑誌文異同問題研究〉，收入拙著：《石學續探》（臺北：大安出版社，1999年）。

字句且兩句一韻，但前半與後半各有一段無韻，形成無韻、有韻、無韻、有韻的結構，這讓我們想起李觀的〈苦雨賦〉。而文末又有一段引文，以古文行文，卻有韻腳，「昔在韶州之行，受命于元兄，曰：爾幼養於嫂，喪服必以朞。今其敢忘，天實臨之。」其中朞、之二字押韻，這種模式又讓人想起李觀〈郊天頌〉中「於斯時也，歲在子，月在子」。

以上舉出的僅寥寥三篇，自然不能證明韓愈的確在相當程度上依循李觀的創作路數。但繼續考察韓愈三十歲以後的名作，則可看出端倪。

以碑誌文言，筆者曾撰文指出：在「序」的部分，李觀〈故人墓銘并序〉全篇發表議論，爲古來未曾一見的寫法，對韓愈喜在碑誌文中發議論，如〈殿中侍御史李君墓誌銘并序〉等，當有一定影響。又韓文的「序」喜用對話，約佔此類作品的三分之二，如〈故幽州節度判官贈給事中清河張君墓誌銘并序〉等，這也是李觀的創發。在「銘」的部分，筆者則歸納韓文有三個特色，一爲打破整齊句法，如〈河南少尹李公墓誌銘并序〉等，二爲韻腳配置方求變化，如〈故江南西道觀察使贈左散騎常侍太原王公墓誌銘并序〉等，三為雜用古韻，如〈唐故檢校尚書左僕射右龍武軍統軍劉公墓誌銘并序〉等；其中第一、第二兩項，正是李觀的擅場。

祭文方面，筆者也曾撰文指出：唐代早期古文家的改革極為有限，到李觀才有可觀，其後則數韓愈。李觀〈哀吾邱子文〉全篇夾敘夾議，又以吾邱子對孔子問為其內容主體，頗有先秦諸子文的韻味，雖屬古文，但韻腳錯落雜出，體裁別緻，可說在改造舊體和開發新內容。〈弔韓弇沒胡中文〉則序文與弔辭融合為一，前半是散是韻安排得難以區別，這也是李觀的拿手技巧，已見於上節所引諸文。筆者認為韓愈在哀祭文的成就有三方面：一是改造舊體，如〈潮州祭神文〉第二首的特殊韻腳，二是開發新內容，如詳述兩人友誼的〈歐陽生哀辭〉，三是創造新體，如散行無韻的〈祭十二郎文〉；而前二者李觀已導夫先路，這說明了在哀祭文方面，韓愈也是依循李觀原有的路線繼續發展的。

總之，碑誌文與哀祭文，韓愈都達到創作的高峰，是古今此類文章的分水嶺，本節僅述大端，其細節筆者曾先後發表〈韓愈冢墓碑誌文與前人之異同及其對後世之影響〉⑳、

⑳參見本書第貳篇〈韓愈冢墓碑誌文與前人之異同及其對後世之影響〉。

〈唐宋哀祭文的發展〉㉑兩文加以分析，均詳舉事例加以說明，此處似可不必重述，尚請方家自行參考並不吝批評指教。

碑傳文與哀祭文之外，韓愈其他文章亦有運用此類技巧處，茲不能亦不必全部舉證，舉二三篇說之。先以〈進學解〉爲例。首論題目：所謂「解」，本是漢人闡釋古籍文意之稱，如韋昭《國語解詁》之類，而非短文文體之一種，韓愈則創爲新文體。說者謂韓愈〈進學解〉模仿東方朔〈答客難〉及揚雄〈解嘲〉㉒，乃指三文均以答客問的問答方式行文。揚雄〈解嘲〉的題目標示的是文章的內容，「解」字是動詞，並非正式的文體名稱，韓愈的〈進學解〉的「解」字才是文體的名稱。再論行文：〈進學解〉既爲新創文體，貌似古文，讀之「詰曲聱牙」，但又雜以六朝駢句，如「冬暖而兒號寒，年豐而妻啼飢」之類；貌似散文，但又雜以韻文，韻文又往往韻近互押。全文均如上述，以文章頗長，逐一分析，太費篇幅，茲僅錄起首一段分析之：

㉑參見本書第參篇〈唐宋哀祭文的發展〉。
㉒參馬其昶：《韓昌黎文集校注》，卷一〈進學解〉引曾國藩語。

國子先生晨入太學，招諸生立館下，誨之曰：「業精于勤，荒于嬉。行成于思，毀于隨。方今聖賢相逢，治具畢張。拔去兇邪，登崇畯良。占小善者率以錄，名一藝者無不庸。爬羅剔抉，刮垢磨光。蓋有幸而獲選，孰云多而不揚。諸生業患不能精，無患有司之不明。行患不能成，無患有司之不公。」

此段是無韻、有韻交替出現的文字。從首句至「誨之曰」，無韻。「占小善者率以錄，名一藝者無不庸」兩句也無韻。其餘「業精于勤」四句，《廣韻》嬉、思在「之」韻，隨在「支」韻，而三字《韻府群玉》都在「支」韻。《廣韻》張、良、揚在「陽」韻，光在「唐」韻，而四字《韻府群玉》都在「陽」韻。《廣韻》精、成在「清」韻，明在「庚」韻，而三字《韻府群玉》都在「庚」韻。而作爲結束的末句「公」字《廣韻》與《韻府群玉》都在「東」韻，獨不與上三句押韻，這是引起以下無韻的四句的手法，可使韻文巧妙的轉爲散文，這讓人想起李觀〈古受降城銘并序〉中在韻文之後以「壯乎哉而難斷之」一句無韻之文引起後面的散文的手法。至於有韻無韻交替出現，其靈感來源，吾人固可謂之爲模仿先秦古籍散文中偶見雜有若干片段韻文的方式，但若就年代相近而言，此手法乃承襲自李觀〈苦雨賦〉（詳上節）。

再舉〈後漢三賢贊三首〉爲例。第一首〈王充〉是四字一句、兩句一韻的整齊韻文，第二首〈王符〉基本上也是四字一句、兩句一韻的韻文，但「述赦之篇，以赦爲賊」兩句獨不與上下文押韻，「賊」字並無異文，並非版本有誤，這讓人想起李觀〈古受降城銘并序〉中「前有濁河，濁河自流」兩句也不和前後文押韻的例子，可以證明這是避免全文過度整齊的一種技巧。第三首〈仲長統〉，運用的技巧更爲多樣，茲先錄其全文如下：

> 仲長統公理，山陽高平，謂高幹有雄志而無雄才，其後果敗，以此有聲。俶儻敢言，語默無常，人以為狂生。州群會召，稱疾不就，著論見情。初舉尚書郎，後參丞相軍事，卒不至于榮。論說古今，發憤著書，《昌言》是名。友人繆襲，稱其文章，足繼西京。四十一終，何其短邪，嗚呼先生。

「贊」之爲體，漢代史傳多爲無韻散文，八代則多屬韻文。韓愈此文，自始至終沒有駢句，前大半句型參差不一，後小半四字一句，乍一讀之，似爲無韻之史傳散文，但《廣韻》平、生、榮、京、生爲「清」韻，聲、情、名爲「庚」韻，而《韻府群玉》則八個韻腳字都屬「庚」韻，所以曾國藩說：「三句用韻，略仿秦碑。」㉓所謂秦碑，是指秦嶧山碑，其前半每句四字，每三句末字爲韻腳；韓文後小半模仿嶧山碑，但前大半句型參差，也不一定三句一韻，所以曾國藩說是「略仿秦碑」。此文用韻方法，又見於〈故江南西道觀察使贈左散騎常侍太原王公墓誌銘并序〉，該文用韻又比此文複雜，可見韓愈對於技巧的使用既有強烈意識又肯用其匠心。但如推究其最初所受啓發，仍不能不歸源於李觀已經使用的在散文中暗藏韻文的手法，如〈古受降城銘并序〉中「重難畜之民」那段（詳上節）。

四、結論

韓愈之能成爲大文宗，其文章不論在內容上或技巧上，均多方吸取前人的精華，

㉓清・曾國藩：《經史百家雜鈔》（臺北：文海出版社，1963年），卷7〈後漢三賢贊三首〉文後按語。

再別出心裁加以炮製，以成千古絕唱，此點乃是無可置疑的。若欲指出韓文與前人的異同，在內容上，主要須從思想上作較宏觀的比較；但在技巧上，則須從寫作時的匠心上作較微觀的分析。

就內容層面言，李、韓二人對儒學的觀點不盡相同，李觀雖然極度推崇孔子，見其〈謁夫子廟文〉、〈請修太學書〉，但不否定道家，見其〈道士劉宏山院壁記〉、〈通儒道說〉，這和韓愈兼排佛老的態度很不相同，所以無法說韓愈在「文以載道」方面曾受到李觀的影響。可以討論的是寫作技巧的層面。

前代論韓文，喜稱其「來歷」，或稱韓文無一字無來歷，或稱某文的某些字句學前代某文。㉔但此類研究，往往沒有從作者如何經營全篇的角度去觀察分析，因而顯得太瑣碎。另一類則直接將韓文某篇和古人的某篇相比附，如明代楊慎稱：

> 唐余知古〈與歐陽生論文書〉云：「韓退之作〈原道〉，則崔豹〈答牛亨書〉；作〈諱辨〉，則張昭〈論舊名〉；作〈毛穎傳〉，則袁淑太〈蘭王九錫〉；作〈送窮

㉔這方面較完整的整理，請參羅聯添：《韓愈研究》，第7章〈韓文評論〉。

文〉，則揚子雲〈逐貧賦〉。」㉕

余知古是唐文宗時人，楊慎所引，茲不知所出。此一觀察，指出的是韓愈該數文「文意」之所出，亦即在內容方面「奪胎換骨」，自能協助讀者從另一層面了解韓愈，但此種比附，不能指出該數文寫作技巧之所出。至如方苞對〈獨孤申叔哀辭〉用六個「邪」字的寫作方式，評論道：

此文蓋學〈天問〉。㉖

其觀察的角度，介乎一字一句來源的考證和兩文概略的比附之間，而包括篇章結構和遣辭造語在內，乃是較易顯現韓文所受影響的方式，也是本文採取的主要方式。只是儘管前人對韓愈研究已多，用本文的方式去分析韓愈究竟如何受到前輩、時人和友人在寫作技巧方面的影響，似乎尚不多見。

㉕明・楊慎：《丹鉛雜錄》（臺北：藝文印書館，百部叢書集成，1968年），卷7「余知古」條。

㉖馬其昶：《韓昌黎文集校注》，卷5，〈獨孤申叔哀辭〉注引。

本文認爲：韓愈能夠成爲大文宗的最大理由，除了在「文以載道」方面揭示了文章的社會價值之外，主要在「陳言務去」方面做到了文章體製和鑄詞造句的革新，活化了垂垂欲斃的舊文體。儘管在古文的寫作上，韓愈的先驅們，都在某一程度上改善文章駢儷浮華的作風，譬如李華的〈弔古戰場文〉，在文氣和文句上實踐了他自己的「不今不古」的主張，但若考查個別作者的全部作品，筆者認爲：在創新體製和鑄造新詞（含用韻）方面，沒有人比李觀的幅度大。李觀死後，韓愈文章在寫作技巧上繼承了李觀的路線，並將之發揚到了極致。

據此，回頭檢討陸希聲以李「辭」韓「質」來區分二人，並說「元賓尚於辭，故辭勝其質；退之尙於質，故質勝其辭。退之雖窮老不休，終不能爲元賓之辭；假使元賓後退之死，亦不能及退之之質。此所以不相高也」，筆者並不認同，因爲李觀對於所謂「文質」是有自覺的，而韓愈後來在「辭」的方面則將李觀的路數發揚光大，不僅是「質」照耀古今而已，「辭」也超越李觀，所以筆者不贊成陸希聲的評論。四庫館臣和李慈銘將李觀和劉蛻、孫樵相比，那是文章整體的評價，包含內容和風格等方面，其議題不是本文關心的重點，所以本文不擬討論。至於王士禎稱李觀寫給孟簡和奚員外的書信直如使酒罵座，倒確實能反映李觀少年負氣的個性，怪不得連韓愈也說李觀的心胸「其中狹隘不能苞容」。㉗

本文以李觀爲例，試圖說明李觀對韓愈的影響之所在。至於其他友人或當時名家對韓愈影響如何，或許也可用此法研究探討。

（本文原載《臺大中文學報》，第三十二期，二〇一〇年六月。）

㉗馬其昶：《韓昌黎文集校注》，卷3，〈答李秀才書〉。

韓愈冢墓碑誌文與前人之異同及其對後世之影響

一、前言

韓愈詩文之研究，係中國文學史重要課題之一。歷來之討論，或就全部作品作廣泛評析，或對單篇文章作深入探討，皆不乏有價值之見解。至於分體研究，則較少見。筆者以爲：各類文體，因其歷史因素，有大致之體製與內容；學者如單就某一類文體，比較韓愈作品與古人之異同，尤能凸顯文體改革家韓愈作品中沿襲或創新之成分，從而得以清晰觀察韓愈對後世之影響。匯集各類文體之比較，加以整理，當能精確掌握韓愈詩文之精神及其在文學史上之意義。

本此理念，筆者先行選擇韓愈冢墓碑誌文（含神道碑文、墓碣文、墓誌銘、壙銘、殯表等）爲探討對象，理由有三：

第一、韓愈冢墓碑誌文共六十六篇，於三百五十餘篇韓文中，約占五分之一，為各類文體之冠。在歷代文士集中，冢墓碑誌文亦往往占相當大之比例，乃重要文體。

第二、冢墓碑誌文體製較突出，內容較固定，易於凸顯韓愈文體改革之特色。

第三、冢墓碑誌文為石例學者討論「義例」之重點，有若干成說值得參考，亦有某些臆說尚待澄清。

至於韓愈其他碑文，如〈平淮西碑〉、〈處州孔子廟碑〉等紀功碑、廟碑，僅有九篇，且其寫作對象及意義與冢墓碑誌文不同，本文姑不討論。

唯本文寫作之旨趣，係自石刻括例之學之角度出發，觀察韓愈對冢墓碑誌文之體製及立意上之改革，從而探討其影響；因此，如非必要，盡量不涉及各時代之文學理論或修辭等表現手法之問題。探索韓愈作品與前人之異同時，重異不重同，且僅作必要之舉例或論證，勾勒大端，避免枝蔓。討論影響部分，則舉後世若干著名文士爲例，作重點式陳述，以免尾大不掉。所用素材，除相關圖書文獻外，輔以石刻資料。

二、韓愈冢墓碑誌文與前人之異同

兼具碑額、碑文形式之墓碑，約出現於東漢中晚期。漢末以後，政府鑒於其事費財，其文虛僞，屢有禁令。①雖不能完全貫徹，但埋於壙中之墓誌遂大爲盛行。隋唐以後，法律允許建立碑碣②，而造作墓誌卻已成風，俗不能廢，因此往往既有墓誌又有碑碣。其實墓誌本爲墓碑之變形，差別僅在埋於墓中或立於冢前而已，泐石之宗旨與寫作之體製初無二致：皆爲記載墓主之姓名爵里、稱述墓主之功業令德，其體製皆兼具「題」、「序」、「銘」三部分③。本節先就三部分以三小節討論，第四小節討論「立意」。

（一）題

①漢獻帝建安十年、晉武帝咸寧四年、晉元帝大興元年、晉安帝義熙中俱下詔禁碑。詳參《宋書·禮志二》。

②隋唐喪葬令，五品以上可立碑，降五品爲碣。詳參《封氏聞見錄》卷六、《唐會要》卷三十八、柳宗元《柳河東集》卷九〈唐故兵部郎中楊君墓碣〉。

③墓表照例無「銘」。間有以散文作「系」者，但屬「序」不屬「銘」。

本文所謂「題」，指碑（為行文便利簡潔，下文所謂「碑」，指墓碑、墓碣或墓表言）額、墓誌蓋或碑、誌之首行言。

「題」通常標明墓主之身分與姓氏。墓主若屬官宦，漢人例標墓主一生最尊榮而未必最終之官爵④；南北朝官制猥雜，又輕假名器，往往一人兼帶數職，官銜冗長，加以贈官浮濫，混淆真除，其「題」呈現混亂甚至隨意之狀況，但大抵標最終（含贈官）或最尊官爵；隋唐以後，因律令習俗之關係，碑碣例標最終（含贈官）而未必最尊之官爵，⑤墓誌則因埋於壙中，或因不及等待朝廷贈官，偶有例外。若墓主無官無爵，則依年齡、身分之不同，略有出入，如〈逢童之碑〉（篆額）、〈漢故民吳公碑〉（隸額）、〈玄儒婁先生碑〉（篆額）⑥、〈魏故處士王君墓誌銘〉（首行）⑦。此爲唐代

④詳參拙作〈東漢官宦冢墓碑額題職例及其相關問題〉，收入《石學蠡探》（臺北：大安出版社，一九八九年）。

⑤同註④。

⑥以上三額分見洪适《隸釋》卷九、卷十。

⑦見趙萬里《漢魏南北朝墓誌集釋》卷五、圖版二三五。

以前「題」之大致情況。此類慣例使「題」之功能僅限於標明墓主之身分姓氏，未能顯示作者與墓主之關係或情誼。但「題」非無「作文章」之餘地。

初唐始出現打破慣例之「題」。清王芑孫〈金石三例評〉（三例者，元潘昂霄《金石例》、明王行《墓銘舉例》、清黃宗羲《金石要例》。下引三例及王評，僅標作者名）云：「漢魏額題，皆簡古有法，唐人則變古開新。然唐人於詩題，皆各有致意，故所以題其文者亦不苟，學者所宜識也。」⑧所言觀察敏銳。如王績有〈自撰墓誌銘〉，楊炯有〈從弟去盈墓誌銘〉、〈從弟去溢墓誌銘〉、〈從甥梁錡墓誌銘〉、〈常州刺史伯父東平楊公墓誌銘〉，陳子昂有〈堂弟孜墓誌銘〉、〈我府君有周居士文林郎陳公墓誌銘〉，獨孤及有〈殤子韋八墓誌〉（以上俱見《全唐文》。下引唐人文字，不另注明者，同此）。以上八「題」之共同特色在能表達作者與墓主之關係；又楊去盈爲國子進士、梁錡爲右衛率府翊衛，楊炯未以之入「題」，亦與傳統有別。但此處有兩點需加說明討論：一、初盛唐時，與該八「題」類似之例不多，蓋碑誌文多由門生故吏安排，或由喪家託友朋擬妥行狀後再倩人撰寫，鮮少親人操翰。二、該八「題」究逕以上石抑

⑧王芑孫評語未獨立成書，皆繫《金石三例》各書各卷各條下，此見《墓銘舉例》卷一。

僅是文稿之題目？關於此點，該八文既無石刻傳世，吾人自不能作絕對之認定，但〈韋八誌〉起首即云「殤子河南獨孤氏，小字韋八，以其弱而未名也，故以字稱」，據此推論，並參考下文所引例證，吾人可信該八「題」亦即上石之「題」，雖未必字字相符，但出入不大。又陳子昂有〈昭夷子趙氏碣頌〉，張說有〈貞節君碑〉，標「題」用私謚，與傳統碑誌迥然有別，昭夷子趙元亮曾官幽州宜祿縣尉，貞節君楊鴻則歷佐四邑。二「題」捨官用謚，當是撰文立石者以爲二人道德高邁而官卑不足記，其「題」蘊涵撰者對墓主之評價。上舉十例，反映初盛唐部分文士對傳統撰「題」慣例已覺不耐，而試圖尋求較大之寫作空間。唯在韓愈以前，並無作品義法成系統、可資討論之作者。

韓「題」義法嚴謹。碑皆遵守題終例，蓋此實關係墓主及其家族之榮耀與法律地位。至於墓誌「題」，依筆者之見，可分五類：

第一類、有德長者稱「先生」（〈施先生墓銘〉、〈貞曜先生墓誌銘〉）

第二類、同調至友稱字（〈李元賓墓銘〉、〈柳子厚墓誌銘〉、〈南陽樊紹述墓誌

銘〉）

第三類、親族後輩早卒無官者稱名（〈韓滂墓誌銘〉、〈盧渾墓誌銘〉、〈女挐壙銘〉）

第四類、士人未宦稱處士（〈處士盧君墓誌銘〉）

第五類、題官（除上舉九「題」外，皆屬此類，如〈唐故虞部員外郎張府君墓誌銘〉；婦人冠以夫氏官爵）

上舉第四、第五兩類乃傳統標題。至於親族後輩稱名，例已見前引楊炯文，唯是韓愈僅用於早卒無官者，姪孫韓滂卒年十九，第四女韓挐得年十二，文中俱「爾」、「汝」之。妻兄盧於陵卒年三十六，「題」作〈處士盧君墓誌銘〉，妻弟盧渾誌有「銘」無「序」，不能詳其卒年，但文中稱渾爲「汝」，蓋亦早夭。潘昂霄《金石例》卷六列盧渾誌於「幼殤誌銘」類，足見潘氏見解與筆者相同。

「題」單稱字，爲韓愈首創。王行以爲「題不書官，其字重於官也」，黃宗羲以爲「友人則稱字」；筆者則以爲若修正爲「同調至友稱字」，較切合韓愈之意。

按：李觀元賓、柳宗元子厚、樊宗師紹述及歐陽詹行周乃錢基博所謂「韓友四子」，⑨與韓愈交情不同於一般友人。李觀爲李華從子，韓愈伯兄會、叔父雲卿爲李華門弟子；觀與愈俱登德宗貞元八年進士第爲同年；文章齊名，韓愈且深受李觀影響；韓愈於〈北極一首贈李觀詩〉、〈瘞鏡銘〉、〈李元賓墓銘〉皆自稱李觀「友人」，答〈李秀才書〉則稱「故友」，推崇備至：是觀與愈實累世交誼之同調至友。柳宗元父鎮與韓愈伯兄會友善；愈與宗元並以古文名，爲文字交者二十年：是二人亦累世交誼之同調至友。⑩樊宗師與韓愈之交誼亦極深厚，考之韓集，知二人相交在十年以上，屢有文字往來，韓愈又爲文薦之於鄭餘慶、薦之於袁滋、薦之於朝廷，於友朋中特厚，並以女嫁樊宗懿；⑪李肇《國史補》云：「元和之後，文章則學奇於韓愈，學澀於樊宗師。」

---

⑨見《韓愈志》。

⑩以上詳參韓集。並參羅聯添《韓愈研究》第三章〈韓愈交遊〉。

⑪以上詳參韓集〈與鄭相公書〉、〈與袁相公書〉、〈薦樊宗師狀〉、〈貞曜先生墓誌銘〉、〈樊

二人同享文名；韓愈於樊誌盛讚宗師文章「不襲蹈前人一言一句」，實與其「陳言務去」之主張相合：是韓愈引宗師為同調至友。若上論得實，則黃宗羲「友人則稱字」之說頗嫌浮泛。如鄭群，當順宗永貞元年、憲宗元和元年時，韓愈在江陵與之俱隸裴均屬下為同僚，嘗贈韓愈以簟，愈為賦詩，卒，愈為撰誌，讚其為人，可謂友人，而其「題」作「唐故朝散大夫尚書庫部郎中鄭君墓誌銘」⑫；又如獨孤郁與韓愈相交久，年亦僅小韓愈八歲，而韓愈撰郁誌，「題」與「序」皆不稱字；⑬又韓愈同年進士張季友誌，「序」雖稱其字，「題」則作「唐故虞部員外郎張府君墓誌銘」⑭：足見才學不為韓愈所重之一般友人韓「題」並不稱字。至於王行謂「題不書官，其字重於官也」，說明太簡，亦不夠周延。李觀以太子校書終，官位雖卑，但柳宗元終柳州刺史，樊宗師出為棉、絳兩州刺史，入為金部、左司兩郎中，官不為小，與上舉昭夷子、貞節君官止於縣佐者情況迥別；且如其字為世人所熟知，撰文者何必不能兼題官與字？若「其字重於

紹述墓誌銘〉、〈嵩山天封宮題名〉及皇甫湜〈韓文公墓誌〉。

⑫以上參錢仲聯《韓昌黎詩繫年集釋》卷二〈鄭群贈簟〉及韓集該墓誌銘。

⑬參韓集〈唐故秘書少監贈絳州刺史獨孤府君墓誌銘〉。

⑭以上參韓集該墓誌銘。

官」乃指韓愈重視其人甚於其官，則該五字並未透露韓愈重視其人之標準何在，亦未說明稱字何以能表示重視其人。按：韓愈對於稱官稱字，感受較他人爲獨深。《舊唐書·韓愈傳》云：

（元和十一年）拜中書舍人。俄有不悅愈者，摭其舊事，言愈前左降為江陵掾曹，荊南節度使裴均館之頗厚，均子鍔凡鄙，近者鍔還省父，愈為序餞鍔，仍呼其字。此論喧於朝列，坐是改太子右庶子。

該序今不見於韓集，「仍呼其字」者，呼均呼鍔，頗難遽定。若指呼鍔，是韓愈念均之情而不計鍔之凡鄙；若指呼均，是時論以爲裴均乃韓愈長官，韓愈當呼「裴公」或官稱，不當呼字如其友。總之，韓愈竟因呼人字貶官。《顏氏家訓·風操篇》云：

古者，名以正體，字以表德，名終則諱之，字乃可以為孫氏。孔子弟子記事者，皆稱「仲尼」，呂后微時，嘗字高祖為「季」，至漢爰種字其叔父（按：指袁盎，字絲）曰「絲」，王丹與侯霸子語，字霸為「君房」。江南至今不諱字也。河北士人全不辨之，名亦呼為字，字固呼為字，尚書王元景兄弟，皆號名人，其父名「雲」字「羅漢」，一皆諱之，其餘不足怪也。

是北朝有諱字之俗。顧炎武曾引《舊唐書．韓愈傳》證唐時仍有「以字爲諱」者⑮，此不無可商。考唐人於友朋間本不諱字，如白居易〈與元稹書〉，屢呼「微之」。要之，韓愈貶官，原因當不同於北朝之諱字。韓愈曾撰〈諱辯〉，引經義、唐律討論，足見平日極注意避諱問題，自知「字以表德」之古義，元和十一年竟以呼字貶官，感受必深，而元和十五年撰柳宗元、樊宗師二誌，仍題其字，立異矯俗，不可謂無深意。清儲欣曰：

公志壹題官閥，惟李元賓、柳子厚、樊紹述稱字，親之也。⑯

王應奎曰：

⑮見《原抄本日知錄》卷二十四「以字爲諱」條。

⑯《昌黎先生全集錄》卷七「碑」，此據《韓愈資料彙編》頁九二八轉引。

冠而字，成人之道也；成人則貴。其所以成人，於是乎命以字之；字之為有可貴焉。《春秋》以書字為褒，二百四十二年之間，字而不名者，十二人而已。昌黎墓誌數十篇，標題概稱官閥，惟李元賓、柳子厚、樊紹述稱字，以見其人不必以爵位為重，是亦所以貴之也。⑰

所論皆較合理有典據，與拙說「至友」之意接近，唯儲、王二氏猶未注意韓愈對李元賓等三人「親之」「貴之」乃是引爲「同調」之故，可謂未達一間。

「題」稱「先生」，本漢人舊法，當時以稱經師或有德者，如前舉〈玄儒婁先生碑〉，又如〈漢文範先生陳仲弓之碑〉⑱俱是。南北朝時，此稱爲道士、隱士所奪⑲。唐人承之，如顏真卿有〈有唐茅山元靖先生廣陵李君碑銘〉、〈浪跡先生元真子張志和碑銘〉，李白有〈唐漢東紫陽先生碑銘〉，李邕有〈唐故葉有道先生神道碑〉⑳，馮

⑰見其《柳南續筆》卷四。

⑱見趙明誠《金石錄》卷十八。

⑲南北朝稱道士爲「先生」之例，如梁簡文帝有〈華陽陶先生墓誌銘〉，見《全梁文》卷十三。

⑳葉碑見王昶《金石萃編》卷七十一。

宿有「大唐昇元劉先生碑銘」。韓愈平生不爲僧道誌墓，「題」稱「先生」，則捨唐用漢，與其一貫推尊孔孟、排斥佛老之主張一致。王行論〈施先生墓銘〉云：

題不書官而書先生，從諸生之稱也。

論〈貞曜先生墓誌銘〉云：

題不書官與姓，而書先生，從謚者之志，尊之也。

黃宗羲云：

有文名者稱先生，如昌黎之稱施先生、貞曜先生，皇甫湜之稱昌黎韓先生。

筆者以爲王、黃二氏之說皆有可議。

按：太學博士施先生士丐（一作丏）以經學聞不以文名。貞曜先生孟郊雖以詩名，韓愈、張籍等尤推重其德行，誌云：

將葬，張籍曰：「先生揭德振華，於古有光，賢者故事有易名，況士哉。如曰貞曜先生，則姓名字行有載，不待講說而明。」皆曰：「然。」遂用之。

「貞」即「揭德」，指德行；「曜」即「振華」，指文學。且負文名莫若柳宗元，何以柳誌不稱「先生」？足見黃宗羲「有文名者稱先生」之說爲不然。又：韓愈有〈國子助教河東薛君墓誌銘〉、〈唐故國子司業竇公墓誌銘〉、〈故太學博士李君墓誌銘〉，皆不「從諸生之稱」。查王行之有此說，蓋因韓愈嘗詣施先生聽毛詩㉑，於士丏爲弟子行，撰銘時爲四門博士㉒，於士丏屬後進。但韓愈於〈竇司業誌〉云：「愈少公十九歲，以童子得見，於今四十年，始以師視公，而終以兄事焉。」是竇、韓曾有師、弟誼，竇又身爲司業，韓愈何以不「從諸生之稱」？考施誌之「銘」有云：

纂序前聞，于光有曜。古聖人言，其旨密微；箋注紛羅，顛倒是非；聞先生講論，如客得歸。卑讓肫肫，出言孔揚。

推崇施士丏德行之外，又備譽其致力經學，有功聖門，此點薛助教、竇司業皆不能及，

㉑馬其昶《韓昌黎文集校注》卷六〈施先生墓銘〉篇中引舊注。

㉒據誌，施先生卒於貞元十八年，時韓愈爲四門博士，參各家年譜。

至李博士服丹而死，爲韓愈所譏（詳下文），尤不能相提並論，故施誌稱「先生」，實可爲〈原道〉、〈師說〉、〈進學解〉下一注腳。以此論之，王行「從諸生之稱」及「書先生，從諡者之志，尊之也」之說似未能掌握韓愈用「先生」二字之真正意涵。考施士丏長韓愈三十四歲，孟郊長韓愈十七歲，韓「題」之稱「先生」，蓋既以二人爲長者，又用漢法奪道歸儒也。清代《金石萃編》著者王昶爲戴震撰墓誌，既題「戴東原先生墓誌銘」，又於文中稱：

> 昔韓昌黎銘施士丐，柳子厚表陸淳，皆稱「先生」，蓋以經師為重。今竊取是例，以示（戴氏友）張君，俾刻於幽竁。㉓

按：王昶此說，實能掌握韓愈原旨，不愧爲金石學大師。唯柳宗元於陸淳固稱「先生」㉔，於道士張因亦稱「先生」㉕，用例不如韓愈純粹，王昶似未注意。

㉓見《戴東原先生全集》。
㉔見《柳河東集》卷九。
㉕見《柳河東集》卷十一。

綜上所述，知韓「題」有創新，有沿襲：稱「先生」則用漢法以矯時俗，稱字則據古義表達志同道合及推崇之意，稱名則顯現父兄子姪之關係，其餘則沿襲慣例。義法謹嚴，均有寓意。

（二）序

本文所謂「序」，指「題」後「銘」前文字。

漢魏六朝，「序」之作法大致較固定。於內容及敘述次第方面，清李富孫《漢魏六朝墓銘纂例》、郭麐《金石例補》、吳鎬《漢魏六朝唐代志墓金石例》、王芑孫《碑版文廣例》、劉寶楠《漢石例》等書均有淵博之舉「例」。在此之前，元明石例學者，截斷眾流，「大段以昌黎為例」（黃宗羲語），王行云：

凡墓誌銘書法有例，其大要十有三事焉：曰諱、曰字、曰姓氏、曰鄉邑、曰族出、曰行治、曰履歷、曰卒日、曰壽年、曰妻、曰子、曰葬日、曰葬地，其序如此，如韓文〈集賢校理石君墓誌銘〉是也。其曰姓氏、曰鄉邑、曰族出、曰諱、曰字、曰行治、曰履歷、曰卒日、曰壽年、曰葬日、曰葬地、曰妻、曰子，其序如此，如韓文〈故中散大夫河南尹杜君墓誌銘〉是也。其他雖序次或有先後，要不越此十餘事而已，此「正例」也。其有例所有而不書，例所無而書之者，又其「變例」，各以其故也。

此說乃繼承潘昂霄誌墓宗韓之觀點。但潘、王二氏既未探求韓文之淵源，極易令人誤解「義例」皆始自韓愈；而就「例」探「義」時，既極瑣碎，且不無臆說。黃宗羲評之云：

顧未嘗著為例之義與壞例之始，亦有不必例而例之者，如上代兄弟宗族姻黨有書有不書，不過以著名不著名，初無定例，乃一一以例言之。

黃氏乃著《金石要例》「稍爲辯正」。唯是黃氏於探源方面成就亦頗有限。清代金石學大昌，朱彝尊倡導效王行法編纂漢魏六朝碑誌例，遂有李富孫以降諸家書。㉖諸書之著述體例雖學潘、王，然眼界大開，又能貫通古今，故於沿襲流衍，立論較正確中肯，如吳鎬於所著書附錄云：

㉖以上參拙著《石學蠡探·石例著述評議》。

金石所重，在可書不可書耳，或略或詳，又其次也。止仲（按：王行字）則舉韓文姓諱等十有三事例之。夫志墓之製，肇始東漢，所云十三事者，未見備於一篇之中，蓋彼時文體簡樸，故魏晉誌銘，並姓諱皆不載者甚眾，後魏始有詳敘者，至北周庾開府出，此十三事備矣。隋至唐初，撰文之士悉宗法之，又較詳密。要之，昌黎起衰振靡，出言為經，本非六朝文士可及，然於古人文字義例章法之善者，未必不從而效之，非皆由自創。今即以昌黎之文，與中郎、開府二家參考之，知其效法古人者居多，則又豈可置漢魏六朝之文而不論乎？

按：吳鎬所論極是，其中謂庾信已備十三事、韓「例」非皆自創，尤為一語中的，指出韓文長處並非僅在對十三事之安排；其說頗能糾正部分文士對韓「例」之迷思。按：石例學者舉「例」不厭其煩，條析毛舉，其用意主要在提供各類成例，指導後進如何依墓主、喪家之狀況選擇適當之類例撰文傳信，簡潔得體，文學意境之考慮成分不大，故王行所舉韓文「正例」如石君、杜君兩墓誌銘並非文章家最推崇者，「變例」如〈柳子厚墓銘〉、〈殿中少監馬君墓誌銘〉、〈試大理評事王君墓誌銘〉等反頗受讚賞。而部分文士學韓則捨本逐末，斤斤於「例」，轉失韓文之長處。王芑孫論「例」云：

凡此等皆臨文之變，隨時而改，隨人而異，無例可言。若一一以例言之，則轉成擔版，作者之心思才力，皆坐困其中而無繇自騁。即使一皆如例，亦所謂縛律僧也。緤虎囚龍，豈有與於斯文也哉？㉗

曾國藩云：

深於文者，乃可與言例；精於例者，仍未必知文也。㉘

識見皆極卓越。蓋潘、王二書舉韓「例」之多，適足說明韓「序」內容取捨有法、行文活潑自由。其精萃處不在所謂「十三事」之配置，反在能分別主客，凸顯要旨。如〈李元賓墓銘〉文字簡短，明唐順之（荊川）疑其太略，方苞曰：

荊川疑此文太略，非也。元賓卒年廿九，德未成，業未著，而信其不朽，又曰：「才高乎當世，行出乎古人。」則所以推大者至矣；又曰：「竟何為哉！竟何為哉！」則

㉗評見前揭《金石三例·金石例》卷六。
㉘《求闕齋讀書錄》卷八「韓昌黎集」。

痛惜者亦至矣。若毛舉數事，則淺乎視元賓，而推痛惜之大意，轉不可見。㉙

前代碑誌之弊病，正在「毛舉數事」，其內容、次第幾與行狀無異，往往平鋪直敘，且愈至後世愈長，北魏墓誌已有長達千五百字者㉚，顏真卿〈唐故通議大夫行薛王友柱國贈秘書少監國子祭酒太子少保顏君碑銘〉竟超過四千字，至宋代，七八千字者屢見不鮮，因而墓主一生大節「轉不可見」。韓「序」則能避免此病，著重大節，故雖文字簡短，轉有韻致。

此外，韓愈又運用技巧，活化此種六朝以來已趨僵硬之第三人稱敘事體應用文，豐富碑誌文之面貌。其「序」之特色除上述著重大節、文字簡短外，下文再分三項說明之。

漢人作「序」，以敘事文字間雜頌讚語組成，鮮少議論成分。南北朝時，出現在「□諱□，字□□」之前加一小段議論文字之作法，吳鎬書曾舉例，如：晉裴希聲〈侍

㉙《韓昌黎文集校注》卷六〈李元賓墓銘〉題下補注引。

㉚如北魏〈江陽王元乂墓誌〉，見《漢魏南北朝墓誌集釋》圖版七八之二。

中嵇侯碑〉、梁蕭綸〈隱居貞白先生陶君碑〉、北周庾信〈周柱國大將軍長孫儉神道碑〉等。翻檢《全唐文》，此類作法頗爲流行，著名文士如張九齡、于志寧、楊炯、張說、李邕、李華、權德輿等皆喜採用，但大體簡短空泛。韓愈早年至交李觀作〈故人墓誌〉則全篇皆是議論，幾無所謂十三事者。固然李觀故人朱巨源貧賤未達，事跡不彰，但李觀非不能採用議論以外之寫法，全篇議論，既無前例可援，反難下筆，因此該誌反映出李觀對碑誌文作法有其獨特之見解，此對韓愈當有一定之影響。韓「序」頗喜議論，如〈殿中侍御史李君墓誌銘〉，既云：

> （李虛中）學無所不通，最深於五行書，以人之始生年月日所直日辰干支相生勝，衰死王相，斟酌推人壽夭貴賤利不利，輒先處其年時，百不失一二。其說汪洋奧美，關節開解，萬端千緒，參錯重出。學者就傳其法，初若可取，卒然失之。星官曆翁，莫能與其校得失。

又云：

> 君亦好道士說，於蜀得秘方，能以水銀為黃金，服之冀果不死。將疾，謂其友衛中

行大受、韓愈退之，曰：「吾夢大山裂，流出赤黃物如金。左人曰：『是所謂大還者。』今三（年）矣。」君既歿，愈追占其夢曰：「山者艮，艮為背，裂而流赤黃，疽象也。大還者，大歸也。其告之矣。」

何焯論李誌之深義云：「深於五行，百不失一二，乃信道士說，妄冀大還，卒以疽死，所以深著學仙服食之愚也。」㉛實則該誌尚諷刺推算八字之學（按：李虛中時僅有六字，有年月日，尚無時）。李虛中誌之筆法猶屬「微言大義」，〈故太學博士李君墓誌銘〉則大張旗鼓，以全部篇幅直接痛言服食之愚，既云：「余不知服食說自何世起，殺人不可計，而世慕尙之益至，此其惑也。」又於歷述目覩服食致死者六七人之慘狀後，以「嗚呼！可哀也已，可哀也已」作結，直是一篇「服食論」。上二誌皆能表現韓愈崇儒之立場。至於〈南陽樊紹述墓誌銘〉，論樊宗師之文學云：

多矣哉！古未嘗有也。然而必出於己，不襲蹈前人一言一句，又何其難也。必出入仁義，其富若生畜萬物，必具海含地負，放恣橫從，無所統紀，然而不煩於繩削，而自

㉛見其《義門讀書記》卷三十三。

合也。嗚呼！紹述於斯術，其可謂至於斯極者矣。

〈柳子厚墓誌銘〉，論柳宗元之遭遇與成就云：

子厚前時少年，勇於為人，不自貴重顧藉，謂功業可立就，故坐廢退；既退，又無相知有氣力得位者推挽，故卒死於窮裔，材不為世用，道不行於時也。使子厚在臺省時，自持其身已能如司馬、刺史時，亦自不斥；斥時有人力能舉之，且必復用，不窮。然子厚斥不久，窮不極，雖有出於人，其文學辭章，必不能自力以致必傳於後如今，無疑也。雖使子厚得所願，為將相於一時，以彼易此，孰得孰失，必有能辨之者。

上引二段皆不僅可作「文論」讀，置於史傳中，即爲一篇論贊。以上述者觀之，於敘事爲主之文體中作大篇幅且深切之議論，自是韓「序」特色之一。

漢代以來碑誌文，敘事皆用第三人稱，其主詞爲「君」、「公」或「某某」等。又作者極少落款，上石亦然，如〈漢文範先生陳仲弓碑〉，賴有《蔡中郎集》知其作者，其餘大多無考，嚴可均輯《全文》「闕名」各卷即是其證；少數落款者，於文中亦不自道其名或自稱「余」，如石刻有北魏常景撰〈魏故比丘尼統慈慶墓誌銘〉㉜，即是一例；加以極少使用對話，故可謂全屬第三人稱。唐代如李華之「序」已有意運用對話寫作，對話可使平板之第三人稱敘述產生波瀾起伏之效果，就敘述觀點言，增加第一與第二人稱，就寫作技巧言，增加一項手段，但直至韓愈方大量運用對話技巧。筆者曾作統計，韓「序」有對話者將近三分之二。王安石曾謂韓文唯王適、張徹誌最奇㉝，筆者以爲「最奇」處即在二誌之對話，〈故幽州節度判官贈給事中清河張君墓誌銘〉云：

（張徹）至（幽州）數日，軍亂，怨其府從事，盡殺之，而囚其帥（節度使張弘靖），且相約：「張御史（徹）長者，毋侮辱轢蹙我事，毋庸殺。」置之帥所。居月餘，聞有中貴人自京師至，君謂其帥：「公無負此土人，上使至，可因請見自辨，幸得脫免歸。」即推門求出，守者以告其魁，魁與其徒皆駭曰：「必張御史。張御史忠義，必為其帥告此，餘人，不如遷之別館。」即與眾出君，君出門，罵眾曰：「汝何

㉜見趙萬里《漢魏南北朝墓誌集釋》卷五、圖版二三九

㉝見潘昂霄《金石例》卷六。

> 敢反！前者吳元濟斬東市，昨日李師道斬於軍中，同惡者，父母妻子皆屠死，肉餧狗鼠鴟鴉，汝何敢反！汝何敢反！」行且罵，眾畏惡其言，不忍聞，且虞生變，即擊君以死，君抵死口不絕罵，眾皆曰：「義士！義士！」

此段述張徹死節事，主要以對話組成，各種人稱雜出，而當時情景，歷歷如繪。若用傳統第三人稱敘述法，自無法盡其曲折，如此生動。又〈試大理評事王君墓誌銘〉全篇亦多用對話，文末一段云：

> （王適）妻上谷侯氏處士高女。高固奇士，自方阿衡、太師：「世莫能用吾言。」再試吏，再怒去，發狂投江水。初，處士將嫁其女，懲曰：「吾以齟齬窮，一女，憐之，必嫁官人，不以與凡子。」君（王適）曰：「吾求婦氏久矣，唯此翁可人意，且聞其女賢，不可以失。」即謾謂媒嫗：「吾明經及第，且選，即官人。侯翁女幸嫁，若能令翁許我，請進百金為嫗謝。」諾許，白翁，翁曰：「誠官人邪？取文書來！」君計窮吐實（按：時尚無官），嫗曰：「無苦。翁大人，不疑人欺。我得一卷書，粗若告身者，我袖以往，翁見未必取眎。幸而聽我，行其謀。」翁望見文書銜袖，果信

不疑，曰：「足矣。以女與王氏。」

此段波濤翻騰，詭異曲折，直類一篇傳奇；前人作「序」，絕無此例。又如〈襄陽盧丞墓誌銘〉，全篇以盧行簡乞銘語及「吾（韓愈）曰……」兩段組成；〈唐河中府法曹張君墓碣銘〉則僅記錄張君妾劉氏語：此類寫法亦是前無古人。其餘因人稱之轉化而使文章別具韻致者，其例亦多，爲省篇幅，例證留待下節補述。總之，使用對話及轉換敘述觀點，技巧近乎小說，亦是韓「序」特色之一。陳寅恪先生謂韓愈「以古文試作小說」㉞，實則韓愈亦以「小說技法」作古文也。

漢人撰「序」，已有駢偶傾向，如蔡邕〈郭有道碑〉即是，至庾信而登峰造極。入唐，仍沿其風，古文家如李華、元結、獨孤及、梁肅等，亦往往不能避免儷語排句。獨孤及〈殤子韋八墓誌〉、李觀〈故人墓誌〉方擺脫駢體之拘束。韓愈更全力以古文寫作，儷語極少，與前人相比，自是韓「序」一大特色，此人人皆知，自不必舉例說明。

㉞參《陳寅恪先生全集》〈元白詩箋證稿〉、〈論韓愈〉、〈韓愈與唐代小說〉三文。另參臺靜農〈論碑傳文與傳奇文〉。

（三）銘

本文所謂「銘」，古人或稱「辭」、或稱「頌」、或稱「詩」、或稱「亂」、或稱「嘆」。

漢代以降，「銘」多用整齊韻語，有三言、四言、五言、六言、七言及楚辭體；間有四六雜用等雜言，但極少。至於內容，往往因資料已於「序」中道盡，故僅用韻語將「序」重述一遍，此雖著名文士有時亦不能免，如蔡邕〈郭有道碑〉，「銘」與「序」之內容及敘述次序皆相同，差別僅在有無韻腳而已。若墓主一生本泛泛無奇，撰文者為編寫數十句韻語，尤難避免「虛美」，大約男喪則「明明君德，令問不已」一類（〈漢北海淳于長夏承碑〉，《隸釋》卷八），女喪則「猗與夫人，秉德淑清」一類（〈晉待詔中郎將徐君夫人菅氏碑陰〉，《漢魏南北朝墓誌集釋》圖版六之二），頗嫌空泛，不夠真切，缺乏作者個性。但當時風尚，正如上述。

唐時此風漸變，李華撰〈故翰林學士李君墓誌〉，「銘曰：立德謂聖，立言謂賢。

嗟君之道，奇於人而侔於天。哀哉！」杜甫撰〈唐故萬年縣君京兆杜氏墓碑〉，「銘而不韻，蓋情至無文，其詞曰：嗚呼！有唐義姑京兆杜氏之墓。」李觀撰〈故人墓誌〉，「詞曰：君加我以義，我求子以心；學不愧古，人不侔今；周旋二人，久用欽欽。素書東來，告君之亡；不履而步，不言而傷。琴不破，劍不懸；非不能之，顧無贖焉；松為薪，壟為田；而此數字，不更於淵。」上三「銘」之句法、用韻皆與古不同，尤可注意者，三銘皆不重述、不虛美。唯德宗貞元以前，類此者極少，韓愈始大力革新。

韓「銘」用韻者多，不用韻者少，亦有雜出者。不用韻者如〈柳子厚墓誌銘〉，「銘曰：是惟子厚之室，既固既安，以利其嗣人。」㉟雜出者如〈李元賓墓銘〉，「辭曰：已虖元賓，壽也者，吾不知其所慕；夭也者，吾不知其所惡。生而不淑，孰謂其壽？死而不朽，孰謂其夭？已虖元賓，才高乎當世，而行出乎古人。已虖元賓，竟何為哉！竟何為哉！」以上二類求諸漢魏六朝，可謂絕無僅有，乃是創新。

用韻一類，韓愈亦務求擺脫前人窠臼，特色有三：

㉟或謂安、人二字可通押。

第一，打破整齊句法。如〈河南少尹李公墓誌銘〉，「銘曰：高其上而坎其中，以爲公之宮，奈何乎公。」又如〈集賢院校理石君墓誌銘〉，「銘曰：生之艱，成之又艱。若有以爲，而止於斯。」

第二，韻腳配置力求變化。如〈故幽州節度判官贈給事中清河張君墓誌銘〉，「銘曰：嗚呼徹也！世慕顧以行，子揭揭也；噎喑以爲生，子獨割也；爲彼不清，作玉雪也；仁義以爲兵，用不缺折也；知死不缺名，得猛厲也；自申於闇，明莫之奪也；我銘以貞之，不肖者之咀也。」方崧卿以爲：此銘以徹、揭、割、雪、折、厲、奪、咀爲韻，而行、生、清、兵、名、闇、貞復自爲韻。㊱朱子云：「方說多得之。此銘蓋法〈兔罝〉、〈魚麗〉等詩隔句用韻耳。《詩》隔句用韻，先儒所未知，觀公此銘，則既識之矣。但闇、明二字，乙之則韻自叶，而義亦勝，若如方說，則雖讀闇爲鶕，韻終不叶，而義亦不通也。」㊲朱子真具慧眼。又如〈故江南西道觀察使贈左散騎常侍太原王公墓誌銘〉，「銘曰：氣銳而堅，又剛以嚴，哲人之常；愛人盡己，不倦以止，乃吏之

㊱見《韓集舉正》卷十。

㊲見《原本韓集考異》卷八。

方；與其友處，順若婦女，何德之光；墓之有石，我最其迹，萬世之藏。」沈欽韓曰：「此韻同〈嶧山碑〉法。」㊳按：秦〈嶧山碑〉前半，每四言三句末字爲韻腳，此銘套用其法，除打破偶數句用韻之慣例外，每三句之一、二句又各自另押別韻，即「堅」、「嚴」、「己」、「止」、「處」、「女」、「石」、「迹」，故此銘雖仿秦碑，又另運巧思以創新。又如〈唐故河南府王屋縣尉畢君墓誌銘〉，「銘曰：上古愛民，爲官求人；苟可以任，位加其身。其後喜權，人自求官；退而緩者，身後人先。故廣平死節，而子不荷其澤；王屋謹廉，而神不福其謙。嗚呼！天與人，苟無傷其穴與壙。」此銘用韻參差錯落，不拘一格，可謂「瞻之在前，忽焉在後」。

第三，雜用古今韻。歐陽脩自謂獨愛韓愈工於用韻，有云：

> 蓋其得韻寬，則波瀾橫溢，泛入旁韻，乍還乍離，出入回合，殆不可拘以常格，如〈此日足可惜〉之類是也。得韻窄，則不復傍出，而因難見巧，愈險愈奇，如〈病中贈張十八〉之類是也。㊴

㊳《韓昌黎文集校注》卷七〈故江南西道觀察使贈左散騎常侍太原王公墓誌銘〉篇末補注引。
㊴見《歐陽脩全集》卷五「詩話」。

韓愈用韻，務逞才力，不肯隨俗，盡人皆知。其用古韻，言者較少。南宋龔頤正曾舉十餘例論韓愈韻語有時雜入古韻，有本《詩》、《騷》、《易林》及漢代辭賦者。㊵稍晚，朱子亦曾指出：

晉人詩，惟謝靈運用古韻，如「祐」字協「燭」字之類。唐人惟韓退之、柳子厚、白居易用古韻。如〈毛穎傳〉「牙」字、「資」、「髦」字，皆協「魚」字韻是也。㊶

韓「銘」有時亦雜用古今韻，匠意同於上述詩文，如〈唐故朝散大夫越州刺史薛公墓誌銘〉，「其文曰：薛氏近世，莫盛公門；公倫五人，咸有顯聞。公之初志，不以事累；俚俛以隨，亦貴於位。無怨無惡，中以自寶；不能百年，曷足謂壽。公宜有後，有二稚子；其祐成之，公食廟祀。」舊注：「此文四句一韻，古音寶與壽叶。」此云「古音寶與壽叶」㊷，語焉不詳。筆者請教何大安學長，告以：唐時「寶」在一等「豪」韻，

㊵見《芥隱筆記》。

㊶見《朱子語類》卷一百四十。

㊷《韓昌黎文集校注》卷七〈唐故朝散大夫越州刺史薛公墓誌銘〉「中以自寶」句下引。

「壽」在三等「尤」韻，相去頗遠，但上古兩漢時則同在「幽」部，此處自是用古韻，韓愈當有所本。古籍「寶」、「壽」押韻，倉促中未能記憶，但《漢書·禮樂志·安世房中歌》有「保」、「壽」押韻例，「保」音同「寶」，或即韓「銘」所本。又，〈唐故檢校尚書左僕射右龍武軍統軍劉公墓誌銘〉，「銘曰：提將之符，尸我一方；配古侯公，維德不爽；我銘不亡，後人之慶。」沈括指出：古時「慶」字常與「章」字一系韻字協韻，如《詩經》「孝孫有慶，萬壽無疆」、「黍稷稻粱，農夫之慶」、「唯其有章矣，是以有慶矣」等。㊸沈欽韓曰：「《韻會》：爽，叶師莊切。《詩》：其德不爽，壽考不忘。」㊹按：韓愈於〈唐故中散大夫少府監胡良公墓神道碑〉之「銘」中，「慶」與「行誼」之「行」押韻，則〈劉統軍誌〉之「慶」字當是有意仿效《詩經》用法。上舉雜用古韻二例，韓「銘」中並非僅見。

以上自句式、用韻觀察，韓「銘」變化多端，自古所無。至於內容方面，韓愈絕少

㊸沈括舉《詩》、《易》、漢賦例證甚多，詳參《夢溪筆談》卷十四。

㊹《韓昌黎文集校注》卷六〈唐故檢校尚書左僕射右龍武軍統軍劉公墓誌銘〉「維德不爽」句下補注引。

「重述」，有之，僅上舉〈胡良公碑〉及〈唐故相權公墓碑〉等少數，方苞云：

> 碑記墓誌之有銘，猶史有贊論。義法創自太史公，其指意辭事，必取之本文之外。班史以下，有括終始事跡以為贊論者，則於本文為複矣，此意惟韓子識之。故其銘辭，未有義具於碑誌（按：指「序」）者；或體製所宜，事有覆舉，則必以補本文（按：亦指「序」）之間缺。㊺

按：方苞謂韓愈「序」、「銘」多互補，係仿自《史記》，體味極爲精確。如〈施先生墓銘〉：

> 系曰：先生之祖，氏自施父。其後施常，事孔子以彰。讎為博士，延為太尉，太尉之孫，始為吳人。曰然曰續，亦載其跡。（中略。已見前引）縣曰萬年，原曰神禾，高四尺者，先生墓邪。

韓愈於「序」中以全力讚美施先生之治經與授業，故將先世及葬地於「銘」中補述，與

㊺見《方望溪全集》卷五〈書韓退之平淮西碑後〉。

「序」互補。又，〈劉統軍碑〉「序」短「銘」長，「銘」述「十三事」，章法同於〈施誌〉。其「銘」曰：

> 劉處彭城，本自楚元。陽曲之別，繇公祖遷。公曾祖考，為朔州守。祖令太原，仍世北邊。樂其高寒，棄楚不還。逮於公身，三世晉人。公生而異，魋顏鉅鼻。幼如舒退，少長好事。西戎乘勢，盜有河外。公雖家居，為國喑噫。來告邊帥，可破之計。楊琳為橫，巴蜀靡彫。公由游寄，單船諭招。折其尾毒，不得動搖。琳後來降，公不有功。終琳之已，還臥民里。蓋古有云，人職其憂。無事於職，而與國謀。德宗之始，為曲環起。奮筆為檄，強寇氣死。決敗筭成，效於屈指。環有許師，公遂佐之。蘇民軋敵，多出公畫。累拜郎中，進兼中丞。雖在陪貳，天子所憑。蔡卒幸喪，圍我許郛。新師不牢，勗勸將逋。公為陳方，應變為械。與之上下，寇無所賴，遂至遁敗。以功遷陳，實許之半。聲駕元侯，以勢自憚。復入居許，為軍司馬。脫權下威，士心益歸。卒嗣環職，棄惡從德。乃與蔡通，塗其榛棘。惟耋嬉遨，連手歌謳。上無可怨，外無與讎。既長事官，峻之大夫。其償未塞，僕射以都。及癸巳歲，秋涌水出。流過其部，破民廬室。公即疏言，此皆臣慭。防斷不補，漬民於泉。臣耄且疾，

宜即大罰。上曰熘害，大臣其來。允余之思，其可止哉。驛隸走呼，有中使來。公迎于驛，遂行不迴。六月隆熱，上下歊艴。公鞭公驅，去馬以輿。公病日惡，不能造闕。仆臥在宅，閔有加錫。命為統軍，龍武之右。兼官左相，百僚長首。冬十一月，日將南至。公遂薨殂，年六十二。奏聞怛悼，俾官臨弔。悲不聽朝，贈督潞州。存歿之賚，於數為優。明年九月，東葬金谷。公往有命，匪後人卜。㊻

又如〈唐正議大夫尚書左丞孔公墓誌銘〉，「銘曰：孔世卅八，吾見其孫；白而長身，寡笑與言；其尚類也，莫與之倫；德則多有，請考於文。」按：孔子世家言孔子高九尺六寸，時謂之「長人」，九世孫子襄亦如之，孔戣爲孔子三十八世孫，「白而長身」，故韓愈有「尚類」之語，一以對其人表示欽佩，一以對孔子表示敬仰，其義爲「序」中所無，其手法則與〈項羽本紀〉「太史公曰：吾聞之周生曰，舜目蓋重瞳子，又聞項羽亦重瞳子，羽豈其苗裔邪？何興之暴也。」有異曲同工之妙。方苞曰：「觀此（按：指〈孔戣誌〉「銘」），可知誌記之有銘，共原出於《史記》之贊。」㊼可謂目光如炬。

㊻此銘間有異文，詳參《韓昌黎文集校注》卷六〈劉統軍碑〉各注。
㊼《韓昌黎文集校注》卷七〈唐正議大夫尚書左丞孔公墓誌銘〉篇末補注引。

正因韓「銘」能避免「重迹」，因而更能擺脫「虛美」之困擾與缺點。自用字應求經濟之角度言，韓「銘」較前人能發揮效果。自全篇碑誌結構言，韓文較富張力。蓋韓愈之受《史記》影響，誠有如上引方苞之言者。㊽

（四）立意

碑誌文本起源於〈士喪禮〉所謂「明旌」，與器物銘辭如鼎銘、鐘銘之屬作時作義並不完全相同，但《禮記．祭統》云：

夫鼎有銘。銘者，自名也；自名以稱揚其先祖之美而明著之後世者也。為先祖者，莫不有美焉，莫不有惡焉。銘之義，稱美而不稱惡，此孝子孝孫之心也。

東漢時期，立石者雖多碑主子孫，而撰文者多係門生故吏，不能不受〈祭統〉所述觀念影響，隱惡揚善，寖假而至於虛美乃至虛僞，蔡邕自道生平所撰碑銘甚多，「唯郭有道

㊽金劉壎《隱居通義》卷十八云：「韓文世謂其本於經，或謂出於《孟子》。然其碑銘，妙處實本太史公也。第此老稍能自秘，示人以高，故未嘗尊稱遷、固，至其平生受用，則實得於此。」此可與方苞言參觀。

無愧色耳」㊾，蔡邕之言，正能反映此類文體所遭遇之人情困擾與觀念之限制。

韓愈改革碑誌文，在體製方面，其面貌與古人有顯著之差別，已見前三小節，而更應注意者，乃韓愈突破「稱美而不稱惡」之觀念限制，常效史臣之筆，寓褒貶之義。明吳訥云：

> 大抵碑銘所以論列德善功烈，雖銘之義稱美弗稱惡，以盡其孝子慈孫之心；然無其美而稱者謂之誣，有其美而弗稱者謂之蔽。誣與蔽，君子之所弗由也歟！㊿

韓愈頗能注意及此。韓愈碑誌文最多，潤筆極豐，劉禹錫云：「公鼎侯碑，志隧表阡，一字之價，輦金如山。」㊿當時劉叉曾譏其「諛墓」，奪金而去。㊿韓愈「諛墓」與否，遂成公案。黃宗羲云：

㊾見《後漢書·郭太傳》。

㊿見其《文章辨體·序說》。

51見其〈祭韓吏部文〉，《全唐文》卷六百十。

52見《全唐文》卷七百八十李商隱〈齊魯二生〉一文。

〈祭統〉：銘之義，稱美而不稱惡，此孝子孝孫之心也。故昌黎云：「應銘法。」若不應銘法，則不銘之矣。以此寓褒貶於其間。然昌黎之於子厚，言少年勇於為人，不自貴重；誌李于，單書服泌藥一事，以為世誡；誌李虛中，亦書其以水銀為黃金服之冀不死；誌王適，書其謾侯高事；誌李道古，言其薦妄人柳泌：皆不掩所短，非截然諛墓者也。

按：黃氏所言極是；唯猶簡略，尚有餘義，茲再補充說明。

韓「題」稱字，以示與碑主相知之深，一般友人則舉官閥，反顯泛泛。韓「題」稱「先生」以尊儒者，力矯當時以稱道士之俗，與其排斥佛老之思想一致，並與不撰僧道碑誌之作風呼應。若爲信道士之說者撰誌，則於「序」中微言明諷，已如第二小節及上引黃宗羲語所述。足見韓愈並不取悅世俗。

韓愈六十六篇碑誌中，或有「序」無「銘」，或有「銘」無「序」，清林雲銘曰：

墓有左誌（按：指「序」）右銘，或求一人獨作，或求兩人分作。此（按：指〈殿中少監馬君墓誌〉）則分作其誌者也。[53]

其言甚是。如〈試大理評事胡君墓銘〉，無「序」，而「銘」末云「作後銘，系序初」，是「序」乃另一人作。但有時「題」曰「墓誌銘」，卻有「序」無「銘」，此當另有微旨，如〈襄陽盧丞墓誌銘〉，前大半皆是盧丞子盧行簡乞銘語，文末韓愈曰「可銘也，遂以銘」，而實無「銘」，方苞曰：

通篇皆乞銘語，不自置一詞，所謂古之道，不苟毀譽於人。[54]

盧丞行誼皆是其子自述，此乃韓愈暗示對盧丞並無了解，既無了解，故不願撰寫含有評論或期望意味之「銘」辭，弦外之音，極爲明白。此篇顯係無法擺脫人情之作，但通篇不苟毀譽，自不宜責以「諛墓」。

韓文最具「諛墓」嫌疑者，當數〈故中散大夫河南尹杜君墓誌銘〉。杜君名兼，韓

---

[53] 《古文析義二編》卷六〈殿中少監馬君墓誌銘〉總評。

[54] 《韓昌黎文集校注》卷六〈襄陽盧丞墓誌銘〉題下補注引。

愈曾與杜兼同佐張建封於徐州，有同僚之誼，至是兼卒於河南尹任上，韓愈爲都官員外郎，受杜兼家族請託，爲誌其墓，㊺此在人情難辭。但杜兼人品不佳，官聲惡劣，沈欽韓曰：「新《書》，杜佑素善兼，始終倚爲助力，所至大殺戮，裒藝財貲，極嗜欲，適幸其時未嘗敗。柳宗元〈杜兼對〉曰：吾以爲唐檮杌、饕餮者亡以異。」㊻如此污官，爲誌其墓，難免「諛墓」之譏，但方苞曰：

誌無美詞，銘亦虛語。㊼

儲欣曰：

杜為大官，然迹其殺韋賞、陸楚事，則其人可知。此昌黎公所不欲志者；不得已，念與遊之情，以塞其母兄妻子之請。然其辭只如此，於此尤見史筆之嚴。㊽

㊺參《韓昌黎文集校注》卷六〈故中散大夫河南尹杜君墓誌銘〉及題下引舊注。
㊻同上篇補注引。
㊼同上篇末補注引。
㊽《昌黎先生全集錄》卷五「碑誌」，此據《韓愈資料彙編》頁九二三轉引。

二人俱能體會韓文微旨。考「銘」辭有云「祿以給求，食以會同；不畜不牧，庫廄虛空」，或即對杜兼既斂財貨又窮嗜欲之諷語。章學誠云：

昌黎文起八代之衰，大書深刻，群推韓碑，然諛墓之譏，當時不免。今觀韓集碑誌諸篇，實未嘗有所苟譽，惟應酬牽率無實之文，十居其五，李漢編集，不免濫收，為少持擇爾。然此特論著述精微之極致當如是也，如以文論，未見其可貶也。59

章氏以爲：未能推卻應酬，與無恥「諛墓」不宜混爲一談，而以文論文，韓愈碑誌又皆允當。所論自屬持平。

綜合以上四小節所論，足見不論體製或立意，韓愈碑誌文雖有沿襲前代之因子，而尤有大幅之創新，故其作品面貌與精神皆大異往昔，尤以墓誌銘爲然。其中〈柳子厚墓誌銘〉，除「題」、「序」、「銘」三者皆具韓愈創新之各種成分外，立意深切，直言無諱，往古罕見，堪稱最富韓愈特色之作品（其他因素本文姑不論列）。

59見《文史通義·外篇三·答某友請碑誌書》。

三、韓愈冢墓碑誌文對後世之影響

本節論韓愈碑誌文對當時或後世之影響，僅擬舉出著名文士作品之標題、立意、章法、句式或用韻與韓文全同或極相近之例證，則韓愈影響之大當能自見，故不擬多所論說。茲爲行文便利，分「題」、「序」、「銘」三小節說明。

(一)題

據上節分析，韓「題」可分五類，各有義法，其中同調至友稱字，儒者稱「先生」，特具微旨。唯在唐時，韓「題」並未受到特別注意或效法。蓋當貞元、元和、長慶年間，文士製題，各出心裁，如李觀有〈故人墓誌〉，歐陽詹有〈有唐君子鄭公墓銘〉，李翺有〈高愍女碑〉、〈叔氏墓誌銘〉，劉禹錫有〈絕編生墓表〉，柳宗元有〈馬室女雷五葬誌〉，元稹有〈葬安氏誌〉，白居易有〈有唐善人墓碑銘〉，遣詞用語皆爲自古所無，當時風氣如此，文士彼此間當有一定之影響。然韓「題」之於古有據、謹嚴合理，時人似未能透徹了解，如：呂溫有〈廣陵陳先生墓表〉，「先生」上冠所居地名，唐人以稱道士（例詳上節），而陳先生實儒者，則此「題」頗易滋誤解。又如柳宗元誌東明觀道士張因墓，題〈東明張先生墓誌〉，用當時慣例，但誌儒者陸質墓，又題〈唐故給事中皇太子侍讀陸文通先生墓表〉，儒、道皆稱「先生」，立場模糊。又如白居易自撰〈醉吟先生墓誌銘〉，「先生」二字究指儒指道指人師抑指年長？實難確認。呂、柳、白三氏之用法，或正符合各自之思想成分，而其立場不如韓愈堅定，則為事實。「韓門弟子」較能體會韓愈對「先生」一詞之用法，除張籍提議諡孟郊為「貞曜先生」外，皇甫湜〈韓愈神道碑〉、〈韓文公墓誌銘〉之「序」皆稱韓愈為「先生」，墓誌銘雖稱「昌黎韓先生」，但冠郡望，不冠所居地名，尚不違反韓愈用法，與宋代之後以稱道士法稱儒士者不同。唯「韓門弟子」製「題」，筆者尚未發現用「先生」者。宋初，柳開最尊韓文，但其〈宋故柳先生墓誌銘〉之「序」竟云：「長於己者，先生於我者也，非獨有道義者得專為『先生』之號也。即我故諸兄闕，字太初，長開二歲，呼為『先生』可也。」⑥⓪「先生」二字無謂如此。又如至友單稱其字，唐人竟無模仿韓愈者。足見韓「題」雖獨樹一幟，唐時影響甚微。

⑥⓪見其《河東集》卷十四。

對韓「題」有所體會而加效法者，自尹洙、歐陽脩為主之文學集團始。如：尹洙撰大臣天章閣待制王沿墓表，因其法《春秋》撰《唐志》二十篇，遂題〈王先生述〉。[61]又如蔡襄撰同學友進士楊畧墓表，首云「予友楊公明」，「題」曰〈楊公明墓表〉；誌蘇舜欽兄三司度支判官舜元墓，云「某與才翁兄弟遊最久」，「題」曰〈蘇才翁墓誌銘〉。[62]

至於歐陽脩，效法韓「題」尤多而明顯。撰胡瑗墓表云「師道廢久矣，自景祐、明道以來，學者有師，惟先生暨泰山孫明復、石守道三人」，因題曰〈胡先生墓表〉；撰孫復誌，「題」曰〈孫明復先生墓誌銘〉；誌石介墓，「題」曰〈徂徠石先生墓誌銘〉。題知交好友則稱字，如「序」云「其友歐陽脩」，「題」曰〈石曼卿墓表〉；「序」云「吾友張子野」，「題」曰〈張子野墓誌銘〉；「序」云「予友黃君夢升」，「題」曰〈黃夢升墓誌銘〉；其餘友人如蔡高君山、薛直孺質夫、尹洙師魯、梅堯臣聖俞、江休復鄰幾，誌墓亦皆稱字不稱官。朱弁云：

[61]見其《河南先生文集》卷十三。
[62]以上蔡襄二文，分見其《端明集》卷三十七、三十九。

（李肅之公明）在三司論事切直，仁宗嘉納，歐公以簡賀之，甚有稱賞之語。公明喜曰：「歐公平日書疏往來，未嘗呼我字也，此簡遂以字呼我。人之作好事，可不勉哉！」㊸

據此，知歐陽脩稱人字，含有推崇、引為知交之意。雖然不無例外，如誌蘇舜欽墓，題〈湖州長史蘇君墓誌銘〉，唯考其「序」云：「（小人）以君文正公之所薦而宰相杜公壻也，乃以事中君，坐監進奏院祠神，奏用市故紙錢會客為自盜，除名。君名重天下，所會客，皆一時賢俊，悉坐貶逐，然後中君者曰：『吾一舉網盡之矣。』……居數年，復得湖州長史。……自君卒後，天子感悟，凡所被逐之臣，復召用，皆顯列於朝，而至今無復為君言者，宜其欲求伸於地下也，宜予述其得罪以死之詳，而使後世知其有以也。」蓋題其小官所以伸其冤枉。似此例外尚有，如誌蔡襄、劉敞墓即是，當另有考慮。㊹凡此皆可見韓愈影響歐陽脩之大。

以歐陽脩之聲望，影響可知。自是之後，文士集中「題」稱字、稱「先生」極為普

㊸見其《曲洧舊聞》卷一。

㊹以上各誌俱見《歐陽脩全集》卷二。

遍，直至清代如方苞、姚鼐仍略本其法，推本溯源，不能不以韓愈爲不祧之祖。

（二）序

宋李耆卿云：「退之諸墓誌，一人一様，絕妙。」又云：「退之墓誌，篇篇不同，蓋相題而設施也。子厚墓誌，千篇一律。」⑯「千篇一律」之評雖嫌太過，但韓「序」變化多端而又簡嚴巧妙，爲柳宗元以降諸文士所不及，則爲事實。以上節指出之著重大節、議論、對話三事觀察，當時文士如劉禹錫、元稹、白居易俱未大量採用，惟元稹〈唐故工部員外郎杜君墓係銘〉，以三分之二篇幅論古今詩體沿革及杜甫勝於李白，爲最突出，頗具韓「序」作風。「韓門弟子」中，李翺〈故河南府司錄參軍盧君墓誌銘〉敘事次第頗類韓愈〈故江南西道觀察使贈左散騎常侍太原王公墓誌銘〉，述盧君爲司錄時處置公務，以對話出之，又似上節所舉〈張徹誌〉。皇甫湜撰〈韓文公墓誌銘〉，既云「乃哭而敘銘其墓，其詳將揭之於神道碑云」，下文遂分數段論韓愈一生大節，所謂十三事者則作簡潔而適當之穿插，可謂能掌握韓愈撰「序」之心法。唯大體言之，韓

⑯以上並見《文章精義》。

「序」在唐代並未成爲顯著之模仿對象。但宋代古文運動開始之後，韓「序」即廣泛影響後代文士，茲僅舉數例，以見一斑。

歐陽脩碑誌文以誌友朋墓諸篇最佳，清姚範曰：

歐文黃夢升、張子野墓誌最工。而黃誌尤風神發越，與會淋漓。然皆從昌黎〈馬少監〉出，而瑰奇綺麗，歐未之及也。㊿

林雲銘曰：

殿中君本以門功授官，歷倅而轉，無錚錚可紀者，故篇中不填一句行實。但北平王有大功於國，與李晟、渾、瑊齊名，後人實難為繼。孩提之時，稱其家兒，則後此能守其業可知，此即其行實也。總以其祖北平王為主，其以交情感慨成文，蓋緣當厄之患，刻不能忘。故不禁纏綿悲惻，遂別成一奇格。厥後盧陵（指歐陽脩）作誌銘，多以為藍本，遂成正調矣。㊿

㊿《援鶉堂筆記》卷四十四「文史」。

㊿《古文析義二編》卷六〈殿中少監馬君墓誌銘〉總評。

姚範謂黃、張二誌出自韓愈〈殿中少監馬君墓誌〉，觀察極敏銳，但未說明相似處。林雲銘指出馬誌「以交情感慨成文」，則正說中黃、張二誌之筆法。三誌共同處，在讀者能了解作者與碑主之交誼——馬誌對其祖孫三代，黃、張二誌對碑主；此與漢魏六朝碑誌中隱藏作者個人性情之寫法，迴然有別。筆者願再指出：黃誌之所以較張誌「風神發越，興會淋漓」者，正在黃誌述作者與夢升交談處：

嘗問其平生所得文章幾何，夢升慨然曰：「吾已諱之矣。窮達有命，非世人不知我，乃我羞道於世人也。」求之，不肯出，遂飲以酒，復大醉，起舞歌呼，因大笑曰：「獨子知我者也。」乃肯出其文。

是謂「文中眼」。此以引述碑主談吐神情凸顯碑主個性之手法，乃韓愈擅長者。再者，黃、張二誌及其他若干碑誌中，歐陽脩自稱「吾」而不名，又不落款㊻，頗爲後人所譏㊼，實則馬誌等韓「序」多有此類，歐陽脩非無所本。馬、黃等誌，韓、歐自稱「吾」，全文以第一人稱爲主，而文章脈絡遂依作者之行誼發展，如〈馬誌〉：

㊻參《歐陽脩全集》卷二別本〈黃夢升墓誌銘〉後附〈與黃渭小簡〉、卷六〈與尹材書〉。

㊼參洪邁《容齋五筆》卷四「韓文稱名」條。

始余初冠，……後四五年，吾成進士，……又十餘年至今，哭少監焉，……

〈黃誌〉：

予為童子，……其後八九年，與予皆舉進士於京師，……予時謫夷陵令，遇之于江陵，……後又二年，予徙乾德令，夢升復調南陽主簿，又遇之於鄧間，……

此類第一人稱敘事法，爲漢魏六朝第三人稱碑誌文所無。古人多不注意文章中之敘述觀點，故於馬、黃二誌之奇，未能一語道破。

王安石碑誌文亦享大名，清平步青云：

（韓愈）〈王仲舒志銘〉中，云「公之為拾遺」云云，「為考功吏部郎也」云云，「元和初嫠州」云云，「其在蘇州」云云。姚姬傳云：「此文已開王荊公志銘文法。」庸按：昌黎作〈竇牟誌銘〉，前云「舉進士登第，佐六府五公，八遷至檢校虞部郎中。元和五年，真拜尚書虞部郎中，轉洛陽令、都官郎中、澤州刺史，以至司業」，後云「及公就進士」云云，「其佐昭義軍也」云云，「公始佐崔大夫縱留守東都，後佐留守司徒餘慶，歷六府五公」云云，「其為郎官令」云云，「於國學也」云云。章法前提後應，與〈王銘〉正同。⑩

吳汝綸云：

荊公〈孔道輔銘〉，全仿此文（按：指〈王仲舒誌〉）為之，其痕迹猶未化也。⑪

按：漢魏六朝官宦碑誌多縷舉所歷官職，並於每次遷轉下繫以數語讚美之，平鋪直敘，不分輕重。韓愈〈王仲舒〉、〈竇牟〉二誌則能避免此弊，無可稱道者，已於前文一語帶過，應加褒揚者，於後文加重分量補述，輕重有別，起伏有致，其手法與其處理十三事一致。王安石〈給事中贈尚書工部侍郎孔公墓誌銘〉即本韓法⑫，故姚、平、吳三氏有上述云云。

歸有光以古文名，墓誌甚多，集中凡八十餘篇，方苞云：

⑩《霞外攟屑》卷七上「縹錦廛文筑上」「昌黎誌銘」條。
⑪《韓昌黎文集校注》卷七〈故江南西道觀察使贈左散騎常侍太原王公墓誌銘〉篇中補注引。
⑫見《王安石集·王安石文集》卷五十三。

（韓愈〈韓滂墓誌銘〉）真率自得，而有意味，近世歸震川於戚屬誌銘極力摹此。[73]

按：韓湘、韓滂兄弟爲韓愈姪孫，父老成卒，湘、滂從韓愈於袁州，滂以十九歲夭折，本無可述者，但韓愈除述其先世外，又云：

> 滂清明遜悌以敏，讀書倍文，功力兼人，為文詞，一旦奇偉驟長，不類舊常，吾曰：「爾得無假之人邪？」退大喜，謂其兄湘曰：「某違翁且踰年，懼無以為見，今翁言乃然，可以為賀。」群輩來見，皆曰：「滂之大進，不唯於文詞，為人亦然。」既數月，得疾以死，年十九矣，吾與妻哭之三日。

描寫日常瑣事，並以對話出之，而惋惜傷痛之意自見。歸有光〈女二二壙誌〉（按：題學韓愈〈女挐壙銘〉）云：

> 女二二，生之年月，戊戌戊午，其日時又戊戌戊午，予以為奇。今年，予在光福山

---

[73]《韓昌黎文集校注》卷七〈韓滂墓誌銘〉題下補注引。

中，二二不見予，輒常常呼予。一日，予自山中還，見長女能抱其妹，心甚喜。及予出門，二二尚躍入予懷中也。既到山，數日，日將晡，予方讀《尚書》，舉首忽見家奴在前，驚問曰：「有事乎？」奴不即言，第言他事，徐卻立曰：「二二，今日四鼓時，已死矣。」蓋生三百日而死，時為嘉靖己亥三月丁酉。⑭

歸有光其他長篇者如〈亡兒䎃孫壙誌〉，短篇如〈寒花葬志〉，⑮皆從述瑣事中見感情，筆法仿自〈韓滂誌〉甚明，方苞所云者謂此。

方苞爲桐城派大家，於韓文極多卓見，已屢見前引。集中碑誌文多達一百三十篇，其〈萬季野墓表〉⑯，通篇除以「余」自稱引導文章發展如〈馬少監誌〉外，以三分之二以上篇幅載萬斯同自述史學、史法語，用以表彰萬氏，其立意實與韓愈表彰樊宗師之文相同。蓋以大篇幅凸顯墓主學行並發其議論之作法，乃韓「序」特色之一，唐代元稹、皇甫湜均曾效法已如上述，而歐陽脩〈梅聖俞墓誌銘〉、王安石〈王深父墓誌銘〉

⑭見《歸震川全集》卷二十二。
⑮見《歸震川全集》卷二十二。
⑯見《方望溪全集》卷十二。

⑦等亦加模仿，早爲古文家心法之一，方苞自非獨見。唯韓愈對於迷信或惡俗，微諷明斥，因社會人情關係，後世學步者極少，方苞則能上法韓愈，如其〈方曰崑妻李氏墓表〉，諷割股療親爲「無謂」，曰：

茲事之義類，余於廣昌魏氏，論之詳矣。孺人求療其舅，其事尤希，而持之則有故，蓋大懼夫或重傷，以駭慟垂盡之親，故不得已而自劙以塞其意也。往者亡妻蔡氏，亦嘗刲股求療其姊，及來歸余，告以三從不二天之義，乃自知無謂。故備列之，俾慕為仁孝者，得自鏡而審所處焉。⑱

當時習俗視此類事爲難能可貴，而方苞既於〈書孝婦魏氏詩後〉一文論「其事雖人子爲之，亦爲過禮」⑲，茲又書於墓表，揭之冢前，不稍顧忌，可謂猶存韓愈風範。

---

⑦〈梅誌〉見《歐陽脩全集》卷二，〈王誌〉見《王安石文集》卷五十五。
⑱見《方望溪全集》卷十三。
⑲見《方望溪全集》卷五。

以上僅略舉數例，以見梗概，實則宋代以後，韓愈之影響固無所不在也。

（三）銘

傳統碑誌文，「銘」詞因有重述、虛美之病，最須改革。韓「銘」面貌大異古人，已如上節所述。貞元以後，不乏同調，如：李翱〈故河南府司錄參軍盧君墓誌銘〉，「銘曰：嗟！盧君性直而用優，約己以利人，宜壽宜貴，以拯時所艱，其緘而不伸，以喪厥神，豈奪惠於東民，悲夫！」元稹〈葬安氏誌〉，「銘曰：復土之骨，歸天之魂；亦既墓矣，又何爲文。且曰有子，異日庸知其無求墓之哀焉！」〈唐故工部員外郎杜君墓係銘〉，「維元和之癸巳，粵某月某日之佳辰，合窆我杜子美於首陽之山前。嗚呼！千歲而下，曰：此文先生之古墳。」白居易〈醉吟先生墓誌銘〉，「命筆自銘其墓云：樂天，樂天；生天地中，七十有五年；其生也浮雲然，其死也委蛻然；來何因，去何緣；吾性不動，吾行屢遷；已焉，已焉；吾安往而不可，又何足厭戀乎其間。」沈亞之〈韋婦墓誌銘〉，「沈氏得爲銘誌：夫人之邦曰瑯琊，夫人質多於容，行多於和；豈天不命，於壽不多耶？實既命短，可奈何；已矣！蓮湖之西，靈山東趾；南極於江，近十五里；元和三年四月庚子，而瑯琊氏之骨歸於是。」杜牧〈唐故處州刺史李君墓誌銘〉，「銘曰：顯莫識其端，幽莫見其緒；已乎景業，何付與之多，而奪之何遽；夭顏病冉，孔子不知其故；於景業兮，杳欲何語。嗚呼哀哉！」以上數「銘」之風格，頗類韓愈，但以個別作家論，「銘」辭變化之多，皆不如韓愈。

宋代以後，韓愈式「銘」辭之普遍，超越傳統式整齊偶句押韻「銘」辭，且模仿之痕迹，處處可見，茲僅舉數例爲證。

蔡襄〈尙書司封員外郎曹公墓誌銘〉，「銘曰：重勢榮利，衆所趨也；耄昏苟前，世所愉也；中年能休，矯妄愚也；惟公之存，勵夸浮也；西人之法，志古無也；今民涵濡，費產輸也；遺戒勿用，遵禮儒也；惟公之役，袪怪誣也。」⑳句末用「也」字，「也」上押韻，此學韓愈〈張徹誌〉「銘」；但〈張徹誌〉「銘」單句亦自押韻，並雜以五字句，此猶未學。姚鼐〈封文林郎巫山縣知縣金壇段君墓誌銘〉則亦步亦趨，「銘曰：篤於慕親，宜有後也；忠於訓人，宜繼道也；和於治身，宜康以壯也；歸瘞故鄉，

⑳見《端明集》卷三十八。

藏斯寶也；銘之以信，用貽遠宙也。」⑧①

王安石碑誌文，「銘」多極短，而其〈翰林侍讀學士知許州軍州事梅公神道碑〉、〈京東提點刑獄陸君墓誌銘〉、〈虞部郎中晁君墓誌銘〉，⑧②俱「序」短「銘」甚長，所謂十三事者，反於「銘」中以四字韻語敘述，此全學自韓愈〈劉統軍碑〉「銘」。宋濂鄒〈府君墓誌銘〉亦效〈劉碑〉法。⑧③

歸有光模仿韓愈，尤多顯例。如〈沈貞甫墓誌銘〉之「銘」辭中「其志之勤，而止於斯」⑧④，實仿自韓愈〈集賢院校理石君墓誌銘〉之「若有以爲，而止於斯」二句。又如〈宋肖卿墓誌銘〉之「奈何乎天」⑧⑤，實仿自韓愈〈河南少尹李公墓誌銘〉之「奈

⑧①見《惜抱軒全集·文集》卷十二。
⑧②以上分見《王安石文集》卷五十、五十四、五十八。
⑧③見《宋文憲公全集》卷四十二。
⑧④見《歸震川全集》卷十九。
⑧⑤見《歸震川全集》卷十九。

何乎公」一句。而其〈周君墓誌銘〉⑧⑥，以一半篇幅載周君之子乞銘語，前後略述所聞事，文末云「是為銘」，而實無「銘」。蓋歸有光對周君並非舊識，亦無了解，故不願銘，其立意、章法與韓愈〈襄陽盧丞墓誌銘〉如出一轍。

以上所舉，僅為模仿痕迹顯著者，至於略加揉和變化（如歐陽脩若干「銘」辭），尤為常見。在此方面，韓愈最大之影響，乃宋代以後碑誌「銘」普遍縮短，多以句法參差之感嘆語替代句式整齊之頌讚語，因而大幅降低重述、虛美之現象。

臺師靜農嘗謂：

> （韓愈）作那麼多篇的碑傳文，使後來的散文家五體投地的佩服，以為變化多端，不可捉摸。試看宋元明清四代的散文家文集，其中的碑傳文，有幾人能不向《昌黎集》中討些生活。⑧⑦

寥寥數語，實已涵蓋本節所述。前輩學問，真不可及。

---

⑧⑥見《歸震川全集》卷十九。

⑧⑦見〈論碑傳文及傳奇文〉。

四、結論

根據上文分析，吾人若對碑誌文之發展作一縱切面之「宏觀」考察，韓愈作品無疑係一承先啓後之分水嶺。就碑誌文論，韓愈除受李華、獨孤及等古文家影響外，李觀〈故人墓誌〉一文對之當有最大之啓示。韓愈對碑誌文之改革，全面且多方嘗試：於體製方面，「題」、「序」、「銘」皆有與前人異趣之創新成分，此正爲其「陳言務去」之一貫作風；雖則其中部分創新，如稱字、稱「先生」、學《詩經》或〈嶧山碑〉押韻法等，亦可謂「復古」。尤重要者，韓愈運用技巧，豐富碑誌文之面貌，又使全篇結構趨於合理，並將此種不易顯現作者性情之文體，轉化爲能夠容納作者感情或見解之文學體裁。於立意方面，韓愈每效史官之筆，寓褒貶之義，其所表現之儒家立場，能落實「文以載道」之主張。故「文起八代之衰」一語，如僅用於形容韓愈對碑誌文之改革，亦屬恰當。中晚唐文士雖或多或少受其影響，但除「銘」外，不甚顯著。「韓門弟子」不失故步，惜作品不多，影響不大。宋代古文運動展開後，著名文士如歐陽脩等撰碑誌多以韓愈爲宗，於是學韓蔚爲風氣。元明石例學者論碑誌文作法，遂以韓愈爲始祖，即蔡邕、庾信二大家亦屏置不論。清代金石學大昌，學者漸知注意漢魏六朝，但文士仍追步韓愈；及李富孫等論漢魏六朝碑誌義例諸書問世，已在嘉慶、道光時，文運已衰，對石學雖有貢獻，對碑誌文之創作，則影響甚微。以上述者論之，韓愈實爲碑誌文發展史上最重要之人物。

以上僅係就碑誌文體裁及立意兩方面考察後之結論。實則韓愈碑誌文之特色，尙可從文氣、修辭等方面分析。再者，本文既作分體研究，自應堅守立場，單就碑誌文立論，不宜涉及其他文類。然每一作家其所受前代之影響，並不能全以文體分類，而個人之文學主張與造詣，亦無法依文體截然分割；因而分體研究雖屬必要，但非充分。故欲充分掌握韓愈碑誌文之成就，尙須與其他文類如祭文、行狀、器物銘、贈序等之研究作綜合比較功夫。陸九淵云：

> 韓文章多見於墓誌、祭文，「洞庭汗漫，粘天無壁」。[88]

[88]見《象山集》附《象山語錄》卷四。

清陳衍曰：

其（按：指韓愈）文之工者，第一傳狀碑誌，第二贈序，第三雜記，第四序跋，第五乃書說論辨。89

是否如此？所以如此者何在？綜合上述之各類研究自見分曉，本文不便逕行論斷。至於影響方面，本文雖力陳宋代以後文士以韓愈爲宗，但此非意味所舉諸人之作品無其特色與影響。如歐陽脩對碑誌文自有其見解與論著90，其作品亦有廣泛影響，如後世多學其「溫純之詞」91，而少學韓愈之「堅淨簡勁」92，即爲一例。讀者幸勿誤會筆者主張韓愈以後碑誌文皆無可觀也。

（本文曾於一九八九年刊於拙著《石學蠡探》，茲為完整表達筆者對文體發展之概念，重載於此。）

89《石遺室論文》卷四，此轉引自《韓愈資料彙編》頁一五七六。

90參《歐陽脩全集》卷二〈與黃渭小簡〉，卷三〈論尹師魯墓誌銘〉、〈與杜訢論祁公墓誌書〉，卷五卷六集《集古錄跋尾》、〈與尹材書〉等。

91見《韓柳文研究法》「韓文研究法」。

92《韓昌黎文集校注》卷七〈唐故相權公墓碑〉題下補注引張裕釗語。

唐宋哀祭文的發展

一、緒論

古今作者爲文，各具匠心。依筆者觀察，古人爲別於詩詞而謂之「文」者，其體製、風格發展之大勢，當以唐代爲分水嶺，特別是中唐。職是之故，論述唐代以下之「文」，不能盡據《文心雕龍》爲說。而「文」之各種類別的發展，因爲社會的變遷、觀念的轉變、文豪的影響等因素，發展亦有差異。因此，從共時性觀察作家的匠心，從歷時性觀察文章體製與內容的演變，分別探討「文」之各種類別的發展，較之籠統泛論，乃是較切實際的作法①。基於此一認識，筆者曾先後發表〈韓愈冢墓碑誌文與前人

①儘管明．吳訥：《文章辨體》、徐師曾《文體明辨》乃至清．姚鼐：《古文辭類纂》等書，對各種「文」之類別，既有概說，又有範文，但因限於篇幅或編輯宗旨，對共時性和歷時性的分析都太過簡略，無法盡其曲折，不能滿足欲圖了解某一文類詳細發展過程的需求。

之異同及其對後世之影響〉②、〈八股文的淵源及其相關問題〉③二文，即爲該認知的具體實踐。本文探討唐宋哀祭類文章的發展概況，宗旨亦在於是。

本文所謂哀祭文，其界定採取姚鼐在《古文辭類纂》④中處理的辦法。《古文辭類纂·序目》對其所分十三種文類（古人或稱爲「文體」）的源起、功用、名家都只做很扼要的介紹，哀祭類排在最後，介紹尤爲簡略，僅說：

> 哀祭類者，《詩》有頌，風有〈黃鳥〉、〈二子乘舟〉，皆其原也。楚人之辭至工，後世惟退之、介甫而已。

②該文原名〈論韓愈的冢墓碑誌文〉，收入《古典文學》，第10集（臺北：臺灣學生書局，1988年），頁257~292。後加修改，改名〈韓愈冢墓碑誌文與前人之異同及其對後世之影響〉，收入《石學蠡探》（臺北：大安出版社，1989年）。現收入本書第貳篇。

③該文原名〈八股文濫觴於荀子說〉，1993年發表於孔孟荀學術思想國際研討會，山東威海。後加修改，改名〈八股文的淵源及其相關問題〉，發表於《臺大中文學報》（臺北：國立臺灣大學中國文學系），第6期，頁41~59。現收入本書第伍篇。

④清·姚鼐：《古文辭類纂》（臺北：華正書局影印本，1988年）。

如果讀者不能以意逆志，設法了解姚氏所以如此說的原故，那麼這段話確實會令人產生疑惑。第一個疑惑是：姚書選文不選詩，何以舉《詩經》中的作品爲哀祭文的源頭？第二個疑惑是：祭祀的種類繁多，祭文的名目亦眾，何以絕口不提？第三個疑惑是：哀與祭的區別何在，各自的界定如何，何以未見明言？

關於第一個疑惑，筆者以爲：姚氏對文章的分類，主要依據文章的功用，並不執著於文章的源頭屬詩或是屬文；更何況認定詩的源頭只能是詩，文的源頭只能是文，這種觀念本身並不能全然成立。關於第二個疑惑，筆者以爲：若詳究祭祀的種類⑤，自然

---

⑤古人大抵將祭祀的對象分爲天神、地祇、人鬼三者，而名目雜多，且有因革，難以細舉，《禮記·祭法》有一段較概括性的陳述：「祭法：有虞氏禘黃帝而郊嚳，祖顓頊而宗堯；夏后氏亦禘黃帝而郊鯀，祖顓頊而宗禹；殷人禘嚳而郊冥，祖契而宗湯；周人禘嚳而郊稷，祖文王而宗武王。燔柴於泰壇，祭天也；瘞埋於泰折，祭地也，用騂犢；埋少牢於泰昭，祭時也；相近於坎壇，祭寒暑也；王宮，祭日也；夜明，祭月也；幽宗，祭星也；雩宗，祭水旱也；四坎壇，祭四方也；山林川谷丘陵，能出雲爲風見怪物，皆曰神。有天下者祭百神，諸侯在其地則祭之，亡其地則不祭。」鄭注：「相近當爲禳祈，聲之誤也。……宗皆當爲禜，字之誤也。」按：〈祭法〉

可以毛舉古來祭文的名目⑥，但多數祭文的內容是對神靈有所告求，旨在祈福禳禍，譬如青詞、祝禱文、上梁文等等，這些文章雖有研究宗教、禮儀或風俗的功用，卻缺乏引人注意的文學價值，由於姚鼐選文是以文學成就爲標準，所以此類祭文並未膺選，即如帝后皇子的哀冊文，雖然也是祭祀的產物，但此類文字多由朝廷指定詞臣擬撰，堂皇有餘，性情不足，姚鼐也未選入。從另一種角度說，如果對各式祭文細加區分，就名目標明取捨，反而徒增困擾，因爲其中也有因作品傑出而入選姚書的，如〈九歌〉和韓愈的〈潮州祭神文〉。關於第三個問題，筆者以爲：專以表達哀思爲目的的文章，稱之爲「哀」，自少異議，但很多祭文是表達哀思的；祭文指以祭品祭祀時所誦讀的文章，似乎也很容易界定，但也有很多不是表達哀思的；若強分哀、祭爲兩類，則在名目上也將

此段所舉，僅是大者，而且未及喪葬時的祭祀，但我們無法再舉出一段比此更詳細的秦漢文獻。

⑥參考梁·劉勰：《文心雕龍》、梁·蕭統：《昭明文選》、明·吳訥：《文章辨體》、明·徐師曾：《文體明辨》、吳曾祺：《文體芻言》（收入氏著《涵芬樓文談》，臺北：臺灣商務印書館，人人文庫，1966年）等。其中以《文體芻言》分哀祭類爲二十八目爲最多：告天文，告廟文、玉牒文、祭文、諭祭文、哀詞、弔文、誄、騷、祝、祝香文、上梁文、釋奠文、祈、謝、歎道文、齋詞、願文、醮辭、冠辭、祝嘏文、賽文、贊饗文、告文、盟文、誓文、青詞、附錄。

牽扯不清，因爲有些祭文題目就叫「哀」，而有些題目爲「祭」的也許列入其他類別更加適合⑦，有些則從題目看似與祭祀無關而實際上確屬哀祭文（參下陳子昂、薛稷〈窅冥君古墳記銘並序〉），因而就名目上強加區分，並不適合。

從以上的分析，可見姚鼐此書關心的重點，並不在文類的名目和源流上，因此他不從禮制的角度、也不從文章名目的角度來界定哀祭文。他只是大致依唐宋以來編纂文集的慣例分類，而以文學成就爲選文標準的。他選了屈原、賈誼、漢武帝、韓愈、李翺、歐陽脩、蘇軾、蘇轍、王安石、方苞、劉大櫆等人的文章，來表達他對理想哀祭文的看法。因此，姚書對講求文章的寫作藝術雖有助益，而對哀祭文的發展則不能充分反映。

筆者認爲研究某種文類的發展，和純粹評賞文學作品有別，而需要同時掌握「文學特質」和「文學流變」兩者，既要注意演進的過程，同時也要將缺少代表性或創新性的作品姑且摒除在討論之外，才能凝聚焦點，而避免太過煩瑣。姚氏對於「文學特質」的

⑦《古文辭類纂》將韓愈〈祭鱷魚文〉列入詔令類，並在〈序目〉中說：「韓退之〈祭鱷魚文〉，檄令類也。」因爲韓愈此文，口氣不是祈福禳禍，而是下令。

鑒賞力，筆者大致加以接受；但在「文學流變」的方面，則其選文並未能勾勒出唐宋哀祭文發展的整體面貌，尤其在內容與形式的創革方面。本文寫作的目的，即嘗試補足這個缺點，以供研究唐宋古文發展者的參考。近有王人恩《古代祭文精華》⑧一書問世，選入作家較姚氏爲多，其「前言」及「簡評」部分，也多少能補姚書評析的不足，但該書也是重「文學特質」而輕「文學流變」的。本文的任務既是做哀祭文發展史的考察，因此，本文列入評析的作家，將比入選姚、王二氏書者又爲多，且不全然以文章美惡爲討論範疇，以便達到這個目的。在行文方式上，則採取宏觀的視野，著重對六朝文風有所變革的作品及其影響的描繪，以突顯主題。當然，必要的微觀分析，將是支持宏觀論證的依據，本文將及時加入討論之中。

二、唐代前期的哀祭文

先秦哀祭文，除了姚鼐所舉者之外，如《尚書·金縢》所載周公願代成王死的祝文、《左傳》昭公十六年所載魯哀公對孔子的誄文等，多與禮制密切結合，雖然其基本

⑧王人恩：《古代祭文精華》（蘭州：甘肅教育出版社，1993年）。

情調也有哀的成分，但畢竟較少文學意味。這也是姚鼐舉《詩經》爲哀祭文之源的原因之一。

漢魏六朝傑出的哀祭文，除見於姚書者外，我們可在《文選》誄、哀、弔、祭等類中讀到，其寫作的體裁，除「辭」前的「序」外，都是韻文，而韻文的句式，則不外整齊的四言六言及楚辭體，「序」雖無楚辭體，但亦大多駢行。其韻文化、駢體化、講究辭藻之美的情況，和當時其它的文類是一致的。

即使到了初盛唐，六朝以來的文風，仍然深深影響當時哀祭文的風格，如陳子昂與薛稷合作的〈窅冥君古墳記銘並序〉⑨，是一篇祭無名氏古墓的文章，全文的架構和敘述的內容，基本上模仿謝惠連的〈祭古冢文〉⑩，連稱此無名氏爲「窅冥君」，都是模仿謝惠連的「冥漠君」而來。陳子昂尚且如此，我們便可看出六朝以來哀祭文的因襲與僵化了。

⑨此文陳子昂作記、薛稷作銘，分見《欽定全唐文》（臺北：匯文書局影印本，1961年），卷214、215。

⑩劉宋・謝惠連：〈祭古冢文〉，見梁・蕭統：《文選》，卷60。

我們所以用「僵化」來形容這種狀況，是因爲人的七情六欲，以悲哀爲最起伏不定，而表達起伏不定的感情，卻使用整齊劃一的句式、刻意修飾的辭藻，其所受的限制是不言可喻的。儘管前代文士在框架中能夠創造名作，然而後世社會狀況漸異，語言漸變，若是蹈襲舊規，不是陷入窠臼，毫無新意，則作者行文，必有言不盡意之感，需要尋找更自由的表達方式。在初盛唐，這種困境的自覺顯然尚未發展到哀祭文的寫作上，一直到其後某些早期古文家，始有創革。

李華〈德先生誄〉⑪，序言部分，以樸質散文設爲問答，這是古所未見的，實屬創新。誄文部分云：「神胡病後之人，而奪先生，噫嘻哀夫，德甫，余將疇兄。」此誄模仿魯哀公之誄孔子，富有古意，而與漢魏六朝全然不同。又其〈祭蕭穎士文〉⑫、〈祭亡友張五兄文〉⑬，也都打破駢韻成規，以求古雅。很顯然，李華有強烈的改革企圖，而他的取徑，則是跨越六朝模仿先秦文字。

⑪唐·李華：〈德先生誄〉，見《欽定全唐文》，卷321。
⑫唐·李華：〈祭蕭穎士文〉，見同前註。
⑬唐·李華：〈祭亡友張五兄文〉，見同前註。

獨孤及有祭文二十篇，其中代他人作者，大多保持句式整齊的傳統，這反映出當時社會視此爲理所當然；至於自作以弔友朋者，則刻意衝破傳統，這顯示獨孤及有變革的自覺。如〈祭吏部元郎中文〉⑭，前數句云「上士齊死生，下士愛生惡死而惑之，知生死若幻而不能忘情於其間者，我輩所不克免」，此是模仿先秦古文；該文中間部分，不脫四言六言之機樞；而「尚饗」前的兩句「匪祭也，永以爲別也」，則明顯模仿《詩經·木瓜》「匪報也，永以爲好也」的現成句式。又如〈祭滁州李庶子文〉⑮，前兩句云「才與上壽並者，吾不得見之矣；得見中壽者，斯可矣」，明顯模仿《論語·述而》「聖人，吾不得而見之矣；得見君子者，斯可矣」，而篇後有云「悲莫悲兮生別離」，則逕採《九歌·少司命》成句。從上舉例子看，獨孤及有意突破六朝以來的拘限，但受限於才力，不免露出斧鑿的痕跡，而其生硬地套用古籍成句，更顯出嘗試時期的青澀，尤其嚴重的是，全篇沒有統一的風格。

也許受到獨孤及的影響，當他去世時，弔祭他的親友，也有人模仿他的風格。如

⑭唐·獨孤及：〈祭吏部元郎中文〉，見《欽定全唐文》，卷393。
⑮唐·獨孤及：〈祭滁州李庶子文〉，見同上註。

其外從祖舅崔祐甫既爲他撰寫〈故常州刺史獨孤公神道碑銘並序〉⑯，碑文中盛讚其文章之美，此外又寫〈祭獨孤常州文〉⑰，中有句云「王事適我，政事一埤益我」，直接取句於《詩經・北門》，其後又有四言四句七組，每組均以「吾與至之」（獨孤及字至之）開頭，不避重複，也是明顯求異前人。至於獨孤及的親家權德輿、門生梁肅，雖然推崇他的文章，但是兩人所作祭文，包括祭獨孤及文在內，都未加模仿，仍守傳統的矩矱；可見獨孤及變革哀祭文的方式，並未受到普遍肯定。⑱

李觀〈哀吾邱子文〉⑲全篇夾敘夾議，又以吾邱子對孔子問爲其內容主體，頗有先秦諸子文的韻味，全文以散行爲主，但多有排句，又韻腳錯落雜出，構成一種既異六朝也與先秦不同的特殊風格。〈弔韓弇沒胡中文〉⑳則序文與弔詞融合爲一，其前半屬散文抑屬韻文安排得難以區別，其風格前所未見，乃是刻意經營的產物。李觀的哀祭文，

⑯唐・崔祐甫：〈故常州刺史獨孤公神道碑銘并序〉，見《欽定全唐文》，卷409。
⑰唐・崔祐甫：〈祭獨孤常州文〉，見同上註。
⑱唐・權德輿、梁肅祭獨孤及文，分見《欽定全唐文》，卷509、522。
⑲唐・李觀：〈哀吾邱子文〉，見《欽定全唐文》，卷535。
⑳唐・李觀：〈弔韓弇沒胡中文〉，見同前註。

就模仿先秦文字這一點論，取徑與獨孤及略同，但他能自鑄新詞，並使全篇風格一致，沒有拼湊的痕跡。可惜李觀早死，哀祭文作品又僅有四篇，很難據以細論其成就，但從他和韓愈的親近交誼以及二人的創作經歷來看，韓愈顯然受了他的影響。

改革或創造要獲得成功，除了嘗試外，需要具有大才力的文豪出現，就哀祭文言，那就是韓愈。

三、韓愈的哀祭文

韓愈是唐代最可注意的哀祭文作家，根據馬其昶《韓昌黎文集校注》㉑，第五卷收錄哀祭文三十七篇㉒，文外集上卷另收三篇（本文引韓愈祭文，皆見於卷五，故不另作注），作品數量在唐人中數一數二，但更可注意的是他的變革和創造。

㉑馬其昶：《韓昌黎文集校注》（臺北：河洛圖書出版社影印本，1975年）。

㉒此數字，不包括〈祭鱷魚文〉。又，馬其昶：《韓昌黎文集校注》引方苞、何焯及曾國藩語，謂〈祭薛中丞文〉非韓愈作，又引方苞、沈欽韓語，謂〈祭裴太常文〉亦非韓愈作。

韓愈哀祭文的成就，可分三項陳述：一、改造舊體；二、開發新內容；三、創造新體。

首先談改造舊體。〈獨孤申叔哀辭〉凡用六「邪」字設問，以表達對申叔的死難以接受的哀痛，方苞說：「此文蓋學〈天問〉。」㉓〈潮州祭神文〉第二首，句子多用「也」字收尾，而「也」上一字又有韻腳，形成雙重韻律，而且語氣堅強，與〈獨孤申叔哀辭〉及其〈故幽州節度判官贈給事中清河張君墓誌銘〉的銘文㉔，有異曲同工之妙。這都是韓愈改造哀祭文的方式之一。〈祭田橫文〉是所謂騷體，漢魏六朝並不乏騷體，但其句式大體整齊，此文則每句字數隨感情文意的發展而自由增減，前半篇每句字數之落差尤大，如：

> 余既博觀乎天下，曷有庶幾乎夫子之所為；死者不復生，嗟余去此其從誰。

㉓見馬其昶：《韓昌黎文集校注》，卷5引。

㉔此文單數句，行、生、清、兵、名、闈、貞自爲韻；雙數句「也」字上，揭、割、雪、折、厲、奪、咀又自爲韻。乃仿自《詩經》〈兔罝〉和〈魚麗〉。按：韓愈對韻語的改造，在各種文類上有一致性，應予整合研究，本文受限於題目，不擬多作討論。

其參差錯落的句式，構成一種特殊風格，最難得的是，全篇句式或仿傳統或不仿傳統，而能格調一致，讀來暢順自然，並無做作生硬之感。又，〈祭郴州李使君文〉也屬騷體，曾國藩說其體裁「亦不出六朝軌範」，但又說其風格「不使一穠麗字，不著一閒冗句，遂爾風骨遒上。通首不轉韻，古無此體」㉕，此即對六朝舊體加以改造。韓愈在這方面的改造，後來宋人更發揮得淋漓盡緻（**詳後文**）。

其次談開發新內容。〈歐陽生哀辭〉冠以長篇古文序言，內容讚譽歐陽詹的品學並詳述兩人的友誼，其寫作方式和韓愈的某些碑誌文實無二致㉖，實屬嶄新內容。〈祭河南張員外文〉雖是四言韻文舊體，但韓愈在其中用「奇險光怪」㉗的文句，敘述二人自貞元十九年同官御史打擊小人之後各自的遭遇，刻劃極為逼真，尤其「我落陽山」以下一段，寫兩人共同跋山涉水的景況，更為特出：

> 我落陽山，以尹鼯猱；君飄臨武，山林之牢；歲弊寒兇，雪虐風饕；顛於馬下，我泗

㉕清·曾國藩語，見馬其昶：《韓昌黎文集校注》，卷5引。
㉖請參本書第貳篇：〈韓愈冢墓碑誌文與前人之異同及其對後世之影響〉。
㉗清·劉大櫆語，見馬其昶：《韓昌黎文集校注》，卷5引。

君咷。夜息南山，同臥一席；守隸防夫，觗頂交跖；洞庭漫汗，粘天無壁；風濤相逐，中作霹靂；追程盲進，颿船箭激。南上湘水，屈氏所沈；二妃行迷，淚蹤染林；山哀浦思，鳥獸叫音；余唱君和，百篇在吟。

其描寫真可謂驚心動魄，而曾共患難的堅固交誼，便溢於文表了。這樣的內容，也是前此哀祭文所不曾出現過的。哀祭文陳述祭者與死者的交誼，自是一種寫法，但前人大多矜持文辭之美，往往不能將兩人親密的交誼寫得非常貼切突顯，韓愈〈祭侯主簿文〉則用大量的「子」、「我」兩字表達兩人情誼之密切，短短祭辭，總共用了六個「子」、十七個「我」，從關係之近，去表達哀思之切，捨棄修飾，以反映感情之真，我們可以這樣說，對哀祭文所要表達的重點，沒有比韓愈認識得更深、掌握得更好的了。這樣的表達方式，又見於祭其殤女的〈祭女挐子文〉。此篇以「阿爹阿八」開頭，不避俗字俗稱，出語已非凡響，其下縷述家庭細事，內容亦新，而全篇用十四個「汝」、七個「我（吾）」造句，宛如當面而語，如泣如訴，讀來動人心弦，其中如：

昔汝疾極，值吾南逐；蒼黃分散，使汝驚憂；我視汝顏，心知死隔；汝視我面，悲不能啼。

短短數言，慈父病女的神情歷歷如繪，尤見新意。

再談創造新體。〈祭十二郎文〉全篇都以古文散行，更無一句韻語，這是古來未有的全新體製。筆者認爲：此文之於哀祭文，正如〈柳子厚墓誌銘〉㉘之於碑誌文一樣，是韓愈心目中改革文體的顛峰之作㉙。不過，〈柳子厚墓誌銘〉取得絕大的成功和影響，獲得後世古文家一致的推崇和仿效；〈祭十二郎文〉則招來不少議論，曾國藩曾說：「述哀之文，究以用韻爲宜；韓公如神龍萬變，無所不可，後人則不必效之。」㉚而《古文辭類纂》雖選入韓愈哀祭文十二篇，卻未包括此篇，顯見姚鼐也不以此篇爲然。筆者認爲：關鍵所在，其實並不在此篇的文學成就上，而在禮俗問題上，因爲祭文須在典禮中誦讀（哀辭不必然）㉛，而碑誌文則否，因此古文家對〈柳子厚墓誌銘〉接

㉘馬其昶：《韓昌黎文集校注》，卷7。
㉙請參本書第貳篇：〈韓愈冢墓碑誌文與前人之異同及其對後世之影響〉。
㉚馬其昶：《韓昌黎文集校注》，卷5引。
㉛祭文與哀辭的差別在：前者須在典禮中誦讀，因而古來都用韻文，韓愈、白居易等始有不用韻

受不疑，仿效〈祭十二郎文〉者則較少。

整體而言，韓愈自覺地從事哀祭文的創革，亦如他在其他文類上的努力，其成就是豐富而且成功的，乃是唐代最耀眼的作家。陸九淵曾評論云：「韓文章多見於墓誌、祭文，『洞庭漫汗，粘天無壁』。」㉜「洞庭漫汗，粘天無壁」是韓愈〈祭河南張員外文〉中語，原是寫景，陸九淵移以形容其文章，筆者深感極為妥切。又李翺〈祭吏部韓侍郎文〉形容韓愈的文章云：「開合怪駭，驅濤湧雲。」移以形容韓愈的哀祭文，筆者認為也頗恰當。

四、唐代後期的哀祭文

柳宗元現存哀祭文不少，但體製上多守傳統的矩矱，以四言及騷體為多，比起韓

者；哀辭不為典禮而作，因而哀辭的結構，每在韻文前冠以長篇散文。姚鼐因〈祭十二郎文〉散行無韻而不選錄，曾國藩「後人則不必效之」之說，並不包括哀辭。

㉜宋·陸九淵：《象山集》（臺北：臺灣商務印書館，景印文淵閣四庫全書）附《象山語錄》，卷4。

愈，其創新性顯得不足。只有〈祭呂衡州溫文〉㉝，揉合駢散騷體，自出機杼，前大半以短句行文，其後則句式漸長，最後又漸次縮短：

嗚呼化光，今復何為乎？止乎行乎？昧乎明乎？豈蕩為太空與化無窮乎？將結為光耀以助照臨乎？豈為雨為露以澤下土乎？將為雷為霆以泄怨怒乎？豈為鳳為麟為景星為卿雲以寓其神乎？將為金為錫為圭為璧以栖其魄乎？豈復為賢人以續其志乎？將奮為神明以遂其義乎？不然，是昭昭者其得已乎？其不得已乎？抑有知乎？其無知乎？彼且有知，其可使吾知之乎？

此文隨悲情之起伏，爲文句之放斂，巧妙地結合了情感與文學形式，使哀悼之切，表達無遺。陸九淵就說：「柳祭呂化光，文章妙。」㉞從柳宗元另有〈衡州刺史東平呂君誄〉㉟來看，他和呂溫有特殊感情，所以既爲祭文，又作誄詞，因而在寫作上格外費心，也獲得相對的成就。

㉝唐．柳宗元：〈祭呂衡州溫文〉，見《欽定全唐文》，卷593。
㉞宋．陸九淵：《象山集》，《象山語錄》，卷4。
㉟唐．柳宗元：〈衡州刺史東平呂君誄〉，見《欽定全唐文》，卷592。

李翺〈祭吏部韓侍郎文〉㊱係四言韻語，前半直述韓愈闢佛老之言、起文章之衰的功業，後半則以大量「兄」、「我」字行文，以見交情，內容親切深刻，而筆法有學於韓愈〈祭侯主簿文〉。

元稹〈祭亡妻韋氏文〉㊲，前大半散行而中夾排句，後小半則以騷體抒其哀情，文中屢以「夫人」及「余」對舉，娓娓而述，承接自然，不刻意爲文，而情真意摯，正可與其〈悼亡〉詩參看。

白居易〈祭弟文〉㊳及〈祭微之文〉㊴，全以散行爲文。〈祭弟文〉款款細述家族瑣事，讀來有如家書，頗有韓愈〈祭十二郎文〉之風。〈祭微之文〉悲友生之死別而外，引錄元稹贈白氏詩二首、白氏弔元稹哀詞二首，以見一生詩文酬酢之交誼，在哀祭文中，獨樹一格。

㊱唐·李翺：〈祭吏部韓侍郎文〉，見《欽定全唐文》，卷640。
㊲唐·元稹：〈祭亡妻韋氏文〉，見《欽定全唐文》，卷655。
㊳唐·白居易：〈祭弟文〉，見《欽定全唐文》，卷681。
㊴唐·白居易：〈祭微之文〉，見同前註。

韓門弟子皇甫湜〈悲汝南子桑文〉㊵，文有「渾沌無端，誰開闢之？善惡未形，誰分別之？……鬼神之形幽，敢問何故？巫咸招曰：來吾語汝。……」云云，模仿〈天問〉極爲明顯。但若與韓愈〈獨孤申叔哀辭〉相比，韓愈能夠「盡變古人之形貌，雖有摹擬，不可得而尋其跡也」㊶，皇甫湜則顯然未能達到這個境界。

中唐文士在哀祭文的創革上，做了不少嘗試，確實也使得一時的文風擺脫整齊穠麗的拘限，然而具有新面貌的作品並不多，傑出者尤少，所以姚鼐主張唐代哀祭文以韓愈爲最傑出，是細細品味的結論，並非桐城派的偏見。

受到世俗禮制的限制，加上駢儷文風再度興盛，晚唐五代，乃至宋初，哀祭文大體又走回傳統的路線。這種情況的改變，有待趙宋新一代古文家的出現。

五、北宋前期的哀祭文

㊵唐・皇甫湜：〈祭汝南子桑文〉，見《欽定全唐文》，卷687。
㊶清・姚鼐：《古文辭類纂・序目》，篇後結束語。

北宋早期文壇的主流，徐鉉、楊億以駢雅馳譽，宋庠、宋祁以典麗揚名，其哀祭文的體製不脫六朝以來的傳統。另一支派則學步韓愈。

柳開有〈祭知滁州孟太師文〉㊷，四言行文，而每三句爲一單位，此三句每句都互押同一韻部字。此文的句式，是仿自秦〈嶧山碑〉；〈嶧山碑〉前半每三句末字爲韻腳，在古代韻文中獨樹一幟，學者甚少。韓愈〈故江南西道觀察使贈左散騎常侍太原王公墓誌銘〉㊸曾加模仿，而除第三句用韻外，第一、第二字又各自另押別韻；柳開此文的用韻，與〈嶧山碑〉、〈王誌〉又都有不同，但以柳開自稱「肩愈」與仰慕韓愈之深，可以推知此文的體製是受到韓文的影響並加以變化而來。

穆修〈祭第二子文〉㊹，明顯模仿韓愈〈祭女挐子文〉，開頭學韓愈自稱「阿

㊷宋．柳開：〈祭知滁州孟太師文〉，見《河東集》（臺北：臺灣商務印書館，景印文淵閣四庫全書），卷13。

㊸馬其昶：《韓昌黎文集校注》，卷7。

㊹宋：穆修：〈祭第二子文〉，見《穆參軍集》（臺北：臺灣商務印書館，景印文淵閣四庫全書），卷下。

爹」，文中也使用十個「汝」、七個「吾（我）」，突顯出父子間的親情。但此文雖四言爲主，卻無明顯韻腳，讀來已覺散漫，而中段又岔出埋怨天道無理一段，更使哀傷之情中斷，與韓文始終扣緊父女關係陳其哀思者相比，正可見出二人文學手腕的高低。穆修之於古文，雖是先驅，但缺乏才力，畢竟是不能成爲大師的。

蘇舜欽〈哀穆先生文〉㊺，先以樸素古文感慨穆修生平志業竟不逢時與命，最後以簡短的「道不勝於命，命不會於時，吁嗟，先生竟胡爲」誌哀，其結構及行文蓋學韓愈〈柳子厚墓誌銘〉。

尹洙倡導古文，身體力行，〈祭僕府王沂公文〉㊻、〈祭謝舍人文〉㊼二篇都用古文散行。前者頗短，而集中敘述親身所見王沂公（名曾）立身之正直，主題極爲突顯，

㊺宋·蘇舜欽：〈哀穆先生文〉，見《蘇學士集》（臺北：臺灣商務印書館，景印文淵閣四庫全書），卷15。

㊻宋·尹洙：〈祭僕府王沂公文〉，見《河南集》（臺北：臺灣商務印書館，景印文淵閣四庫全書），卷17。

㊼宋·尹洙：〈祭謝舍人文〉，見同上注。

正合歐陽脩所讚賞的「簡而有法」㊽的標準；後者敘述彼此的君子之交以及對謝氏突然去世的傷感，則稍嫌氣弱。尹洙創作古文雖在歐陽脩之前，而才力頗有不及，論者謂尹不如歐陽，並非偏見。

范仲淹、韓琦以事功顯，而才學富實，二人雖為當時古文家的長官、前輩，而彼此氣類頗近，且其哀祭文也多受韓愈影響。二人喜用四言及騷體，變革不多，但范仲淹〈祭陝府王待制文〉㊾先以五言、次以六言、終以騷體行文，而且終篇一韻到底，與韓愈〈祭郴州李使君文〉之「不出六朝軌範，……通首不轉韻，古無此體」，有異曲同工之妙。韓琦〈祭贅隅先生文〉㊿通篇古文散行，則與尹洙同調。

㊽宋·歐陽脩：〈尹師魯墓誌銘〉，見《文忠集》（臺北：臺灣商務印書館，景印文淵閣四庫全書），卷28。又：〈論尹師魯墓誌〉，見卷73。

㊾宋·范仲淹：〈祭陝府王待制文〉，見《范文正集》（臺北：臺灣商務印書館，景印文淵閣四庫全書），卷10。

㊿宋·韓琦：〈祭贅隅先生文〉，見《安陽集》（臺北：臺灣商務印書館，景印文淵閣四庫全書），卷43。

蔡襄哀祭文面貌多變，而體製每仿自韓愈。〈祭杜祁公文〉51先用古文述杜祁公〈名衍〉公忠爲國，次以簡短四言韻語作結，形式與韓愈〈歐陽生哀辭〉類似；〈祭弟文〉52以長篇古文敘兄弟情誼，語真意切，似〈祭十二郎文〉，最後數句，則句法在六朝四言與唐代古文之間，且說「伏紙顛倒，不盡所懷」，至親無文的心情，表達無遺。〈祭蘇子美文〉53全篇以四言三句爲一單位，而前一小段，間加虛字，竟似古文，後大半之第二句都加一兮字，竟似騷體，而情韻悠遠，可謂獨創。

六、歐陽脩的哀祭文

北宋至仁宗朝，寫作古文已漸成風氣，從上節的陳述，也可看出哀祭文的發展與其他文類約略同步，但學韓者多，自具面目者少，而有待歐陽脩引領另一波新的風潮。

51宋·蔡襄：〈祭杜祁公文〉，見《端明集》（臺北：臺灣商務印書館，景印文淵閣四庫全書），卷36。

52宋·蔡襄：〈祭弟文〉，見同上注。

53宋·蔡襄：〈祭蘇子美文〉，見同上注。

歐文爲人稱道者不少，論者以爲歐公碑誌文學韓而能自具面貌，筆者以爲其哀祭文亦然。如〈祭梅聖俞文〉㊹以四言韻語行文，述兩人半生交誼及患難，似韓愈〈祭河南張員外文〉；中用十個「子」、十一個「余（我）」以見情誼之切，又似〈祭侯主簿文〉；學韓痕跡猶頗明顯。但如〈祭尹師魯文〉㊺，以雜言韻語行文，而句式忽長忽短，夾散夾騷，卻又收放自如，情味天成，得韓愈〈祭田橫文〉的神理，而體貌略別。最值得注意的是〈祭石曼卿文〉㊻，此文依〈祭尹師魯文〉法行文，並吸收柳宗元〈祭呂衡州溫文〉長句的效果，發揮尤爲淋漓盡緻，中如：

> 嗚呼曼卿，吾不見子久矣，猶能髣彿子之平生；其軒昂磊落，突兀崢嶸；而埋藏於地下者，意其不化為朽壤而為金玉之精；不然，生長松之千尺，產靈芝而九莖；奈何荒

㊹宋·歐陽脩：〈祭梅聖俞文〉，見《文忠集》（臺北：臺灣商務印書館，景印文淵閣四庫全書），卷50。

㊺宋·歐陽脩：〈祭尹師魯文〉，見《文忠集》（臺北：臺灣商務印書館，景印文淵閣四庫全書），卷49。

㊻宋·歐陽脩：〈祭石曼卿文〉，見《文忠集》（臺北：臺灣商務印書館，景印文淵閣四庫全書），卷50。

> 煙野蔓，荊棘縱橫；風淒露下，走燐飛螢；但見牧童樵叟歌吟而上下，與夫驚禽駭獸悲鳴躑躅而咿嚶；今固如此，更千秋而萬歲兮，安知其不穴藏狐貉與鼯鼪；此自古聖賢亦皆然兮，獨不見夫纍纍乎曠野與荒城。

其聲調、句式、用韻隨感情之發洩而流轉，如泣如訴，低迴跌宕，讀來倍覺淒涼；在內容上，作者任想像隨悲情奔馳，文辭宛如天外飛來，無中生有，也開拓了新的領域；所以此文之精，堪稱歐陽脩哀祭文的代表作，同時也為宋代哀祭文開闢一條寬敞大道。

細細體味歐陽脩哀祭文，可以發現他的創作觀和他在各種文類的表現是一致的，歐陽脩主張文章當避瑣事而記「大節」[57]，要「簡而有法」，因而其哀祭文主題往往極為突出，如〈祭蘇子美文〉[58]，集中筆力於描繪蘇舜欽心胸與文章的一致性上，寫道：

> 子之心胸，蟠屈龍蛇；風雲變化，雨雹交加；忽然揮斧，霹靂轟車；人有遭之，心驚

---

57 宋．歐陽脩：〈與杜訢論祁公墓誌書〉，共二通，見《文忠集》（臺北：臺灣商務印書館，景印文淵閣四庫全書），卷69。

58 宋．歐陽脩：〈祭蘇子美文〉，見《文忠集》（臺北：臺灣商務印書館，景印文淵閣四庫全書），卷49。

膽落，震仆如麻；須臾霽止，而回顧百里，山川草木，開發萌芽；子於文章，雄豪放肆，有如此者，吁可怪邪。

在筆法上，此文和〈祭石曼卿文〉對墳冢的想像有共同性，都是用賦體做極形象、極集中的刻劃，這反映出歐陽脩因有明確的創作觀，因而也能明確的實踐，並開發出屬於自己的新面目。㊾

七、韓歐哀祭文的餘響

㊾宋．陳善：《捫蝨新語》（臺北：藝文印書館，景印百部叢書本），上集，卷2云：「歐陽〈祭蘇子美文〉云：『子之心胸，蟠屈龍蛇；風雲變化，雨雹交加；忽然揮斧，霹靂轟車；人有遭之，心驚膽落，震仆如麻；須臾霽止，而回顧百里，山川草木，開發萌芽；子於文章，雄豪放肆，有如此者，吁可怪邪。』但知誦公此文，而不知實有本處。公作〈黃夢升墓銘〉，稱夢升哭其兄子庠之詞曰：『子之文章，電激雷震，雨雹忽止，闃然滅泯。』公嘗喜誦之，祭文蓋用此耳。」陳氏指出歐公此段文字受了黃夢升文的影響，應是屬實，但歐文的精彩度顯然勝過黃文。善於取人之長而轉換為自家面貌，正是歐公優為者。

以歐陽脩在北宋文壇的地位言，他的影響力是很大的，在哀祭文方面，也是如此。舉例而言，歐陽脩死後，其晚輩蘇軾、王安石的〈祭歐陽文忠公文〉⑥⓪，乃是二人的代表作之一；而二文在聲調、句法、用韻上都模仿〈祭石曼卿文〉，文情哀婉悠長；即在內容上，二人也有意模仿歐陽脩發揮想像的表達方式，如蘇文寫當時君子小人之別云：

君子以為無為為善，而小人沛然自以為得時；譬如深山大澤，龍亡而虎逝，則變怪雜出，舞鰍鱔而號狐狸。

而王文寫歐公之文章云：

豪健俊偉，怪巧瑰琦；其積於中者，浩如江河之停蓄；其發於外者，爛如日月之光輝；其清音幽韻，淒如飄風急雨之驟至；其雄辭閎辨，快如輕車駿馬之奔馳；世之學者，無問乎識與不識；而讀其文，則其人可知。

⑥⓪宋·蘇軾：〈祭歐陽文忠公文〉，見《東坡全集》（臺北：臺灣商務印書館，景印文淵閣四庫全書），卷91。宋·王安石：〈祭歐陽文忠公文〉，見《臨川文集》（臺北：臺灣商務印書館，景印文淵閣四庫全書），卷86。

其內容更令人想到〈祭蘇子美文〉。這情形和韓愈、歐陽脩模仿親友筆觸作文的做法一樣[61]，是古代文士們紀念友朋的一種很有意義的方式。從此事，我們也往往可以推知：在哀祭文作者的心目中，什麼是亡者文章的代表風格。很顯然，由韓愈〈祭田橫文〉、柳宗元〈祭呂衡州溫文〉所發皇的筆調，歐陽脩在〈祭石曼卿文〉中刻意加以變化，創作出新的體製，而獲得很大的成功，爲後世所推崇和模仿。

曾、王、三蘇五人，除蘇洵外，哀祭文作品皆多，而以四言、騷體爲最常見，蓋儘管有韓、歐的影響，六朝以來的傳統始終未受淘汰。曾鞏文字典雅嚴整，然〈祭王平甫文〉[62]則參差其句，駢騷雜見，一如歐陽脩〈祭尹師魯文〉。蘇洵〈祭史彥輔文〉[63]

---

[61] 宋・歐陽脩：〈論尹師魯墓誌〉云：「修見韓退之與孟郊聯句，便似孟郊；與樊宗師作誌，便似樊文；慕其如此，故師魯之誌，用意特深而語簡。」

[62] 宋・曾鞏：〈祭王平甫文〉，見《元豐類稿》（臺北：臺灣商務印書館，景印文淵閣四庫全書），卷38。

[63] 宋・蘇洵：〈祭史彥輔文〉，見《嘉祐集》（臺北：臺灣商務印書館，景印文淵閣四庫全書），卷15。

及〈祭亡妻文〉[64]，以四言述平生情誼，中夾大量「子」、「我」，兼學韓愈〈祭河南張員外文〉及〈祭侯主簿文〉；〈祭姪位文〉[65]則學〈祭十二郎文〉，用散體古文。蘇轍哀祭文全用四言，而〈代三省祭司馬丞相文〉[66]的章法文句，擺落六朝，逕仿《詩經》，以死者、祭者身分言，甚爲得體，因此朱熹說「祭溫公文，只有子由好」[67]。

大體而言，由於韓、歐哀祭文已備眾體，因而此後的古文家頗難跳出二人留下的矩範，只能在體製上做小幅度的變化，或在內容、神韻上求勝。如王安石〈祭歐陽文忠公文〉，平仄韻腳隔句間出，僅是默讀，不易察覺，加以朗誦，自見聲調婉轉，顯見刻意求勝，然此是學自韓愈〈故幽州節度判官贈給事中清河張君墓誌銘〉，故頗成功；而如蘇軾〈鍾子翼哀辭〉[68]，辭的部分竟作十一言韻文，文氣壅塞，自非佳作。從以上對北

---

[64] 宋．蘇洵：〈祭亡妻文〉，見同上注。
[65] 宋．蘇洵：〈祭姪位文〉，見同上注。
[66] 宋．蘇轍：〈代三省祭司馬丞相文〉，見《欒城集》（臺北：臺灣商務印書館，景印文淵閣四庫全書），卷26。
[67] 轉引自《古文辭類纂》文後所附諸家評語。
[68] 宋．蘇軾：〈鍾子翼哀辭〉，見《東坡全集》（臺北：臺灣商務印書館，景印文淵閣四庫全

宋晚期著名文士哀祭文的簡述，當能看出不易超越韓、歐矩矱的事實。

如果考察南宋以降著名的哀祭文，同樣可以得到後起者難以創新這個結論。如朱熹〈祭呂伯恭著作文〉[69]首段，以長句連續發出「耶」的問句，令人想到韓愈的〈獨孤申叔哀辭〉和柳宗元的〈祭呂衡州溫文〉。辛棄疾的〈祭陳同甫文〉[70]、王守仁的〈瘞旅文〉[71]，用韻都很獨特，往往似有若無，但其辭氣畢竟走的是〈祭田橫文〉、〈祭石曼卿文〉的路線。歸有光的〈祭外姑文〉[72]、袁枚的〈祭妹文〉[73]，都以古文散行，學的是〈祭十二郎文〉。即使是桐城派文章，造語以短捷見長，文字以雅潔自喜，但方苞

書），卷91。

[69] 宋・朱熹：〈祭呂伯恭著作文〉，見《朱熹集》（成都：四川教育出版社，1996年），卷87。

[70] 宋・辛棄疾：〈祭陳同甫文〉，見《稼軒詩文鈔存》（臺北：長安出版社影印本，1975年）。

[71] 明・王守仁：〈瘞旅文〉，見《王陽明全集》（臺北：古新出版社影印本，1978年），《王陽明文集》，卷9。

[72] 明・歸有光：〈祭外姑文〉，見《歸震川全集》（臺北：盤庚出版社影印本，1979年），卷30。

[73] 清・袁枚：〈祭妹文〉，見《小倉山房詩文集》（上海：上海古籍出版社，1988年），《小倉山房文集》，卷14。

〈宣左人哀辭〉⑭、〈武季子哀辭〉⑮，章法全學〈歐陽生哀辭〉；劉大櫆〈祭史秉中文〉⑯、〈祭吳文肅公文〉全學〈祭侯主簿文〉之彼我對稱，而前者之「暱我畏我，諮我道義」，更是韓文「唱我和我，問我以疑」的翻版。可見文體遞變，雖爲大勢所趨，但真正的文豪，其實難以代出。

八、結論

本文寫作的方式，大體以年代爲序，展開閱讀，再做「文學流變」的觀察。而所謂「文學流變」，以體製爲主，內容爲輔。筆者以爲：唐代以後，哀祭文以韓愈最爲大師，因爲他的創新變革之作如〈祭田橫文〉、〈祭河南張員外文〉、〈祭侯主簿文〉、

⑭清·方苞：〈宣左人哀辭〉，見《方望溪文集》（臺北：河洛圖書出版社影印本，1976年），卷16。
⑮清·方苞：〈武季子哀辭〉，見同上注。
⑯清·劉大櫆：〈祭史秉中文〉、〈祭吳文肅公文〉，見《海峰文集》（上海：上海古籍出版社，續修四庫全書，1995年），卷8。

〈歐陽生哀辭〉、〈祭女挐子文〉、〈祭十二郎文〉等都能爲後人接受，且都有持續的影響，這反映出他的創革是合理的、經得起考驗的。歐陽脩成就不如韓愈，而能於韓文的籠罩下蛻變出新貌，自是豪傑，其〈祭石曼卿文〉之於宋代哀祭文，有如〈秋聲賦〉之於宋代散文賦，乃是宋代古文家在體製上掙脫傳統風格的里程碑。此外，宋代某些哀祭文中參差錯落的句法和豐富自由的押韻方式，在我國韻文中，獨樹一幟，也頗值得學者注意。諸如此類的努力，使得宋代古文家的成就，不至於只是唐代古文家的附庸。

然而，姚鼐卻推崇王安石過於歐陽脩，《古文辭類纂》哀祭類選王文十篇，僅次於韓文的十二篇，遠多於歐文的五篇，細考其故，乃因姚氏選文的觀點，與本文的取向不完全一致。姚氏在〈序目〉篇後結束語曾說：

> 凡文之體類十三，而所以為文者八，曰：神、理、氣、味、格、律、聲、色。

姚氏評選文章，兼顧八者，本文則偏重格、律、聲、色四者，自然，這是筆者有意的選擇，因爲所謂神、理、氣、味，頗爲抽象，甚難言傳，而格、律、聲、色，較爲具體，容易掌握。姚氏之所以愛王過歐，是因爲王文奇崛雅潔，而歐文往往虛字過多，體氣陰柔而少勁道，與桐城派氣味不甚相投。本文以較易掌握的格、律、聲、色爲觀察重點，且重視創新性，因而結論與姚氏有異。⑰

關於評論文章之優劣，當從何處切入，姚氏又說：

神、理、氣、味者，文之精也；格、律、聲、色者，文之粗也；然苟舍其粗，則精者亦胡以寓焉？學者之於古人，必始而遇其粗，中而遇其精，終則御其精者而遺其粗者。

⑰陳芳：〈歐陽脩之祭文研究〉，載《警專學報》第4期。文中論歐、王之祭文云：「韓愈文章影響歐陽脩甚大；但後者之祭文作品，整體而言，不如王安石之更近韓愈。蓋歐陽脩文風較爲平易近人，固不似韓、王之奇健。茲舉二例以明歐陽脩與王安石之異：一如〈祭丁學士文〉（歐陽作）娓娓敘述，言其高才，語其被謗，無不曲盡人意；〈祭丁元珍學士文〉（王作）則剛硬質直，文短意健。又如〈祭王深甫文〉（歐陽作）平穩客觀，淺淡婉轉；〈祭王回深甫文〉（王作）則言簡意賅，因友念母，意更深切。凡此可見王氏性情、文風俱較勁急，氣勢宜追韓愈。歐陽脩則較迂迴也。」其說之觀點，與桐城派相近，偏重風格「簡」、「健」的考量，正可爲筆者之論述下一註腳。

既然精寓於粗，吾人從粗者入手，不算沒有立場。此外，本文取徑和姚氏雖然不盡相同，但某些觀察和某些觀念卻頗契合，如姚氏前文又說：

文士之效法古人，莫善於退之，盡變古人之形貌，雖有摹擬，不可得而尋其跡也。其他雖工於學古，而跡不能忘，揚子雲、柳宗元於斯，蓋尤甚焉，以其形貌之過於似古人也；而遽擯之，謂不足與於文章之事，則過矣；然遂謂非學者之一病，則不可也。

姚氏以爲：文藝重創新，但非唯一標準。從本文的論述看，哀祭文一類，確是韓多創革、柳多因襲，但在宋代，則歐多創革、王少創革。所以就創新論，本文論述的方向，或許尚可提供學界參考。就非唯一標準論，筆者也同意：凡文章佳妙，即是文學的可貴遺產，不必論其體製、內容是否創新。本文論唐宋哀祭文的發展而從變革的角度切入，就品賞作品的觀點言，或許不夠全面，但短篇論文本不便處理所有相關的問題，古人云「有偏斯有至」，蓋即謂此，讀者察之。

（本文原載《臺大中文學報》，第十八期，二〇〇三年六月。）

冠笄之禮的演變及其與字說興衰的關係
——兼論文體興衰的原因

一、前言

研究古禮的學者，有一個共同的看法，即認爲：先秦的冠笄之禮愈到後世愈形衰微。如果就整套冠笄之禮而言，這個命題並無不妥；但就冠笄之禮的個別儀節而言，則「愈到後世愈形衰微」的說法有待修正或補充說明，這些個別儀節的演變過程是應該並且可以個別討論的。

每套禮儀，都由許多儀節構成，而這些儀節，卻不見得來源相同、功能相似，它們因爲複雜的人文活動而結合成一套禮儀；因此當社會變遷時，該套禮儀中的各項儀節的存亡久暫便各有不同，有的倏起倏滅，譬若寒蟬，有的歷久長青，宛似大椿。如將該套禮儀置於時間的長河中觀察，它便有如變形蟲般不斷地成長、變化乃至死亡。有的時候，這個變形蟲也會分裂出另一個變形蟲，表面上看似不同的個體，實質上彼此卻具有濃厚的血緣關係。因此，研究任何一套禮儀，應當將它視爲變動中的活動，而不應視爲凝固不變的儀式。

先秦冠笄之禮的演變也跳不出這個規律，它誠然在後代式微乃至面貌全非，然而它的各個儀節的存亡久暫卻不完全相同，並非同時成立、萎縮或死亡。在這篇論文中，筆者將指出：先秦冠笄之禮的重要儀節中，「三加冠服」最先式微；而「取字」一項，由於習俗來源、社會功能都與三加冠服不同，卻擁有堅強的生命力，傳承不絕，在宋代以後，則又以「字說」的創作取代儀式的舉行，維持著它的社會功能，甚至在當代社會，取字之習雖已歇息，但也尚未完全絕跡。

字說即解說取字之寓意的文章，是今人不太注意的一種文體，當代文學研究者尤罕見討論。然而，五代以前尚無此體，此後則在宋元明清人的文集中大量出現①，民國以降卻又幾近絕跡，它的出現與冠笄之禮的式微在時間上是相銜接的，它的衰亡則與取字之習的大致終結差不多是同時的，關係可謂至為密切，乃是冠笄之禮這個變形蟲分裂出來的另一個變形蟲。這個分裂出來的變形蟲，前代的文體學家注意到了它源自冠笄之禮（**詳參本文第三節**），但未能充分說明它為何出現；古禮學家則因向來只注重儀節的涵義的研究，並未注意到此一分裂出來的血親；就研究冠笄之禮的演變史而言，這誠然是一個缺憾。本文將試圖結合古禮研究與文體研究二者，對此項因緣作一詳細的討論。

①筆者曾利用國科會大專學生暑期研究計畫經費，先後指導臺大中文系學生陳暐仁、陳重光、呂敦華、曹美秀、陳文慧等，自《全唐文》及宋、元人別集總集中蒐集字說及與字說具有血緣關係的文章，結果唐文僅得一篇，宋朝得四百三十九篇，元朝得四百三十六篇，共八百七十六篇，數量頗鉅。至於明、清兩朝，資料尤多，雖未作地毯式的蒐集，但此類文章廣見明、清人文集中，其普遍性可以無庸置疑。其後筆者又指導曹美秀、陳文慧分宋、元兩部分整理名說、字說所引述之經典，俾考知當時之價值觀。又其後再提供相關資料指導曹美秀起草〈宋元名說字說研究〉（未發表），探討宋、元名說字說的名目、體裁形式與其中反映的思想。本文的論旨與討論的取徑與曹文不同，而部分資料同據前述蒐集的成果，併此聲明，俾免誤會。

由於字說屬於應用性較強的文體，它興衰的情況與原因，與若干文體異趣，和某些文學理論家對文體遞變的主張也不無衝突，因此本文也將兼論文體興衰的原因，以供文學研究者參考。

下文將先簡述冠笄之禮的內容與不同儀節演變的概況，以說明字說的淵源與興起的原因；然後點明與字說具有血緣關係的文章，以說明此一文體的影響；最後藉由字說與衰與冠笄之禮演變的關係，檢討文學理論中對文體興衰原因的若干看法。

二、冠笄之禮的演變與字說的產生

先秦士人以上之貴族，舉行冠笄之禮的儀節和寓意，已脫離強調身心能夠忍耐痛苦的「成丁禮」（puberty rite）的階段，而以責任與權力的賦予爲其主要內容。②其詳細儀節，見於《儀禮．士冠禮》，而《禮記．曲禮》、《禮記．內則》、《大戴禮．公冠》等亦爲重要參考文獻，爲學者所熟知，此處不擬列舉縷述，僅論其大端。

②參許木柱：〈男性成年禮的功能與現代生活——一個人類學的探討〉，收入《生命禮俗研討會論文集》（臺北：中華文化復興運動推行委員會，1986年再版）。

《儀禮·士冠禮》儀節的程序可以簡單表列如下：

筮日→戒賓→筮賓→宿賓→宿贊者→為期（以上前期）

冠日陳設→迎賓贊→加緇布冠服→加皮弁冠服→加爵弁冠服→賓醴冠者→冠者見母→賓字冠者→冠者見兄弟→冠者見姑姐→冠者見君→冠者見鄉大夫鄉先生→醴賓→送賓→歸俎（以上當日）

從儀節的內容來分析，冠禮大致可以區分爲四個部分：一、賓助冠者三加冠服；二、賓酌醴飲冠者；三、賓爲冠者取字；四、冠者以成人之禮見尊長兄弟。由於賓醴冠者緊接在三加之後，可知其禮意是賓以成人的社交禮儀待冠者，象徵其已成人，其寓意比較微小；因此賓醴冠者可視爲賓助冠者三加的附帶儀節。又由於以成人之禮見尊長兄弟，在此後皆是如此；因此也不是只在舉行冠禮時才行的主要儀節。所以冠禮最重要的儀節有二：一是三加冠服（易服），一是取字。

《禮記·內則》說：「女子許嫁，笄而字。」古籍未載女子笄禮的詳細儀節，但可知笄禮最重要的儀節也有二：一是笄髮（易服）以示已可婚配，一是取字。這和男子冠禮的側重點是一樣的。

根據楊寬的研究，周代三加冠服的儀式賦予貴族青年的，分別是統治者、軍人、與祭者的身分。③此一寓意，反映了周代的社會形態乃是封建城邦的模式，其儀式的時代性是很強的。因而當時代更行推演，社會轉化為征伐戰國、秦漢大一統帝國時，諸侯、卿、大夫、士的貴族架構瓦解，士人遂亦失去了世官世祿的身分，其社會角色與地位便和封建城邦的時代大為不同，此時再行三加之禮，已無意義，勢必改變儀節，而僅為成年之象徵。此後，冠笄之禮更逐步衰微，其儀節七零八落，面目全非，在若干地區甚至消失無蹤。④

然而取字與三加冠服，其來源與寓意原本即已不同，所以其傳承的久暫也不相同。

③詳參楊寬：〈冠禮新探〉，收入杜正勝主編：《中國上古史論文選集》（臺北：華世出版社，1979年）。

④以上詳參李隆獻：〈歷代成年禮的特色與沿革——兼論成年禮衰微的原因〉，收入筆者與李隆獻、彭美玲合著：《漢族成年禮及其相關問題研究》（臺北：大安出版社，2004年）。

按：周人於「三月之名」之外，成人後又取字以供他人稱呼，唯尊長可呼晚輩之名，平輩或晚輩則須以字稱人，若稱名則視爲不禮貌或大不敬，此一禮俗持續至近年才稍有改變，時間明顯較三加爲長。據筆者另文〈冠笄之禮中取字的意義及其與先秦禮制的關係〉⑤的研究，乃因諱名取字的禮俗起源於遠古時代的巫術思維，避忌的是人與人之間如何保持安全距離的問題，周代以後則普遍被人們了解爲禮儀之必然，因此這一禮俗不會因爲社會結構的變遷而有大幅度的改變；因此，取字禮俗的生命力無疑遠較三加冠服爲強韌，正如同女子笄髮以示已可婚配的禮俗遠較三加冠服爲強韌一樣，因爲它們與政權的形態或社會的變遷關係不大，沒有共生關係。

根據以上的分析，可知冠笄之禮中各項儀節的演變速率必然是不均等的，主要儀節亦然。當加冠服所代表的意義已極微弱時，儘管取字的寓意及社會功能猶存，事實上已經很難舉行內容豐富的儀式了，這便是我國中古時期除了帝王家極少有舉行冠禮的記載的原因。中唐時柳宗元的一段話便生動的反映了此一事實，其〈答韋中立論師道書〉說：

---

⑤文收入筆者與李隆獻、彭美玲合著：《漢族成年禮及其相關問題研究》。

> 古者重冠禮，……數百年來，人不復行。近有孫昌胤者，獨發憤行之。既成禮，明日造朝，至外庭，薦笏言於卿士曰：「某子冠畢。」應之者咸憮然。京兆尹鄭叔則怫然曳笏卻立，曰：「何預我耶？」廷中咸大笑。⑥

由於「數百年來，人不復行」，所以當孫昌胤據古禮之意告訴同僚時⑦，旁人多不能理解而大驚小怪。到了宋代，冠禮衰敗尤甚，北宋時司馬光《溫公書儀》稱：

> 冠禮之廢久矣，吾少時聞村野之人尚有行之者，謂之「上頭」，城郭則莫之行矣。⑧

這是禮失求諸野的一個實例。主導社會進程的「城郭」莫之行，可見宋時已極少有人舉行正式冠禮儀式了。同事李隆獻先生曾依據大量史料及明清方志以研究冠笄之禮的演變史，他將隋唐宋明列為「冠禮寖衰期」，而將有清民初列為「冠禮消亡期」，並且注意

---

⑥唐·柳宗元：《柳宗元集》（臺北：華正書局，1990年），卷34，頁872。

⑦據《儀禮·士冠禮》，冠者三加、取字皆由賓行之，冠畢見尊長兄弟、見鄉大夫鄉先生、見君，都寓有告眾周知的意思。

⑧宋·司馬光：《溫公書儀》（臺北：臺灣商務印書館，影印文淵閣四庫全書本，1983年），頁467。

到成年禮爲婚禮所兼併的現象，便可見冠禮的演變情況了。⑨

三加冠服因失去社會意義導致冠笄之禮的衰頹，然而取字之俗並沒有因此便消失，上舉柳宗元、司馬光筆下的人物，雖然不行冠禮，但仍有字，當然，他們的字不是在某種儀式中取的。而根據筆者多年來研究禮儀流變的經驗，我們知道仍具社會功能的禮儀是不會輕易消失的，它往往轉化成另一種方式繼續發揮其功能，字說的創作便是取代冠笄之禮中取字儀式的方式。

要論證字說的創作是取代冠笄之禮中取字儀式的方式，可以從彼此間的相似性與互補性來考察：一、先秦冠笄之禮中，取字的任務由冠者的父執輩當眾宣布；而字說的創作者亦多屬青年的師長。二、先秦冠禮取字時配有字辭⑩；而字說的內容也在說明所取

---

⑨詳參李隆獻：〈近代方志所見民間成年禮及其傳承與變化〉，收入筆者與李隆獻、彭美玲合著：《漢族成年禮及其相關問題研究》。

⑩《儀禮．士冠禮》載字辭曰：「禮儀既備，令月吉日，昭告爾字，爰字孔嘉，髦士攸宜，宜之于假，永受保之，曰『伯某甫』（仲、叔、季，唯其所當。）」

字的寓意或讚美青年，性質與字辭相同。三、字說的大量出現，在趙宋初年⑪，正是傳統冠（笄）禮極度衰微之時。因此我們可以主張：冠笄之禮中取字儀式轉化爲字說的創作，以延續字的社會功能。

三、字說的血緣家族及其衰亡

然而，一種文體的出現往往並不那麼單純，字說的產生，就意義上說，雖然是取代冠笄之禮的儀式而來，但它的出現和「名說」是無法分開討論的。

古代士人以上貴族取名的時間，據《儀禮・喪服》載：「子生三月，則父名之。」此名即禮家所謂「三月之名」。它不像取字一樣有延賓參與的儀式，而僅是由父親當家

⑪筆者蒐集所及，最早的字說是宋初柳開的作品〈字說〉，該文開篇略云：「邕和其至也，以世上之人爲大賢人之德歟！太史公胡繼周樂焦生之好樂，慨然異夫時之後進者，名生曰邕。至道三年，來自京師，邕文章外，通六經諸史百氏之言，請字於開，開因字之云世和。世和，邕之義也。」見《河東集》（臺北：臺灣商務印書館，影印文淵閣四庫全書本，1983年），卷1。

人面前宣布；它也不像取字時賓有字辭，而僅是「父執子之右手，咳而名之」⑫。既然如此，命名之事，依禮並無引起當時或後世寫作文章的動因。但世間事之發生，有時只是歷史之偶然。由於命名是在子生三月之時（但後世也有在數歲甚至成人才正式命名之例，詳下文），後來雖成爲孩童、成爲青年，卻未必通曉父親命名的寓意，於是後世遂有文學家創作「名說」，以備其子成年後閱讀以體察父親的用心。此類作品，最早出現的是陶淵明的〈命子詩〉，四言；其次是中唐劉禹錫的〈名子說〉，散文；其餘未見。可見自晉至唐，寫作此類文字只是個別的事件，並未形成風尚，還不是廣爲社會接受的文體。茲先引陶詩於下：

悠悠我祖，爰自陶唐；邈焉虞賓，歷世重光；
御龍勤夏，豕韋翼商；穆穆司徒，厥族以昌。
紛紛戰國，漠漠衰周；鳳隱於林，幽人在丘；

⑫詳見《禮記．內則》。

逸虬逸雲，奔鯨駭流；天集有漢，眷予愍侯。
於赫愍侯，運當攀龍；撫劍風邁，顯茲武功；
書誓山河，啟土開封；亹亹丞相，允迪前蹤。
渾渾長源，蔚蔚洪柯；群川載導，眾條載羅。
時有語默；運因隆窊；在我中晉，業融長沙。
桓桓長沙，伊勳伊德；天子疇我，專征南國；
功遂辭歸，臨寵不忒；孰謂斯心，而近可得。
肅矣我祖，慎終如始；直方二臺，惠和千里；
於皇仁考，淡焉虛止；寄跡風雲，寘茲慍喜。
嗟余寡陋，瞻望弗及；顧慚華鬢，負影隻立；

三千之罪，無後為急；我誠念哉，呱聞爾泣。
卜云嘉日，占亦良時；名汝曰儼，字汝求思；
溫恭朝夕，念茲在茲；尚想孔伋，庶其企而。
厲夜生子，遽而求火；凡百有心，奚特於我；
既見其生，實欲其可；人亦有言，斯情無假。
日居月諸，漸免於孩；福不虛至，禍亦易來；
夙興夜寐，願爾斯才；爾之不才，亦已焉哉。⑬

從此詩的內容看，陶淵明先擇定良日吉時，以對其子之期望來命名取字，名曰儼，字曰求思。就出典言，取自《禮記·曲禮》：「儼若思。」但既曰「求思」，文中又說「尚

⑬見楊勇：《陶淵明集校箋》（臺北：唯一書業公司，1970年），卷1。

想孔伋，庶其企而」，可見陶淵明希望其子嚮慕孔子的孫子孔伋（字子思）。此處有一點應該注意，從詩中「呱聞爾泣」、「厲夜生子」、「漸免於孩」等句看來，陶淵明爲子取字似與取「三月之名」⑭同時進行，此點與《儀禮》所記的禮儀有兩點不同：一是先秦士人舉行冠禮時取字由賓而不由父，二是先秦取字在士人成年時不在初生之時。陶淵明爲其子同時命名取字，所行者並非古傳禮俗。

劉禹錫的〈名子說〉，亦引錄於下：

司空王昶名子制誼，咸得立身之要，前史是之。然則書紳銘器，孰若發言必稱之乎？今余名爾：長子曰咸允，字信臣；次曰同廙，字敬臣。欲爾於人無賢愚，於事無小大，咸推以信，同施以敬，俾物從而眾說，其庶幾乎！夫忠孝之於人，如食與衣，

⑭據陶淵明：〈與子儼等疏〉（《陶淵明集校箋》卷7），知有五子：儼、俟、份、佚、佟，而其〈責子詩〉（《陶淵明集校箋》卷3）作於儼十六歲時，乃云：「白髮被兩鬢，肌膚不復實；雖有五男兒，總不好紙筆；阿舒已二八，懶惰故無匹；阿宣行志學，而不愛文術；雍、端年十三，不識六與七；通子垂九齡，但覓棗與栗；天運苟如此，且進杯中物。」取與〈命子詩〉並觀，則知其子除名（如：儼）、字（如：求思）外，又皆別取小名或小字（如：阿舒），乃六朝人之通習。

> 不可斯須離也，豈俟余勖哉？仁義道德，非訓所及，可勉而企者，故存乎名。夫朋友字之，非吾職也；顧名旨所在，遂從而釋之。夫孝始於親，終於事君，偕曰臣，知終也。⑮

劉禹錫名長子咸允，字曰信臣；名次子同廙，字曰敬臣，乃因期望二子「於人無賢愚，於事無大小，咸推以信，同施以敬，俾物從而眾說」。文中明言，仁義道德非訓誨所能盡，故將期望寄託於名字之中。值得注意的是，劉禹錫和陶淵明一樣，同時命名取字，又劉禹錫此次命名取字，長子既與次子一併進行，則至少當在長子已經數歲以後，前此他們大約只有小名，這也是後世的習俗，和先秦貴族的禮制不同，和陶淵明所行者也不完全相同。

以上二篇，一詩一文，體裁不同，但就後世的文體分類看，則它們都是合名說與字說爲一。劉禹錫知道「朋友字之」的古禮，所以宣稱「非吾職也」，但仍禁不住「顧名旨所在，遂從而釋之」。所以陶、劉二文既可說同時是名說、字說的起源，也可說字說

⑮唐・劉禹錫：〈名子說〉，見《全唐文》（臺北：匯文書局影印本，1961年），卷607。

是創作名說而附帶產生的。總而言之，陶、劉未依古禮命名取字，也反映出當時生育、命名與冠笄之禮的衰頽，而此二文，乃是宋代以後大量此類文章的濫觴。

如此看來，字說的產生，應該說：在禮俗上，受到冠笄之禮衰微的影響；在文章的創作上，則與名說同時出現。不過，從作品的數量看，字說遠較名說爲多，因此文體學家大多以字說涵括名說（詳下文）。

不僅如此，由於字說、名說的創作蔚爲風氣，由此又衍生了許多具有血緣關係的名目。明人徐師曾在《文體明辨序說》「字說」一類之下列有字序、字解、字辭、祝辭、名說、名序、女子名字說等別名，又說明如下：

按：《儀禮·士冠》三加三醮而申之以字辭，後人因之，遂有字說、字序、字解等作，皆字辭之濫觴也。雖其文去古甚遠，而丁寧訓誡之義無大異焉。若夫字辭、祝辭，則倣古辭而為之者也。然近世多尚字說，故今以說為主，而其他亦並列焉。至於名說、名序，則援此意而推廣之。而女子笄，亦得稱字，故宋人有女子名辭，其實亦

> 字說也。今雖不行，然於禮有據，故亦取之，以備一體云。⑯

徐師曾列舉的項目如「序」、「解」等，實際上只是名目有所不同，若論實質，仍是字說、名說兩類。筆者曾指導學生蒐集此類文章（已詳注①），得知其名目及內涵並不止於徐師曾所列舉者，尚有字辭⑰、祝詞⑱、字訓⑲、字箴⑳、字贊㉑、改名說

---

⑯見明·徐師曾：《文體明辨序說》（臺北：大安出版社，收入《文章辨體三種》，1998年），頁106。

⑰如宋·劉敞：〈張誨字辭并序〉，見《公是集》（臺北：臺灣商務印書館，影印文淵閣四庫全書本，1983年），卷49。

⑱如宋·真德秀：〈李自脩祝詞〉，見《真西山文集》（臺北：臺灣商務印書館，四部叢刊本，1979年11月），卷33。

⑲如元·王惲：〈王氏四子字訓〉，見《秋澗集》（臺北：臺灣商務印書館，影印文淵閣四庫全書本，1983年），卷46。

⑳如元·李祈：〈劉子行字箴〉，見《雲陽集》（臺北：臺灣商務印書館，影印文淵閣四庫全書本，1983年），卷10。

㉑如元·李祈：〈王廣微字贊〉，見《雲陽集》（臺北：臺灣商務印書館，影印文淵閣四庫全書本，1983年），卷10。

㉒、改字說㉓、別號說㉔等等，其名目之多及其所反映的禮俗現象之豐富，並非徐師曾只用短短篇幅敘述所能概括㉕。如果我們大規模地蒐集明、清字說，相信仍可擴大我們的補充，只是根據筆者平日的聞見，可補充的已經有限了。

近百年來，著名文人的文集中，這類文章已較少見。五十年來，社會變遷尤遽，國人的觀念與習慣往往與古人有重大的不同，許多人寧取筆名而不顧「行不更名，坐不改姓」的古訓，且以取字爲封建時代的習慣，視爲落伍保守的象徵，已經很少人有字、號了，字說的衰亡自然無法避免。

㉒如宋・周南：〈滕咼改名說〉，見《山房集》（臺北：臺灣商務印書館，影印文淵閣四庫全書本，1983年），卷4。

㉓如宋・蘇頌：〈李惟幾改字說〉，見《蘇魏公文集》（臺北：臺灣商務印書館，影印文淵閣四庫全書本，1983年），卷72。

㉔如宋・文天祥：〈陳逢春肖軒說〉，見《文文山全集》（臺北：河洛圖書出版社，1975年），卷10。

㉕筆者曾指導曹美秀同學起草〈宋元名說字說研究〉，針對徐師曾說逐項逐句加以批評、補充。請參考注①。

四、從字說的興衰檢討文體遞變諸說

關於文體的興衰，我國文學理論家曾有「文體遞變」之說，以下略舉較具代表性者加以檢討。

清代的焦循，曾從是否仍具音樂性的角度觀察，對於詩、詞、曲的遞變有所解釋，焦氏說：

> 古人春誦夏弦，秋冬學禮讀書。試思書何以云「讀」？詩何以必「弦誦」？可見不能弦誦者，即非詩也。……若有不能已於言，又有言之而不能盡者，非弦而誦之，不足以通其志而達其情也。……周秦漢魏以來，直至於唐杜少陵、白香山諸名家，體格雖殊，不乖此指（恉）。晚唐以後，始盡其辭而情不足，於是詩與文相亂，而詩之本失矣。然而人之性情，其不能已者，終不可抑遏而不宣，乃分而為詞，謂之詩餘。故五代之詞，六朝初唐之遺音也；宋人之詞，盛唐中唐之遺音也。詩亡於宋而遁於詞，詞亡於元而遁於曲。㉖

㉖清·焦循：〈與歐陽製美論詩書〉，見《雕菰集》（臺北：鼎文書局影印本，1977年），卷14。

焦循既說「非弦誦不能通志達情」、「不能弦誦者即非詩」，很顯然的，他主張詩歌的本質內含音樂性，失去音樂性便不是詩歌。所以當詩的發展已失去音樂性時，文學家爲了能夠「弦誦」以「通情達志」，便「遁於詞」；而當詞的發展又失去音樂性時，文學家又爲了能夠「弦誦」以「通情達志」，便「遁於曲」。

對於焦循（理堂）的主張，錢鍾書《談藝錄》指出其說源自宋代鄭樵（漁仲）《通志》卷四十九〈樂府總序〉，並表示不以爲然：

理堂宗旨，隱承漁仲，而議論殊悠謬。近有選詞者數輩，尚力主弦樂之說，隱與漁仲、理堂見地相同，前邪後許，未之思爾。詩、詞、曲三者，始皆與樂一體，而由渾之劃，初合終離，凡事率然，安容獨外？文字、弦歌，各擅其絕；藝之材職，既有偏至；心之領會，亦難二用；強欲並合，未能兼美，或且兩傷，不克各盡其性，每致互掩所長。（中略）理堂遽謂「不能弦誦即非詩」，何其固也。㉗

錢鍾書的這段評論，重點在反對詩歌必須具有音樂性的主張，而非直接討論文體遞變的

㉗錢鍾書：《談藝錄》（臺北：野狐出版社影印本，無年月）「論詩樂離合」條，頁32、33。

原因，但事實上已否定音樂性是詩、詞、曲遞變的因素了。

以上正反兩種意見，討論的還侷限在詩、詞、曲的小範疇中。王國維對於文體遞變，則有更寬廣的視野，並從不同的角度去觀察。他在《人間詞話》中說：

> 四言敝而有楚辭，楚辭敝而有五言，五言敝而有七言，古詩敝而有律絕，律絕敝而有詞。蓋文體通行既久，染指遂多，自成習套；豪傑之士亦難于其中自出新意，故遁而作他體，以自解脫。一切文體所以始盛中（終）衰者，皆由于此。故謂文學後不如前，余未敢信；但就一體論，則此說固無以易也。㉘

這一段的關鍵語是「豪傑之士亦難于其中自出新意，故遁而作他體，以自解脫」。王國維認爲一種文體被過度創作之後，難以再有新意，才士遂轉而尋求新體，於是新體日盛，舊體遂漸衰微。此外，王國維在《宋元戲曲考》㉙的序中也說：

㉘王國維：《人間詞話》，收入《王觀堂先生全集》（臺北：文華出版公司，1968年），第13冊，總頁5940。

㉙按：此書或稱《宋元戲曲史》。

凡一代有一代之文學：楚之騷，漢之賦，六代之駢語，唐之詩，宋之詞，元之曲，皆所謂一代之文學，而後世莫能繼焉者也。㉚

此段並未直接點出「後世莫能繼焉」的理由，但結合前一段看，顯然是因「文體通行既久，染指遂多，自成習套；豪傑之士亦難于其中自出新意」。筆者以為：王國維的觀點，只是從藝術造詣的層面立論，而且在文學史上也不見得是事實。

錢鍾書《談藝錄》指出類似王國維主張的說法起源甚早，並歷引劉祁《歸潛志》等十餘家之說以為佐證㉛。其實這類「難出新意」的感慨，當是自古有之，《文心雕龍》即已提到，〈變通篇〉就說：「夫誇張聲貌，漢初已極，自茲厥後，循環相因，雖軒翥出轍，而終入籠內。」這便是所謂「難于其中自出新意」的看法。劉勰隨即舉了枚乘、司馬相如、馬融、揚雄、張衡的賦作以為例證，說他們賦中的文句：「此並廣寓極狀，而五家如一。諸如此類，莫不相因。」不過劉勰並不以為既然如此文體便必須遞變，他

㉚王國維：《宋元戲曲考·序》，收入《王觀堂先生全集》（臺北：文華出版公司，1968年），第14冊，總頁5975。

㉛見錢鍾書：《談藝錄》「論文體遞變」條，頁34、35。

認爲「參伍因革，通變之數也」，實際的做法，即：「名理有常，體必資於故實；通變無方，數必酌於新聲；故能騁無窮之路，飲不竭之源。」他的看法是認爲藝術是有無窮可能性的，端視作者如何耳，和王國維認爲「難出新意」的觀點不同。錢鍾書的看法，近劉而遠王，並舉駢文、散文爲例說：

> 夫文體遞變，非必如物體之有新陳代謝，後繼則須前仆。譬之六朝儷體大行，取散體而代之；至唐則古文復盛，大手筆多舍駢取散。然儷體曾未中絕，一線綿延，雖極衰於明，而忽盛於清，駢散並峙，各放光明。陽湖、揚州文家，至有倡奇偶錯綜者。幾見彼作則此亡耶？㉜

在文學史上，的確如錢氏所說，駢、散文呈現彼此迭見興衰的局面，賈生、史遷以散體龍吟於西漢，而退之、子厚亦以古文虎視於中唐；徐孝穆、庾子山以駢文稱雄於六代，而洪亮吉、汪容甫亦以儷句享譽於有清；並非後起者完全能取代，而先興者必然遭滅絕。可見王國維的說法，對某些狀況而言，雖然確是事實；但就整體論，則不無失之片

㉜見錢鍾書：《談藝錄》「論文體遞變」條，頁35。

面之嫌。

錢氏又指出：西方文學理論中也有學者「采生物學家物競天演之說，以爲文體沿革，亦若動植飛潛之有法則可求」，換句話說，是以優勝劣敗來詮釋文體的演變。但錢氏又說有另外的學者力加反對：「一據生物學，一據文學史，皆抵隙披瑕，駁辨尤精，顧知者不多，晉論尚未廓清耳。」㉝其觀點和前引文一致。

歸結而言，錢氏的觀點，可以從以下的引文中見出，錢氏說：「王靜安《宋元戲曲史·序》，有漢賦、唐詩、宋詞、元曲之說。謂某體至某朝而始盛，可也。若用意等於理堂，謂某體限於某朝，作者之多，即證作品之佳，則又買菜求益之見矣。」㉞他基本上是反對「一代有一代之文學」的說法的。

然而，以上各家所論，事實上只限於對藝術性、抒情性較高的作品的觀察，絕非王國維自己所宣稱的「一切文體所以始盛終衰者，皆由於此」。

㉝以上所引，見錢鍾書：《談藝錄》附說七「西人論文體演變」條，頁43、44。

㉞見錢鍾書：《談藝錄》「論文體遞變」條，頁37。

古代文人筆下所謂「文體」，在概念上其實有些含糊，辭賦、詩詞謂之「文體」，策問、連珠、祭文、書啓也稱「文體」，這可從明代吳訥的《文章辨體》、徐師曾的《文體明辨》都將上舉二類稱爲「文體」窺知一二。所以我們有必要在此稍加釐清。關於前者，我們可稱之爲「藝術性的載體」，而後者稱爲「應用性的載體」，這二類不能等量齊觀。「藝術性的載體」的興衰，前文已指出和「難出新意」不一定有關；而「應用性的載體」的興衰，更不是由是否具有「新意」來決定。譬如上文討論的字說，它的產生與衰亡，乃是由冠笄之禮的衰頹與社會環境的變遷來決定的。從這個角度去思考，我們還可以指出不少例證，例如在敦煌文書及唐宋人文集中有所謂「求婚啓」，由男家尊長寫信向女家提親，這種內容和文體在近代已經絕跡，這是婚俗已變使然；又如近五十年來，不論大陸或臺灣，碑文或許還有少量，而墓誌銘幾乎已經絕跡，這乃是政治力的干預和社會習俗的變遷使然，並非「新意」已盡。可見王氏「一切文體」之說並不周延。

五、結論

李亦園先生曾將成年禮和婚禮、喪禮做比較，從成年禮衰頹而婚、喪禮則否的角度立論，認爲：成年禮是一種較側重個人心理轉換的儀式，可稱之爲「隱性的生命禮俗」；而婚、喪禮不僅與個人心理有關，同時也牽涉到社會關係的轉變，可稱之爲「顯性的生命禮俗」。由於社會變遷的關係，顯性的生命禮俗較容易被保存，而隱性的生命禮俗，要維持微妙的心理轉換儀式實在很難，因此成年禮不容易流傳下來。㉟

本文則認爲：李先生用此理論去解釋某些民族的成年禮（**即本文所稱之「成丁禮」**）的衰頹，或許恰當；但古漢族的冠笄之禮已脫離成丁禮的階段，三加冠服此一儀節的社會性比起婚、喪來並不遜色，甚至較婚、喪禮爲突出，譬如古代婚禮不賀㊱，而冠禮則延賓加冠取字，社會性較婚禮強。因此用隱性、顯性的分別來分析，似乎未中肯綮，恐怕還須用社會結構的變遷來詮釋比較周延。不僅如此，古代的冠笄之禮，就儀式

㉟參李亦園先生對許木柱：〈男性成年禮的功能與現代生活——一個人類學的探討〉一文的討論發言，見《生命禮俗研討會論文集》（臺北：中華文化復興運動推行委員會，1986年再版），頁35。

㊱《禮記．郊特牲》：「昏禮不用樂，幽陰之義也。樂，陽氣也。昏禮不賀。」古代婚禮既不舉樂，也沒有賀客。婚禮之有賀客，據《通典》言，起於晉朝皇室。

言，固然逐漸衰頹，但取字的習俗仍然長期存在，而字說的創作也猶存古代賓字冠者的寓意，這就不是用「要維持微妙的心理轉換儀式實在很難」可以解釋的了。

字說一類的文章，至宋朝時，確已蔚然成爲一獨立文體，本文認爲這乃是冠笄之禮中取字儀式的轉化。元朝以後，這類文章更接續著發展，從我們蒐集到的篇章數量看，元朝享國不及百年，但數量多達四百餘篇，與兩宋的三百年約略相當，這可以反襯出元代冠笄之禮的舉行較宋代尤爲衰頹，所以用字說的創作取代儀節的舉行者也較多，這一事實也從另一個角度印證了本文的理論。

此一事實既能確認，那麼我們可以說，由於字說是一種具有社會功能的文體，它的應用性很強，所以王國維等人從是否仍有新意去論文體的遞變，便不能適用在它身上。既然如此，我們還可做如下論斷，屬於「藝術性的載體」的文體，由於總是源源不絕地有人從事創作，其生命長，但在長期創作後，在內容、意境方面比較容易受到侷限；而屬於「應用性的載體」的文體，當其社會功能消失時，便無人創作，其生命也就結束；兩者是不宜相提並論的。

（本文曾於二〇〇四年刊於與李隆獻、彭美玲合著之《漢族成年禮及其相關問題研究》一書，茲為完整表達筆者對文體發展之概念，重載於此。）

八股文的淵源及其相關問題

一、引言

明清兩朝，以八股文試士。在近代，學者對此事多半持否定的態度，鮮少有人真正去探討它在學術上的意義。八股文被認爲是箝制思想、扼殺文學原創力、國家落後的禍源，「八股」，在口語中意義幾乎等同於「老套」、「無聊」。然而八股文試士，曾施行五百年，就淵源論，它不是突然產生的；就意義言，恐怕也不能說國家提倡、舉國士子相率從事者全然無謂，而可以一筆抹殺，不必在文學史或思想史中一提。筆者認爲，如果我們摒除厭惡舊時代、舊制度的歸罪心理，將八股文放在歷史的脈絡中，做一宏觀的考察，也許才能得到較爲中肯的評斷。

評斷八股文在學術上的意義，當從探討其淵源入手。在檢討其寫作宗旨及技巧後，筆者認爲八股文祖宋代經義而祧《荀子》，乃是儒者闡述經旨的論說文中的一支。就文體演變的角度言，《荀子》、宋代經義、八股文雖然架構與規矩由簡趨繁，但一脈相承；因此，站在文體演變史研究者的立場，當在文學史上給予一定的陳述。就儒學資料的角度言，闡述經旨的論說文（其中包含經義與八股文）與收在經部的注疏、收在子部儒家類的著作，其目標是一致的，只不過這類論說文通常被列入集部而已；因此，站在儒學史研究者的立場，經義、八股文與注疏、儒家子書等同樣應列入考察的範圍。下文將本此意依序論述。

二、八股文的特色

探討八股文的淵源，當先標舉其特色。《明史。選舉志》云：

科目者，沿唐宋之舊而稍變其試士之法，專取《四子書》及《易》、《書》、《詩》、《春秋》、《禮記》五經命題試士，蓋太祖與劉基所定。其文略仿宋經義，然代古人語氣為之，體用排偶，謂之「八股」，通謂之「制義」。①

顧炎武《日知錄》云：

經義之文，流俗謂之「八股」，蓋始於成化以後。股者，對偶之名也。天順以前，經義之文不過敷衍傳注，或對或散，初無定式，其單句題亦甚少。成化二十三年，會試「樂天者保天下」文，起講先提三句，即講「樂天」四股；中間過接四句，復講「保天下」四股；復收四句，再作大結。弘治九年，會試「責難於君謂之恭」文，起講先提三句，即講「責難於君」四股；中間過接二句，復講「謂之恭」四股；復收二句，再作大結。每四股之中，一正一反，一虛一實，一淺一深。（原注：亦有聯屬二句四句為對，排比十數對成篇，而不止於八股者）其兩扇立格，則每扇之中，各有四股；其次第之法亦復如之。故人相傳謂之「八股」。若長題，則不拘此。嘉靖以後，文體日變，而問之儒生，皆不知「八股」之何謂矣。發端二句或三四句，謂之破題，大抵對句為多，此宋人相傳之格。（原注：本之唐人賦格）下申其意，作四五句，謂之承題。然後提出夫子（原注：曾子、子思、孟子皆然）為何而發此言，謂之原起。至萬

①見《明史》卷六十九〈選舉志〉一。

> 曆中，破止二句，承止三句，不用原起。篇末敷演聖人言畢，自攄所見，或數十字，或百餘字，謂之大結。國初之制，可及本朝時事。以後功令益密，恐有藉以自衒者，但許言前代，不及本朝。至萬曆中，大結止三四句。②

據上引，「八股文」一詞，乃屬流俗之言，而且明清兩朝該種文體不一定分爲破題等八個部分，中間「體用排偶」處也不一定限八股，「文體日變」，考究者每有不同，因此，八股雖有「股」的特色，但和律詩那種有固定的字數與結構者卻又有差別。整體而言，我們可以歸納出幾項要件：

第一、題目用經句。

第二、中間部分代古人語氣爲之。

第三、講究破題、承題、起講……大結等結撰格式。（一般分八部分，但「八股」不指此八部分）

---

②見《原抄本日知錄》卷十九「試文格式」條，明倫出版社，臺北。

第四、起講與大結之間使用排偶句。（流俗稱爲「八股」）

我們可以舉最著名的王鏊〈百姓足君孰與不足〉③一文爲例做爲說明：

〔破題〕民既富於下，君自富於上。

〔承題〕蓋君之富，藏於民者也。民既富矣，君豈有獨貧之理哉？

〔起講〕有若深言君民一體之意，以告哀公。蓋謂公之加賦，以用不足也；欲足其用，盍先足其民乎？

〔起股〕誠能

百畝而徹，恆存節用愛人之心；

什一而征，不為厲民自養之計。

則

民力所出，不困於征求；

民財所有，不盡於聚斂。

閭閻之內，乃積乃倉，而所謂仰事俯蓄者無憂矣；

田野之間，如茨如梁，而所謂養生送死者無憾矣。

③見方苞《欽定四書文》。

〔虛股〕百姓既足，君何為而獨貧乎？

〔中股〕吾知

藏之閭閻者，君皆得而有之，不必歸之府庫而後為吾財也；

蓄之田野者，君皆得而用之，不必積之倉廩而後為吾有也。

取之無窮，何憂乎有求而不得？

用之不竭，何患乎有事而無備？

〔後股〕犧牲粢盛，足以為祭祀之供；玉帛筐篚，足以資朝聘之費。

借曰不足，百姓自有以給之也，其孰與不足乎？

饔飧牢禮，足以供賓客之需；車馬器械，足以備征伐之用。

借曰不足，百姓自有以應之也，其孰與不足乎？

〔大結〕吁！徹法之立，本以為民，而國之用乃由於此，何必加賦以求富哉？

就王鏊此篇分析，它與上標八股文特色的相應關係如下：

第一、題目出《論語·顏淵篇》有若對魯哀公之言。

第二、中間部分有「吾知」二字，「吾」即有若自稱，故稱魯哀公爲「君」。

第三、破題點明全篇要旨，承題補足破題之意，起講指出題目出有若對哀公之言，大結呼應破、承之旨。

第四、中間排偶句共十二股，而虛股不用排偶句。

王鏊被譽爲八股文中的杜甫，觀此篇而八股文的特色即可掌握了。

三、八股文淵源舊說述評

關於八股文的淵源，學者的看法頗爲紛紜，其主要者有三說。

一說據八股文之結撰格式與「代古人語氣爲之」的特色立論，以爲受元雜劇影響而產生。此說焦循《易餘籥錄》主之：

（樂府雜劇）又一變而為八股，舍小說而用經書，屏幽怪而談理道，變曲牌而為排比，此文亦可備眾體史才詩筆議論：其破題開講，即引子也；提比中比後比，即曲之套數也；夾入領題出題段落，即賓白也。④

又云：

余謂八股文口氣代其人論說，實本於曲劇。而如陽貨、臧倉等口氣之題，宜斷作，不宜代其口氣。吾見工八股者作此種題文，竟不啻身為孤裝邦老，甚至助為訕謗，口角以傴肖為能。是當以元曲之格為法。⑤

它如吳喬《圍爐詩話》等並有類似言論。⑥按：焦氏以「夾入領題出題段落」比賓白，似不恰當，因爲八比畢竟不是用唱的，更何況戲劇中極重要的「科」，八股文並無和它相應的部分。而且凡是戲劇都不免「代他人說話」，⑦我國戲劇並不始於元雜劇，如北齊之踏謠娘、宋之滑稽戲，皆「代他人說話」，如要推得更早，優孟扮孫叔敖，未始不

④見《易餘籥錄》卷十七，《木犀軒叢書》本。
⑤見《易餘籥錄》卷十七，《木犀軒叢書》本。
⑥詳參錢鍾書《談藝錄》〈論文體遞變〉，野狐出版社，臺北。
⑦以上參考梅家玲〈論八股文的淵源〉之說，文載《文學評論》第九集，臺北。

是「代他人說話」，⑧更何況戲劇從頭至尾「代他人說話」，八股文只有中間部分，且有些題目有如焦循指出的「不宜代其口氣」，畢竟雜劇與八股文性質有異，文體迥別，不必牽連爲說，因此這一說法雖可提供文學研究者一個有趣的比較，但並不算允當。

另有一說，從破、承、八股的結撰格式觀察，認爲受唐代試士律詩律賦的影響。此說可以毛奇齡《西河文集》所言者爲代表：

> 世亦知試文八比之何所昉乎？漢武以經義對策，而江都、平津、太子家令並起而應之，此試文所自始也，然而皆散文也；天下無散文而複其句、重其語、兩疊其語作對待者。惟唐制試士，改漢魏散詩而限以比語，有破題、有承題、有領比、有頸比、有腹比、有後比，而後結以收之。六韻之首尾，即起結也；其中四韻，即八比也。然則試士之文，視此矣。⑨

毛奇齡謂「天下無散文而複其句、重其語、兩疊其語作對待者」，實不然（詳下文）。

---

⑧見《史記·滑稽列傳》。
⑨見《西河文集》序二十九〈唐人試帖詩序〉，《國學基本叢書》本。

但主張八股文受唐代律詩律賦影響者，世不乏其人，如上舉《日知錄》謂破題本之唐人賦格即是，又如錢大昕《十駕齋養新錄》云：

> 唐人應試詩賦，首二句謂之破題。韋象〈畫狗馬難為功賦〉，其破題曰：「有二人於此，一則矜能於狗馬，一則誇妙於鬼神。」此賦有破題也。裴令公居守東都，夜宴半酣，公索聯句，時公為破題。此詩有破題也。宋熙寧中，以經義取士，雖變五七言之體，而士大夫習於排偶，文氣雖疏暢，其兩兩相對，猶如故也。閱《橫浦日新》云：有一人作「健而說」義，破題云「君子有勝小人之道，而無勝小人之心」，極佳。然則宋時經義已有破題，不始於明也。宋季有魏天應《論學繩尺》一書，皆當時應舉文字，有破題、接題、小講、大講、入題、原題諸式，是論亦有破題。⑩

它如趙翼《陔餘叢考》⑪、先師鄭騫《龍淵述學》⑫皆有類似論點。按：如果一定要說八股文受到唐代試帖詩或律賦的影響，我們不易否定，因爲架構頗爲相似，但有趣的

---

⑩見《十駕齋養新錄》卷十「經義破題」條，世界書局。

⑪見《陔餘叢考》卷二十二「破題」條，世界書局。

⑫見《龍淵述學》〈永嘉餘札〉「唐宋律賦與八股文」條，大安出版社，臺北。

是唐代試帖詩十二句，而清代試帖詩卻大多十六句，⑬脫出八比的規範，又是受到什麼影響呢？可見談論一種文體的源流，最好就本文體立論，才是尋求直系血緣的好方式。更何況上舉諸人並不都認爲律詩律賦真是八股文的直系血親，如毛奇齡雖有上引言論，但他認爲八股文始於元仁宗朝，「八股矜式，元實始之」，⑭律詩律賦只能說是「有影響」。

較爲學者接受的說法，是八股文源自宋經義。事實上，八股文的正式名稱便是「經義」，《日知錄》云：

> 今之經義，始於宋熙寧中，王安石所立之法，命呂惠卿、王雱為之。（原注：《宋史》神宗熙寧四年二月丁巳朔，罷詩賦及明經科，以經義論策試進士，命中書撰《大義式》頒行）⑮

⑬見《龍淵述學》〈永嘉餘札〉「試帖詩」條。
⑭見《西河文集》序三十四〈先正小題選序〉。
⑮見《原抄本日知錄》卷十九「經義論策」條。

顧炎武所謂「今之經義」，即八股文。宋代經義，今日猶有存者：呂祖謙《宋文鑑》收有北宋哲宗元祐進士張庭堅的經義兩篇；南宋末年魏天應《論學繩尺》收有當時場屋之作十卷，題目出處，經史子集皆有，而出自四書五經者亦不少；明代所傳有《經義模範》，收宋人經義十六篇；清康熙時俞長城編有《宋七名家經義》及《百二十名家稿》，內有王安石、蘇轍、陸九淵等人的經義文。上揭各書中，就年代言，以王安石〈里仁爲美〉一文爲最早，因此俞長城以爲經義文始於王安石。俞氏的說法，懷疑者不乏其人，⑯因爲王氏的文章不見於本集，而且以王氏的身分又何必作經義呢？不過，筆者卻不敢如此肯定。宋代考試，有司有作程文（範文）以爲考生準則的做法，⑰這一篇也許正是程文，即使不然，當時中書頒有《大義式》，此書雖佚，不知其詳，但其內容規定寫作格式，可不必懷疑，我們若取《宋文鑑》及《經義模範》所載張庭堅的經義文（共八篇）與〈里仁爲美〉⑱比較，實有理由相信〈里〉文之寫作格式正是《大義式》所規定者，若復與下文所引王安石〈仁智〉一文比較，則〈里〉文即使不是王氏親

⑯參《四庫全書總目提要》「經義模範」條。

⑰見《原抄本日知錄》卷十九「程文」條。

⑱見俞長城《宋七名家經義》，清福藝樓刊本。

作，也應當是北宋的作品，因爲北宋經義文格式較不固定，排偶也較不考究工整，而每有參差錯落之美。隨著時間的推移，場屋中的考究與日俱增，編於南宋末年的《論學繩尺》，其中已有破題、承題、原題、使證、結尾諸名目，又分謀篇諸法爲折腰體、蜂腰體、掉頭體、單頭體、雙關體、三扇體、征雁不成行體、鶴膝體等，吾人若取與清代唐彪《讀書作文譜》所述作時文諸法比較，經義文與八股文的血緣關係實極清楚。《四庫全書總目提要》云：

〈宋經義〉其破題、接題、小講、大講、入題、原題諸式，實後來八比之濫觴，亦足以見制舉之文源流所自出焉。⑲

所論極爲中肯。下文即舉〈里仁爲美〉及南宋末陳應雷〈知動仁靜樂壽如何〉⑳爲例，略依《論學繩尺》所用名目分析，俾便比較，以驗證本文之論旨。

〈里仁為美〉

⑲見《四庫全書總目提要》「論學繩尺」條。

⑳見《論學繩尺》卷三，《文淵閣四庫全書》本，臺灣商務印書館，臺北。

〔破題〕為善必慎其習，故所居必擇其地。

〔承題〕善在我耳，人何損焉？而君子必擇所居之地者，蓋慎其習也。

〔入題〕孔子曰：「里仁為美。」意以此歟？

〔原題〕一薰一蕕，十年有臭，非以其化之之故耶？一日暴，七日寒，無復能生之物；傳者寡，而咻者眾，雖日撻不可為齊語，非以其害之之故耶？善不勝惡，舊矣，為善而不求善之資，在我未保其全，而惡習固已亂之矣，此擇不處仁，所以謂之不智，而里仁所以為美也。

〔大講〕夫苟處仁，則
朝夕之所親，無非仁也；
議論之所契，無非仁也。
耳之所聞，皆仁人之言；
目之所視，皆仁人之事。
相與磨瀧，
相與漸漬，
日加益而不知矣，不亦美乎？

夷之里，貧夫可以廉；
惠之里，鄙夫可以寬。
既居仁者之里矣，雖欲不仁得乎？以墨氏而已有所不及，以孟氏之
家為之數遷，可以餘人而不擇其地乎？

〔結尾〕然
至賢者不能渝，
至潔者不能污，
彼誠仁者
性之，而非假也；
安之，而弗強也。
動與仁俱行，
靜與仁俱至，
蓋無往而不存，尚何以擇之哉？

〈知動仁靜樂壽如何〉

〔破題〕論曰：吾身有全理，體立而效存焉，則亦性之而已。
〔承題〕夫人有此生，均有此理，

本然之體，既具於是理之中；
自然之效，豈出於是理之外？

〔小講〕言理而無所驗，固不可；
或有所利而為少，亦非也。
夫知也仁也，即吾一身之全理也。
知者，周流泛應而其體動，動則適於變而自然之樂存焉；
仁者，純固堅守而其體靜，靜則順其常而自然之壽存焉。
樂非專主於動也，因其動而見其天之樂；
壽非專主於靜也，因其靜而見其天之壽。
動靜以天，樂壽亦以天，非詣理之極者，孰知之？

〔入題〕知動仁靜樂壽如何？諸因夫子之言而申之。

〔原題〕嘗聞：
動靜，一陰陽也；
陰陽，一太極也。
方陽剛用事，則流動發越，而萬物有熙熙之樂；
迨陰柔布令，則凝定正固，而萬物得性命之真。
是動靜之中，未嘗無樂壽之驗也。然天地以其心普萬物者也，效驗之應造化，何容心哉！知造化之太極，則知吾身之太極矣。

〔大講〕世固有攖拂其性，汩亂其純一之天者，棄知違仁，固無望其樂且壽也，乃若逐物之變更以為樂，遠物之累自以為壽，亦豈至仁大知之為哉！蓋

仁知有本然之體，
則亦有自然之效，
動靜天也，
樂壽亦天也，
吾何容心之有？

是故

酬酢夫上下四方之宇，周流夫古往今來之宙，人見其為知之動，吾初無心於動也，此性貫融，自然天機之發，天籟之應，有不知其樂者矣；

窮理而至盡性之境，復理而造至仁之地，人見其為仁之靜，吾亦無心於靜也，此性凝定，自然安則久，久則天，有不知其壽者矣。

此非仁知之外，別有所謂動靜；
亦非動靜之外，別有所謂樂壽也。

微吾夫子見理之精，造化之極，其孰能言之？

〔結尾〕雖然，聖人言此，不過形容道體云爾，若夫

會而觀之，

融而通之，

則

知仁本一理，

動靜本一機，

靜之中未嘗無動者存，

動之中未嘗無靜者寓，

故

精義入神與利用安身非二事，

成物之知與成己之仁實一機，

動靜互為其根，

樂壽交致其驗，

茲其為無體之易歟？

茲其為不測之神歟？

故曰：動靜無端，陰陽無始。愚於仁知亦云。謹論。

上舉二文，其結撰格式之共同點是：破、承部分檃括一篇大旨，入題指明出處，原題推原題意，講題（小講、大講）申論經義，結尾發揮己意；所不同的是〈里〉文無小講即入題。上引顧炎武《日知錄》說八股文「亦有聯屬二句四句爲對，排比十數對成篇，而

不止於八股者」、「篇末敷演聖人言畢，自攄所見，或數十字，或百餘字，謂之大結」云云，亦見於上舉二文，可見八股文的這種結撰格式，正承襲宋代經義。甚至八股之「股」字，即是宋人用語，見《論學繩尺》各股夾批中。

宋代經義文的此種結撰格式頗見於王安石文中，此處姑舉王氏一文爲例：

〈仁智〉

〔破題〕仁者，聖之次也；智者，仁之次也。

〔承題〕未有仁而不智者也，未有智而不仁者也。

〔小講〕然則何仁智之別哉？以其所以得仁者異也。仁吾所有也，臨行而不思，臨言而不擇，發之於事而無不當，此仁者之事也；仁吾所未有也，吾能知其為仁也，臨行而思，臨言而擇，發之於事而無不當於仁也，此智者之事也。

其所以得仁則異矣，及其為仁則一也。

〔入題〕孔子曰：「仁者靜，智者動。」何也？

〔原題·曰：譬今有二賈也，一則既富矣，一則知富之術，而未富也。既富
大講〕者，雖焚舟折車，無事於賈可也；知富之術而未富者，則不得無事
也。此仁智之所以異其動靜也。
吾之仁足以上格乎天，下浹乎草木，旁溢乎四夷，而吾之用不匱也，
然則吾何求哉？此仁者之所以能靜也；
吾之智欲以上格乎天，下浹乎草木，旁溢乎四夷，而吾之用有時而
匱也，然則吾可以無求乎？此智者之所以必動也。

〔入題〕故曰：「仁者樂山，智者樂水。」

〔原題·山者，靜而利物者也；
大講〕水者，動而利物者也。
其動靜則異，
其利物則同矣。

〔入題〕曰：「仁者壽，智者樂。」然則仁者不樂，智者不壽乎？

〔原題．曰：智者非不壽，不若仁者之壽也；
大講〕仁者非不樂，樂不足以盡仁者之盛也。
能盡仁之道，則聖人矣，然不曰仁，而目之以聖者，言其化也；
蓋能盡仁道，則能化矣，如不能化，吾未見其能盡仁道也。

〔結尾〕顏回，次孔子者也，而孔子稱之曰：「三月不違，仁而已。」
然則能盡仁道者，非若孔子者誰乎？

此篇就結撰格式分析，與上舉二文實無二致。惟中間部分分為三個段落，分別標明經句，再事解析，因而原題與大講亦分為三段，與陳應雷文在入題處一次點出然後原題大講，略有不同。又表面上此篇題目似非經句，實際上文中「仁者、智者」云云並出《論語．雍也篇》：「子曰：知者樂水，仁者樂山；知者動，仁者靜；知者樂，仁者壽。」與陳應雷文的題目實際上是一樣的。如此說來，即使〈里仁為美〉一文不是王安石所作，我們將經義文的起源定位在王安石身上，應當也能成立。

吾人若再取王鏊〈百〉文與上舉宋人三文比較，則知其基本格式相同，只是八股文無小講而已。總之，八股文的直系血親乃是宋代經義文，而與王安石關係極深。

四、八股文濫觴於荀子說

經過上文的引證，八股文可以確定是從宋代經義演變而來的，上引《明史·選舉志》說「其文略仿宋經義，然代古人語氣爲之」，一個「然」字，精確的指出八股文與宋經義最大的不同處，可謂目光如炬。然而王安石的〈仁智〉諸文與經義文的寫作方式也並非毫無所承，有人受到「股」字的影響，單從排偶句去追溯，如鈴木虎雄舉韓愈〈與陳給事書〉已用「雙關法」爲例，說「股文在這時已經發端，可無疑了」，㉑近同事梅家玲女士也臚舉漢代以降的長聯的發展，以做爲八股文淵源於唐宋古文的證據，但這些舉例意義不大，㉒因爲先秦諸子已大量使用排偶句了，涂經貽稱「運用對句於散句

㉑見鄭師許譯鈴木虎雄著〈八股文的沿革和它的形式〉，文載《國立中山大學語言歷史研究所周刊》第九集第一〇二期。

㉒見梅家玲〈論八股文的淵源〉之說，文載《文學評論》第九集，臺北。又，關於古文只宜謂係八股文之近親，不得謂有直接傳承關係之觀點，參看張中行〈說八股補微〉，《讀書》一九九二年第一期，三聯書店，北京。

中的情形，在中國文學中亦早有其悠久的歷史，而可以追溯到《莊子》與《荀子》」，其觀察較爲正確。㉓類似八股文的排偶長聯，在《孟子》、《墨子》、《韓非子》中隨處可見，其中有稍參差的，亦有極工整者，頗類宋代某些經義文的排偶句。但若僅據此點，爲宋經義尋找源頭，仍嫌不夠，吾人若再根據破題、承題及發揮經旨等方面加以考慮，筆者以為當推本《荀子》。《荀子》文章，特重破題、承題，並喜用排偶句層層辨析、正反相明，茲節錄數篇於下，以見一斑：

〈勸學篇〉

〔破題〕君子曰，學不可以已。

〔承題〕青取之於藍，而青於藍；冰，水為之，而寒於冰。

〔長聯〕登高而招，臂非加長也，而見者遠；順風而呼，聲非加疾也，而聞者彰。

㉓鄭邦鎮譯涂經貽著〈從文學觀點論八股文〉，文載《中外文學》第十二卷第十二期，臺北。

〈天論篇〉

〔破題〕天行有常，不為堯存，不為桀亡。

〔承題〕應之以治則吉，應之以亂則凶。

〔長聯〕彊本而節用，則天不能貧，養備而動時，則天不能病，修道而不貳，則天不能禍，故水旱不能使之飢渴，寒暑不能使疾，祆怪不能使之凶；本荒而用侈，則天不能使之富，養略而動罕，則天不能使之全，倍道而妄行，則天不能使之吉，故水旱未至而飢，寒暑未薄而疾，祆怪未至而凶。君子敬其在己者，而不慕其在天者，是以日進也；小人錯其在己者，而慕其在天者，是以日退也。

〈性惡篇〉

〔破題〕人之性惡，其善者偽也。

〈修身篇〉

〔長聯〕體恭敬而心忠信，術禮義而情愛人，橫行天下，雖困四夷，人莫不貴；

體倨固而心執詐，術順墨而精雜污，橫行天下，雖達四方，人莫不賤。

按：以上所舉各文，〈天論篇〉、〈性惡篇〉之破題極似〈百姓足君孰與不足〉、〈里仁爲美〉，〈勸學篇〉、〈天論篇〉之承題甚似〈仁智〉，〈天論篇〉之長聯有類〈仁智〉，〈修身篇〉之長聯則似〈知動仁靜樂壽如何〉與〈百姓足君孰與不足〉。經義文與八股文僅數百千字，《荀子》文章則有時頗長，但其基本架構有相似處，故《荀子》可視爲經義文與八股文的源頭。鄭邦鎭《明代前期八股文形構研究》㉔第五章曾指出《四書》中有不少股句。不過，吾人仍不宜逕稱《論語》、《孟子》爲八股文的源頭，因爲《論語》並無論說文的架構，而《孟子》則多係對話，且無破、承、正反逐層剖析之特徵，故吾人寧謂八股文濫觴於《荀子》。

㉔一九八七年臺灣大學中國文學研究所博士論文。

五、從文體演變的角度看八股文

《荀子》一書，並非完全以上節所舉的方式寫作，如〈議兵篇〉，以對話方式行文，〈正論篇〉，以臚舉方式行文，但是上舉先斷後論、逐層剖析、照顧正反兩面意見的方式，乃是一種易入手又討好的論說文架構，因而廣爲後世模仿，本文不暇枚舉，以省篇幅。事實上，宋代經義就稱爲「論」，《論學繩尺》一書中所收宋時場屋中所作，每以「論曰」開頭、「謹論」收尾，該書之稱爲「論學」（論說體文章之學），亦指此，正可說明此事。

如果我們考察論說文體的類型及其演變，《荀子》一書無疑是重要的源頭，而上節所舉的類型正是主流，這便無怪王安石的某些論說文極似《荀子》，而宋經義、八股文也採用這種格式，只是爲了適應高淘汰率的考試，年代愈晚格式規矩愈趨嚴格而已。但就一種文體的演變言，這種發展就像古詩變成律詩、排律（試帖詩）一樣，是必然，然而也走到了終點。

在過去，所謂時文（經義、八股）通常單獨成書，固然這與程文、墨卷被當做應試參考書有關，但歷來選文之士，總是將之摒除在文選之外，好像這種文體並不存在一般，㉕雖然焦循在《易餘籥錄》中曾說：

有明二百七十年，鏤心刻骨於八股，如胡思泉、歸熙父、金正希、章大力數十家，洵可繼楚騷漢賦唐詩宋詞元曲，以立一門戶。……余嘗欲自楚騷以下至明八股撰為一集，漢則專取賦，魏晉六朝至隋則專錄其五言詩，唐則專錄其律詩，宋專錄其詞，元專錄其曲，明專錄其八股，一代還其一代之所勝；然而未暇也。㉖

指陳八股文之妙者，頗見於《制義叢話》及明清人筆記、小說中，但像焦循這般推崇八股文者並不多見，至少持此種文學史觀點的文選似未出現，以至今日，大學中文系學生常至畢業一篇也不曾讀過，這樣，對我國文章源流的了解不能說是完整的。也許，今後

㉕如明代吳訥《文章辨體》列「論」一體，而僅謂「唐宋取士，用以出題」，不涉「經義」、「八股」名目。徐師曾《文體明辨》「論」體列有八品，第三項爲「經論」，算是提及，而頗不顯著。

㉖見《易餘籥錄》卷十五。

文學史家、文體學家或選文之士應認真考慮給它們一個適當的位置。㉗

六、從儒學資料的角度看八股文

儘管八股文有不得點明題字、不得侵上犯下、不得有證喻等成文或不成文的不合理規定，考試時又會產生預擬、空疏等許多弊病，如顧炎武所痛陳者，㉘但是這些苛刻的規定與產生的弊病，宋時試經義已然，㉙都是大型且長期舉辦的考試必然會發生的後遺症。如果我們暫且擱下這些負面的批評，而將之放在儒學資料的脈絡中考察，我們將發現經義文、八股文很像宋代某些不事訓詁、發抒經旨的經學著作，如張栻的《南軒論語解》等，而一篇經義（八股文）往往可視為一二句經文的注，清代梁紹壬《兩般秋雨盦隨筆》云：

㉗洪順隆譯，日本前野直彬等集體合撰《中國文學概論》於「文」之部列有「八股文」專節，成文出版社，臺北。

㉘見《原抄本日知錄》卷十九「十八房」、「三場」及「擬題」條。

㉙見《陔餘叢考》卷二十二「破題」條，世界書局。

曾見明人某省某科題，為「子在川上曰」一節，解元文起講云：「今夫天地之化，往者過，來者續，無一息之停，乃道體之本然也。然其可指而易見者，莫如川流，故夫子於此發之。」全鈔朱注，一字不移，不知當時未行朱注耶？亦主司忘之耶？然以此注作講，實屬超妙，亦可謂「文章本天成，妙手偶得之」矣。㉚

全錄朱注為起講，自屬特例，但經義（八股文）之形似不事訓詁、發抒經旨的經學著作，於此可以獲得很好的說明。明成祖時編《尙書大全》，收入張庭堅的〈自靖人自獻於先王〉一文，亦是一個證據。又，明清八股文中間排偶部分雖須「代古人語氣為之」，但不一定每篇都像〈百姓足君孰與不足〉有「吾知」字樣，其實與宋人經注口吻並無太大差別，何況宋明人在結尾或大結部分常「自攄己見」，不見得只是「敷演傳注」做程朱的傳聲筒而已。從這一角度說，我們若將八股文視為儒學研究的資料，或許並非憑空想像之辭。即以上舉王安石的〈仁智〉與陳應雷的〈知動仁靜樂壽如何〉分析，已可看出兩宋儒學的差異，王文的觀點和他其餘文章是呼應的，顯示了王安石對儒學重要論題的看法，陳文則主要依據朱子《集注》發揮，而加入周敦頤《太極圖說》的

㉚見《兩般秋雨盦隨筆》卷五，商務印書館《人人文庫》本。

理論，形上意味較朱注尤濃，這不失爲一個有趣的觀察。如此說來，儒學研究者除了經部書、儒家子書外，集部議論文（包括經義與八股文）也應當列入考察的範圍。

七、結論

就寫作宗旨及文章架構分析，筆者認爲八股文祖宋經義而祧《荀子》，不論文體學家或儒學研究者，把它們放在同一脈絡上做流變的考察，而不將八股文一筆抹殺，視野也許才夠宏闊。

（本文原載《臺大中文學報》，第六期，一九九四年六月。）

中國文學中的臥遊——想像中的山水

一、前言

人們對於山川綠野的愛好，可能和早期人類本來就生活在草萊未闢的大自然中有關，因而遊客很容易產生歌詠眼前景色的衝動，這可說是來自人類的原始習慣，所以陶弘景說：「山川之美，古來共談。」①另一方面，紅塵中的紛雜人事，令人心煩意亂，更讓人嚮往原野的綠色呼喚。從醫療觀點看，出遊可算是一種身心治療，柳宗元〈零陵三亭記〉曾說：「邑之有觀游，或者以爲非政，是大不然。夫氣煩則慮亂，視壅則志滯，君子必有游息之物，高明之具，使之清寧平夷，恆若有餘，然後理達而事成。」其理據和現代對休假旅遊的重視完全一致。正因如此，世界各文明的文學對山川景物多所

①梁·陶弘景：〈答謝中書書〉，載《藝文類聚》（臺北：臺灣商務印書館，影印文淵閣四庫全書887冊，1983年），卷37。

描敘歌詠，乃是必然的。

在中國也是如此，歌詠山川景物和文學的出現可說是同時的。《詩經》的〈蒹葭〉，《楚辭》的〈遠遊〉，都兼有歌詠山川景物的內容，曹操的〈步出夏門行〉寫「東臨碣石，以觀滄海」，更幾乎都以山水爲內容。文學史上則對六朝以後在這方面有開創性貢獻的作家和作品賦予「山水」字樣，若以「詩」、「文」兩種文類論，以山水詩人著稱的謝靈運，其〈於南山往北山經湖中瞻眺〉、〈從斤竹澗越嶺溪行〉、〈入彭蠡湖口〉三詩，都是寫眼前所見山川景物的作品，劉勰《文心雕龍．物色篇》稱之爲「窺情風景之上，鑽貌草木之中」，昭明太子《文選》將上揭謝詩分別歸入「遊覽」及「行旅」類②；「文」的方面，柳宗元的〈永州八記〉更被稱爲山水遊記的典範。這類作品，都是「遊」覽山川景物的「記」錄，而且作品的數量也多，如果我們擺脫文類分別的藩籬，不妨統稱之爲「記遊文學」。

②梁．蕭綱編，唐．李善注：《文選》（臺北：藝文印書館，影印重雕宋淳熙本，7版，1974年），卷22及卷26。

儘管現代交通已極便利，世上的名山大川，人們其實難以遍遊，其宏偉或秀麗，除了從影視或圖書中窺其一鱗半爪外，往往只存在於人們的夢魂之中或想像之中。而在古代，即使能像徐霞客或馬可孛羅般的展開壯遊，其經歷其實仍然有限。由於古人對於眾多名山大川，大多無緣遊覽，只能透過書籍的記載或他人的描述去了解，這自然不夠真切，無法滿足人心。然而，人類的想像力不受時空的限制，人們遂發展出「臥遊」的方式，以滿足嚮往之心。劉宋時宗炳好遊山水，後因疾還江陵，歎道：

老疾俱至，名山恐難徧覩，惟當澄懷觀道，臥以游之。③

宗炳的臥遊，是用想像力勾勒出心目中的山水，那怕其想像的景色並不存在於真實的世界之中。在中國，最符合這種想像力之奔馳的，自然要推山水畫和本文所擬討論的「臥遊文學」，它們都有不在乎是否合乎真實景物的共同點，甚至只在乎描寫的確是屬於自己心目中的丘壑，其間的差別，只是一個用圖像呈現、一個用文字表達而已。

本文擬用舉例的方式，揭出中國文學中臥遊作品的類型與特點，作為本文的主軸。

③劉宋．沈約：《宋書》（臺北：鼎文書局，影印標點本，1987年），卷93〈隱逸傳〉。

附帶討論相關問題，包括從讀者的立場看，「臥遊文學」應如何定義，以及「臥遊文學」與「幻遊文學」的異同等。筆者的目的，是因記遊、臥遊與幻遊作品都有頗早的源起，並始終有裔孫繁衍，可以之爲脈絡，依性質區分出三者，則在詮釋上可以掌握住大體，且在文學史上與前代、後代相銜接，因此本文之舉例將盡量分布在各個朝代。當然，這不意味著詮釋者處理一個特定時代的作品或個別作品時，不須或不可以考慮時代思潮與個別的寫作動機。

二、臥遊文學的類型與特點

既然稱之爲臥遊，臥遊者可以有兩個選擇：一個是僅宣稱自己從臥遊中得到極大的樂趣，但沒有細節的描寫；另一個是把自己想像所見用文字描繪出來，文章中自然有情景的細節。

前者如《世說新語》載荀羨在京口登北固山望海說：「雖未覩三山，便自使人有淩雲意。若秦漢之君，必當褰裳濡足。」④荀羨之所以有淩雲意，純粹是藉想像力對海中三仙山進行臥遊而來。陶淵明的〈讀山海經〉⑤，他以「汎覽周王傳，流觀山海圖」的名句，向讀者宣稱了他陶醉在想像中。對於蟄居故里田園的陶淵明來說，《穆天子傳》和《山海經》圖文中的人物、精怪，固然能夠吸引他的注意，而對於其間山川的臥遊，想必也滿足了他的想像力，難怪他會接著寫道「俯仰終宇宙，不樂復何如」。不過，荀羨想像中之三仙山其景如何？何以有淩雲志？陶淵明臥遊所見之景象如何？其樂又如何？由於沒有細節描寫，作爲讀者的後人無法和他分享，既然無法分享其內涵，這類作品不宜稱爲「臥遊文學」。

本文要討論的是把自己想像所見用文字描繪出來、有情景細節的作品，此類作品才適合稱之爲「臥遊文學」。但此類應該還可以按照想像成分的多寡再分成兩種：一種是

④劉宋·劉義慶：《世説新語》（臺北：華正書局，金嘉錫箋疏本，1984年），上卷，〈言語第二〉。

⑤晉·陶淵明：《陶淵明集》（臺北：臺灣商務印書館，影印文淵閣四庫全書1063冊，1983年），卷4。

依據文獻記載努力組織其想像所得，力求符合現實；一種雖然並非沒有依據但重點在任其想像力馳騁，以達到臥遊的最大滿足。

（一）以依據文獻為主的臥游文學

左思作〈三都賦〉⑥，關於其寫作動機與年代，李善注說：「思作賦時，吳蜀已平，見前賢文之是非，故作斯賦，以辨眾惑。」⑦換句話說，當三國鼎立之時，彼此對他國山川都邑風俗物產的描寫或觀感有不少偏差，左思擬借此賦將其釐正。問題是，左思是北方人，並沒有到過吳、蜀的記錄，即使是原來的魏國，左思也未必能夠一一親見其山川風土物產，那麼如何糾謬轉正呢？據其〈三都賦序〉說：

⑥《文選》，卷4、卷5。

⑦左思〈三都賦〉的寫作年代，學界不無歧見，傅璇琮、楊合林以為在伐吳之前，詳參王文進先生：〈三分歸晉前後的文化宣言——從左思〈三都賦〉談南北文化之爭〉，原發表於《漢學研究集刊》創刊號（雲林：雲林科技大學漢學資料整理研究所，2005年12月）。後收入氏著：《南朝山水與長城想像》（臺北：里仁書局，2008年），下篇。但不論該賦在伐吳之前之後作，不影響本文將〈三都賦〉歸入「臥遊」之作。

余既思摹〈二京〉而賦〈三都〉，其山川城邑則稽之地圖，其鳥獸草木則驗之方志，風謠歌舞各附其俗，魁梧長者莫非其舊。

可見左思撰爲此賦，根據的是文獻，力求其真，文中的描寫非常具體，對於蜀、吳、魏三都的地理位置、四周的山川大勢、動植農礦，包括城池、宅第、用品、財富、風俗、歌舞、遊覽、人物等，都有詳盡描寫，最後以歌頌其文治武功結尾，讀之令人有如親歷其境。但是，根據文獻遙撰文學作品，其中雜有想像的成分便很難避免，對左思而言，其苦心擬撰的過程，其實也是臥遊。⑧

從這個角度思考，南北朝的對立，使得當時人對境外嚮往之地只能依據若干知識進行臥遊。北魏酈道元《水經注》對種種山水景色的描寫，其中不乏臥遊成分，因爲當時是南北對峙的局面，很多河川的流域並不在北魏境內，不是酈道元都能親歷的，他那傑出的描寫，有許多部分當然是借助於當時極發達的地理著作⑨，因此當他在擬撰甚至只

⑧王文進先生：〈三分歸晉前後的文化宣言——從左思〈三都賦〉談南北文化之爭〉一文認爲左思在賦中深寓以魏爲正統而蔑視吳、蜀文化之意。但王先生的觀點，並不影響本文的論斷。

⑨《隋書·經籍志》著錄地理類著作凡139部，1432卷，足見六朝時地理學之發達。

是引據時，其實也進行了臥遊。這和楊衒之作《洛陽伽藍記》乃是出於親歷者，有來源上的不同。

在南朝，士人對於中原有許多依戀，也進行了臥遊。友人王文進先生《南朝邊塞詩新論》⑩舉出了一百多首描寫邊塞的詩作，便是這種作品。茲舉南齊孔稚珪襲自曹植的〈白馬篇〉爲例，以見一斑：

驥子跼且鳴，鐵陣與雲平。漢家嫖姚將，馳突匈奴庭。少年鬥猛氣，怒髮為君征。雄戟摩白日，長劍斷流星。早出飛狐塞，晚泊樓煩城。虜騎四山合，胡塵千里驚。嘶笳振地響，吹角沸天聲。左碎呼韓陣，右破休屠兵。橫行絕陌表，飲馬翰海清。隴樹枯無色，沙草常不青。勒石燕然道，凱歸長安亭。縣官知我健，四海誰不傾。但使強胡滅，何須甲第成。當令丈夫志，獨為上古英。

此類作品，從其篇題、風格和用語看，乃是依據傳承自漢代以來的文獻和文學作品，但作者是以臥遊的角度去書寫的。

⑩王文進：《南朝邊塞詩新論》（臺北：里仁書局，2000年）。

范仲淹著名的〈岳陽樓記〉也是臥遊作品，因爲范仲淹雖然在文中對岳陽樓的遠近景色有所描述，甚至對登樓的騷人墨客的心情也有抒寫，但其景色之描述出於想像，心情的抒寫則是設想，因爲范仲淹雖然曾路經洞庭湖⑪，但不曾登上岳陽樓，他只是憑著所知道的岳陽樓的知識、滕宗諒寄給他的求文書信和一幅〈洞庭秋晚圖〉的畫作來寫這篇〈記〉⑫，所以岳陽樓對范仲淹來說，只曾臥遊。范仲淹憑著山水畫作來寫「記」，正可給前文所述中國山水畫作和臥遊文學有相通點之說提供一個例證。

又如朱熹的〈送郭拱辰序〉⑬，本是一篇爲肖像畫家郭拱辰送行的「序」，由於郭拱辰爲朱熹畫了大小兩張肖像，朱熹一看，「宛然麋鹿之姿，林野之性，持以示人，計

⑪范仲淹在明道二年貶謫睦州稍後所作的〈新定感興〉五首之四說：「去國三千里，風波豈不賒；迴思洞庭險，無限勝長沙。」可見范氏曾路經洞庭湖，詩見《范文正公集》（臺北：臺灣商務印書館，四部叢刊），卷3。范氏此次被貶之後的心態，反映在此後的詩文中，〈岳陽樓記〉也是其一。另參本書第玖篇：〈范仲淹桐廬郡嚴先生祠堂記的寫作動機與目的〉。

⑫詳參曾志雄：〈談滕宗諒的《求范仲淹撰岳陽樓記書》〉，文載《紀念范仲淹一千年誕辰國際學術研討會論文集》（臺北：國立臺灣大學文學院編印，1990年），頁195~214。

⑬宋·朱熹：《朱子文集》（臺北：財團法人德富文教基金會，點校本，2000年），卷76。

雖相聞而不相見者，亦有以知其爲予也」，於是勾起了對名山大川與隱居的臥遊之旅，朱熹寫道：

> 予方將東遊雁蕩，窺龍湫，登玉霄，以望蓬萊；西歷麻源，經玉笥，據祝融之絕頂，以臨洞庭風濤之壯；北出九江，上廬阜，入虎溪，訪陶翁之遺跡，然後歸而思自休焉。

朱熹心中規劃的壯遊路線，自然是建立在他豐富的知識以及他對該等山川風土的了解、嚮往和想像之上。此序的寫作年代，據朱熹在文中所記，是淳熙元年，那年他四十五歲，正是易發壯遊之想的年紀，然而，朱熹一生並未據此出遊，但他在寫〈序〉時，心中已先臥遊一次了。

（二）以馳騁想像力為主的臥遊文學

馳騁其想像力的臥遊相較於前者便更開放而自由了。孫綽（314~371）撰〈遊天台山賦〉，賦前之〈序〉稱天台山險峻，因而「舉世罕能登陟，王者莫由禋祀」，儘管《晉書·孫綽傳》稱「居于會稽，游放山水，十有餘年」，但筆者認爲，他並未登上天台山，只曾臥遊。他憑據什麼臥遊呢？其〈序〉接著說：「故事絕於常篇，名標於奇紀。

然圖像之興，豈虛也哉？非夫遺世翫道、絕粒茹芝者，烏能輕舉而宅之？」可見曾有「遺世翫道、絕粒茹芝」之人去過天台山，所以會在「奇紀」中留下山名，而且有「圖像」之作傳世，這便是孫綽臥遊的依據。也因罕有人至，一般人可能連去想像都沒興趣，只有好奇心重、想像力盛的人才會去存想，所以孫綽說：「非夫遠寄冥搜、篤信通神者，何肯遙想而存之？」而好遊的孫綽便「馳神運思，晝詠宵興，俛仰之間，若已再升者也」。此〈序〉中提到「圖像之興」、「遙想」、「馳神」、「若已再升」等辭，正因爲孫綽遊天台山乃是臥遊，如果孫綽曾登天台山，這些辭語似乎多餘。⑭

⑭《文選》卷11將孫綽〈遊天台山賦〉置於王粲〈登樓賦〉和鮑照〈蕪城賦〉之間，列在「遊覽」類，似乎視孫作爲記遊作品。但五臣注《文選》（臺北：國立中央圖書館，景印宋紹興建陽本，1981年）李周翰注云：「《晉書》曰：孫綽爲永嘉太守，意將解印以向幽寂，聞此山神秀，可以長往，因使圖其狀，遙爲之賦。賦成，示友人范榮期，榮期曰：此賦擲地必爲金聲也。」李周翰所引《晉書》雖非今本，但明舉其爲臥遊之作。今本《晉書·孫綽傳》賦名作〈天台山賦〉，無「遊」字，更符合原賦的宗旨。許巽行云：「此因圖像賦之，實未游也。當題〈天台山賦〉。」《文選筆記》（臺北：廣文書局，選學叢書，1966年），第1冊，卷2。近人陳萬成亦認爲孫綽僅是神遊，見〈孫綽〈遊天台山賦〉與道教〉，文載《大陸雜誌》第86卷第4期（臺北：大陸雜誌社，1993年4月）。

既是臥遊，所以孫綽的賦，有許多純粹出於想像的文句。固然，「披荒榛之蒙蘢，陟峭崿之崢嶸；濟楢溪而直進，落五界而迅征；跨穹隆之懸磴，臨萬丈之絕冥；踐莓苔之滑石，搏壁立之翠屏；攬樛木之長蘿，援葛藟之飛莖」等句，讀來十分「寫實」，不過，這是只要擁有多次登山經驗的人便很容易想像得逼真的景色。但如「覿翔鸞之裔裔，聽鳴鳳之嗈嗈」，並非實景，乃是想像，至於：

> 陟降信宿，迄于仙都；雙闕雲竦以夾路，瓊臺中天而懸居；朱闕玲瓏於林間，玉堂陰映于高隅。

根據李善注，天台山的這些景象也見於顧愷之（341~402）《啓蒙記》「天台山列雙闕於青霄中，上有瓊樓，瑤林醴泉，仙物畢具」，但考慮他們的年歲，《啓蒙記》的撰作還在〈遊天台山賦〉之後，所以不能當作孫文是記實的證據，且據李善注，其中孫文還雜有《十洲記》「承淵山金臺玉樓，流精之闕，瓊華之室，西王母之所治，真官仙靈之所宗也」的神仙家傳說，並非實錄。⑮總之，孫綽雖是臥遊，寫來卻有如親歷，這自然要

---

⑮譬如所謂「雙闕雲竦以夾路，瓊臺中天而懸居」，朱蘭坡論李善注云：「案《方輿紀要》云：『瓊臺山在天台縣西北三十里，稍南三里曰雙闕山，兩峰萬仞，屹然相向。』是二者皆天台之

歸因於孫綽「馳神運思，晝詠宵興」之精誠所致。也由於是馳騁想像力，所以天台山雖是釋道二家勝地，文中有「王喬控鶴以沖天，應真飛錫以躡虛。……法鼓琅以振響，眾香馥以揚煙。肆覲天宗，爰集通仙」等想像之語，便不足為怪了。⑯

除了不易攀登的山嶽外，海外諸國，由於地理的隔絕，加上可以參考的文獻稀少，也使得文人只能馳騁其想像力進行臥遊。譬如日本，唐代方干〈送僧歸日本〉⑰寫道：

四極雖云共二儀，晦明前後即難知。西方尚在星辰下，東域已過寅卯時。大海浪中分國界，扶桑樹底是天涯。滿帆若有歸風便，到岸猶須隔歲期。

支山，即此賦所稱也。如注意，似但為神仙之居，非其實矣。抑或後人相厥山形，据賦語以名之。」則賦中雙闕、瓊臺並非實指天台山上之建築。朱文見《文選集釋》（臺北：廣文書局，選學叢書，1966年），第2冊，卷12。

⑯友人楊儒賓先生：〈「山水」是怎麼發現的——「玄化山水」析論〉一文，以「玄化山水觀」說明東晉永和到劉宋元嘉百年間的「山水」作品中的「虛靈」部分，包括〈遊天台山賦〉，頗饒理趣。文載《臺大中文學報》第30期（臺北：國立臺灣大學中國文學系，2009年6月）。楊說與本文不同而不衝突，但本文寫作目的，不擬受限於斷代，故取徑與詮釋與楊說有異。

⑰清聖祖敕編：《全唐詩》（北京：中華書局，標點本，1960年），卷652。

「西方」一句指的是中國還是夜晚，「東域」一句則指日本已出太陽，但依照地球經度和時差來看，當時人的確想像過度，把日本想得太遠了。⑱

有些臥遊作品，以「夢遊」爲題，但應歸入臥遊文學中。因爲有些所謂「夢遊」只是臥遊之意，其「夢」字的用法略如今人所謂「夢想」，並非真的作夢；另有一些可能真的出現於夢境，但那也是日有所思夜有所夢，日間之所思以潛意識的形態出現在夢中而已。⑲

前者譬如李白的〈夢遊天姥吟留別〉⑳。李白在前半寫道：「海客談瀛洲，煙濤微茫信難求。越人語天姥，雲霓明滅或可睹。天姥連天向天橫，勢拔五嶽掩赤城。天台四

⑱另參本書第捌篇：〈唐宋詩人的「日本」想像〉。

⑲有些以「夢」爲名的作品，乃取「前塵若夢」之意，譬如唐·元稹的〈夢遊春七十韻〉（《全唐詩》卷422）、宋·吳自牧的《夢粱錄》等，「夢」字其實指的是「回憶」。另外還有些則是冶遊或艷遇的隱諱措辭，典出宋玉〈高唐賦〉與〈神女賦〉，譬如唐末徐鉉的〈夢游三首〉（《全唐詩》卷754）。

⑳清聖祖敕編：《全唐詩》（北京：中華書局，標點本，1960年），卷174。

萬八千丈，對此欲倒東南傾。我欲因之夢吳越，一夜飛度鏡湖月。湖月照我影，送我至剡溪。謝公宿處今尚在，淥水蕩漾清猿啼。」他提到赤城、天台、鏡湖、剡溪、謝靈運宿處，可見李白對天姥山一帶的地理有豐富的知識，在詩中他說「我欲因之夢吳越」，可見此詩所記並非真的「夢遊」，而是「臥遊」，因而在後半馳騁其想像力展開了他的臥遊：

腳著謝公屐，身登青雲梯。半壁見海日，空中聞天雞。千巖萬轉路不定，迷花倚石忽已暝。熊咆龍吟殷巖泉，慄深林兮驚層巔。雲青青兮欲雨，水澹澹兮生煙。列缺霹靂，丘巒崩摧。洞天石扇，訇然中開。青冥浩蕩不見底，日月照耀金銀臺。霓為衣兮風為馬，雲之君兮紛紛而來下。虎鼓瑟兮鸞迴車，仙之人兮列如麻。忽魂悸以魄動，怳驚起而長嗟。惟覺時之枕席，失向來之煙霞。

最後李白總結感想：「世間行樂亦如此。古來萬事東流水，別君去時何時還。」並寄望自己「且放白鹿青崖間，須行即騎訪名山。安能摧眉折腰事權貴，使我不得開心顏？」全詩虛多而實少，實的部分在前小半，依據知識而來，虛的部分佔大半，則全出於想像，在結構上和孫綽的〈遊天台山賦〉基本相同。又如明代康海有〈夢遊太白山賦〉㉑，賦前自序說「雖極假借，要皆自喻其迹」，可見並非真的「夢遊」，而是和孫綽、李白臥遊天台、天姥一樣。

後者譬如明太祖有自撰的〈夢遊西嶽文〉㉒。朱元璋描寫登上華山峰頂所見為：

俄而已登峰頂，略少俯視，見群巒疊障，拱護週迴，蒼松森森，遮巖映谷，朱崖突兀而凌空，其豺狼野鳥、黃猿狡兔，略不見其蹤，峭然潔淨，蕩蕩乎巒峰。

雖然據《明史》本紀，明太祖並未到過陝西，更未登過華山，但明太祖當然知道華山是五嶽之一，也許作夢乃是反映了他平日很想一往的願望，所以他在文末也說：「於戲！朝乃作思，夜必多夢。吾夢華山，樂遊神境，豈不異哉！」

㉑明．康海：《對山集》（臺北：臺灣商務印書館，影印文淵閣四庫全書1266冊，1983年），卷9。
㉒清．沈青崖編纂，劉於義監修：《陝西通志》（臺北：臺灣商務印書館，影印文淵閣四庫全書556冊，1983年），卷94。

三、讀者閱讀記遊作品也能獲得臥遊經驗

上節所述之臥遊，是從作者是否曾親歷其地而言的。若從讀者的角度說，閱讀「臥遊文學」，可以複製作者的臥遊經驗，所以「臥遊文學」對讀者而言仍是「臥遊」；而身歷其境的「記遊文學」，對讀者而言，只要自己未曾去過，其實也是一種「臥遊」；甚至讀者雖曾去過，但由於觀察的角度、體會的細緻度不同，讀者仍能體驗臥遊的樂趣，所以對讀者而言，閱讀「記遊文學」其實也是「臥遊」。更進一步，有些文人剪裁其臥遊經驗創作自己的「臥遊文學」，譬如明代陳獻章〈夢遊天台〉㉓：「路入天台第八重，洞門剛與赤城通。腳跟點到虹橋下，一笑那知是夢中。」正是受孫綽〈遊天台山賦〉的感染。清代陸世栻〈臥遊赤壁〉㉔：「蒼茫白露正橫秋，萬頃波光一葉舟。獨自叩舷孤夢醒，前身應記到黃州。」則爲熟讀蘇軾〈赤壁賦〉所引發的。換句話說，不論

㉓明・陳獻章：《陳白沙集》（臺北：臺灣商務印書館，影印文淵閣四庫全書1246冊，1983年），卷6。

㉔清・沈季友編：《檇李詩繫》（臺北：臺灣商務印書館，影印文淵閣四庫全書1475冊，1983年），卷29。

作者是「記遊」或是「臥遊」，讀者都能產生移情作用，複製作者的感受或想像力，因而獲得「臥遊」經驗，甚至據以創作自己的「臥遊文學」。

中國文學中，「記遊文學」爲數眾多，「臥遊文學」相對較少，但如同時從接受美學的角度考慮讀者的經驗，研究中國文學，便須重視「臥遊」一事了。

四、幻遊文學與臥遊文學的異同

中國文學中還有一些作品，筆者稱之爲「幻遊文學」，似應在此論其與臥遊文學的異同，以免讀者誤會。臥遊作品是確有其地但作者未曾親歷其境只是發揮其想像力，有如孫綽的遊天台山、李白的遊天姥山、朱元璋的遊華山一般。幻遊作品則作者完全以想像力進入現實世界所沒有的時空，一切全是憑空創作的，景物、時間、物理可以完全虛構甚至錯置，但也因爲不真實，才使得人們想像中的內容，遠比大自然所能提供或啓發的更爲豐富。

筆者之意，屈原的〈離騷〉便是幻遊作品，因爲他遊歷的乃是神話世界，所以可以「朝發軔於天津兮，夕余至乎西極。鳳凰翼其乘旂兮，高翺翔之翼翼」。陶淵明〈桃花源記〉寫一些「避秦」的人過著「不知有漢，無論魏晉」生活，也是幻遊文學。雖然陳寅恪先生〈桃花源記旁證〉㉕指出：此文既是寓意之文，也是記實之文，所謂記實，指陶淵明化用劉裕西征時戴延之的見聞、劉驎之入衡山採藥的故事、中原喪亂之後常見的堡塢生活，而勾勒出一個烏托邦。但陳先生所言，只是啓發陶淵明構想桃花源的靈感來源，桃花源其實是不存在的，所以〈桃花源記〉乃是幻遊作品。同理，唐初王績的〈醉鄉記〉㉖更是幻遊作品，他說黃帝以至三代因爲與醉鄉隔絕所以不治，而醉鄉「其土曠然無涯，無邱陵阪險，其氣和平一揆，無晦明寒暑，其俗大同，無邑居聚落，其人甚精，無愛憎喜怒，吸風飲露，不食五穀，其寢于于，其行徐徐，與鳥獸魚鼈雜處，不知有舟車器械之用」，古來只有少數人身至其境：

阮嗣宗、陶淵明等十數人並遊於醉鄉，沒身不返，死葬其壤。

㉕陳寅恪：《陳寅洛先生論文集》（臺北縣：文理出版社，1977年），下冊。

㉖清仁宗敕編：《全唐文》（臺北：匯文書局，影印本），卷132。

顯然，王績渴求的是一個可以酣醉無煩惱的世界，反映的是他對現實世界的失望。清代管同〈餓鄉記〉㉗則盼望一個可以不必爲衣食奔走干謁的國度，他在最前面寫道：

餓鄉，天下之窮處也，其去中國不知幾何里。其土蕩然，自稻粱麥菽、牛羊雞彘、魚鼈瓜果，一切生人之物，無一有焉。凡欲至者，必先屏去食飲，如導引辟穀者然，始極苦不可耐，彊前，多者不十日已可至，至則豁然開朗，如別有天地。省經營，絕思慮，不待奔走干謁，而子女之呼號，妻妾之交謫，人世譏罵笑侮輕薄揶揄之態，無至吾前者，儻然自適而已。

這當然是對當時社會令讀書人家庭難以溫飽的一種反諷。以上二〈記〉都是鑿空之作，也是幻遊文學。另有一些假託「夢遊」的文章，也是幻遊作品，譬如〈明皇夢遊廣寒宮〉，寫唐玄宗與申天師、道士鴻都客遊月宮，見素娥十餘人歌舞，覺而製成「霓裳羽衣曲」，㉘此事其實是爲了神化唐玄宗所度的曲是「此曲只應天上有」，所以應歸入幻

㉗清·王先謙編：《續古文辭類纂》（臺北：廣文書局，影印本），卷4「雜記類」。

㉘事載舊題唐·柳宗元撰：《龍城錄》（臺北：臺灣商務印書館，影印文淵閣四庫全書1077冊，1983年），卷上。宋·周密：《癸辛雜識前集》（臺北：臺灣商務印書館，影印文淵閣四庫全

遊文學一類。當然，作品確實是記夢中所見的也頗不少，如陸游〈記夢〉㉙寫道：

> 夢遊其境不可識，翠壁蒼崖立千尺。樓臺縹緲出其上，揮手直登無羽翼。門楣扁牓作八分，奇勁非復人間迹。主人鹿弁紫綺裘，相見歡如在疇昔。探懷示我數紙書，妙句玄言皆造極。我即鈔之雜行草，主人懽悅如甚惜。夢中亦復知是夢，意恐覺時無處覓。自量強記可不忘，雞唱夢回空歎息。

陸游所謂「不可識」的夢境，如果我們有機會對他做心理分析，也許可以找出若干線索，但只能是若干記憶的片段的組合和變形，無論如何，此詩所記的內容畢竟是幻遊。以上所舉都是短篇作品。至於《西遊記》的取經歷程以及佔去《鏡花緣》極多篇幅的海外諸國之遊，則是長篇的幻遊文學了。從理論上說，幻遊作品和魔幻小說並無差別，和

書1040冊，1983年），「游月宮」條，謂事又見《異聞錄》、《唐逸史》、《集異記》、《幽怪錄》，但所記人、事有別。又《開天傳信記》（臺北：臺灣商務印書館，影印文淵閣四庫全書1042冊，1983年）則謂所製者曲名「紫雲回」。按：此本所謂「幻遊」，不足深究。

㉙宋．陸游：《劍南詩稾》（臺北：臺灣商務印書館，影印文淵閣四庫全書1163冊，1983年），卷77。

科幻小說也相去極近，所不同的是科幻小說強調科技而已。

最後要談的是遊仙詩是否適合當作幻遊文學的問題。筆者之意以爲，遊仙詩的寫作，繼承屈原的賦作，都是神遊於時空可以錯置的虛幻世界以求遇仙，符合幻遊文學的定義，因此也在幻遊文學之列。譬如郭璞〈游仙詩〉云：

翡翠戲蘭苕，容色更相鮮。綠蘿結高林，蒙籠蓋一山。中有冥寂士，靜嘯撫清弦。放情凌霄外，嚼蘂挹飛泉。赤松臨上遊，駕鴻乘紫煙。左挹浮丘袖，右拍洪崖肩。借問蜉蝣輩，寧知龜鶴年？

詩中前四句乃是設想的景物，並非實景的描寫。接著四句寫所謂「冥寂士」，也是假設的人物。至於「左挹浮丘袖，右拍洪崖肩」，更是時空錯置的幻想之辭。所以遊仙詩應視爲幻遊文學。㉚

㉚關於遊仙詩，程千帆先生認爲晉代郭璞和唐代曹唐兩大作家旨趣不同，「就傳統言，景純得屈子之全，而堯賓得屈子之偏。就背景言，則景純爲一己政治生涯，堯賓爲當時社會風氣。就旨意言，則景純乃出處猶豫之吟嘆，堯賓乃天人情感之咏歌。譬諸草木，區以別矣。固不得以景純精于陰陽、五行、天文、卜策，而堯賓嘗爲道士，遂謂二人皆篤信神仙，各具靈見，其詩其人同屬

幻遊文學與臥遊文學的相同點，是都有想像成分，有文獻依據的臥遊文學想像成分較低，馳騁想像力的臥遊文學較高，幻遊文學最高。最大的不同，則是臥遊文學多著墨於山川景物，反映的是人們對大自然的呼喚的回應；而幻遊文學則在意於人事，反映的是對人生意義的追求與對現實世界的不滿，但與本文「想像中的山水」的主題不符，因而附論於此，不擬著墨太多。

五、結論

從人與自然環境的關係看，臥遊也是一種了解自然、「接近」自然的方式。從作者的觀點說，創作臥遊作品，是「接近」未曾遊歷的山水的方式。對讀者來說，閱讀臥遊文學和記遊文學，都能得到「接近」自然的臥遊經驗。依此理論，或可解釋人們爲何愛好閱讀遊記；同時也說明了綠色呼喚對人們的絕大影響力。也因此，臥遊乃是文學研究

一類也。」程先生所論，屬更深層次、更細微的探討，本文僅從時空是否現實所有、想像成分是否高遠來立論。程說見〈郭景純、曹堯賓《游仙詩》辨異〉，載氏著：《古詩考索》，收入莫礪鋒編：《程千帆全集》（石家莊：河北教育出版社，2000年），第八卷，頁419~429。

時一個值得注意的現象。

不論是記遊、臥遊或是幻遊，三者的起源都很早，而且始終都各有裔孫，因而可據以為脈絡，將某些作品依性質區分出來，俾能在詮釋上掌握住大體，並在文學史上找到定位。而以往學者似未如此看待，這便使得一些論說太過辭費。以下僅舉一例討論，作為本文的結束。

友人王文進先生前撰《南朝邊塞詩新論》，已認為唐宋邊塞詩受南朝邊塞詩的影響，後撰〈盛唐邊塞詩的真幻虛實——兼論南朝詩人時空思維對盛唐邊塞詩形式的規範〉㉛一文，持其對南朝邊塞詩的一貫看法，更落實南朝對盛唐邊塞詩影響的分析；這是詩史的觀察，言之自能成理。但王先生也在該文指出若干盛唐邊塞詩的作者只曾游邊未至塞上或根本未至邊疆，有些詩歌甚至只是唱和之作，所以將該等盛唐邊塞詩分為「實景」和「虛景」兩類；若以本文所論來區分，王先生所謂「實景」即「記遊」之作，「虛景」則屬「臥遊」之作，因是臥遊，所以想像成分高，時空錯置本非作家顧忌

㉛文載王文進先生：《南朝山水與長城想像》，中篇〈長城別論〉，頁197~255。

處㉜。以此為歷史脈絡去看南朝唐宋人的某些邊塞詩作，視野或許更為寬廣，更能和南朝以前、宋代以後文學中的「虛景」現象相銜接。

（本文原載《政大中文學報》，第十三期，二〇一〇年六月。）

㉜參程千帆先生：〈論唐人邊塞詩中地名的方位、距離及其類似問題〉，文載《古詩考索》，頁170~192。

中晚唐古文家對「小人物」的表彰及其影響

一、緒論

孔子說：「君子疾沒世而名不稱焉。」其實除了逃名逃世的人之外，絕大部分的人都疾沒世而名不稱焉，最少也期望子孫能予追念，這可說是一般人的人心之所同。在歷史上，位高或望崇者，其事蹟有史官加以記載，能夠留名青史，這一類傳記，始終是中國史書的最大宗文字。但是，「小人物」有嘉言善行者，因為有見識有文采之士未予注意，大多數像太史公在〈伯夷列傳〉所說的那樣，「名湮滅而不稱，悲夫！」

太史公修撰《史記》，其卓見之一，即是在帝王將相達官顯貴之外，對於隱士、學者、循吏、游俠、刺客、一言解紛者、流通貨殖者，也加以表彰。然而，〈伯夷列傳〉、〈儒林列傳〉、〈游俠列傳〉、〈刺客列傳〉、〈滑稽列傳〉、〈貨殖列傳〉中的人物，都不是「小人物」，他們乃是國君之子、官員、士紳、弄臣、大商人等等。

太史公影響所及，《漢書》以下各史也別立表彰特立傑出之士的列傳（或單稱「傳」），除沿襲《史記》者外，名稱又有增加，諸如隱逸、方伎、文苑、列女、卓行、忠義、孝友等等。但隱逸襲自〈伯夷列傳〉，方伎沿自《史記》〈龜策列傳〉與〈日者列傳〉之目，文苑則襲自〈屈原賈生列傳〉、〈司馬相如列傳〉，真正較具新意的只有列女、卓行、忠義、孝友等而已。然而，檢閱傳中人物，仍然以出身於門閥或士族家庭爲絕大多數，而非「小人物」。

本文所謂「小人物」，指的是當時社會地位低下的工人、農人、小商人、兵卒小吏、僮僕婢妾、歌兒舞女以及普通家庭的老弱婦孺而言，若是士大夫或中下級官員則均不列入。這種「小人物」，我們若從《隋書》往前默想，幾乎叫不出一兩個名字來。原因是什麼？因爲此前的史書不記載「小人物」的故事。然而這種情形，由於韓愈、柳宗元的開端，以及其後古文家的努力，「小人物」有嘉言善行者開始受到表彰。影響所及，宋代以後的文士也加入寫作這類作品的行列，其中一些被收入正史，而正史中這種列傳的類別以及收入的人數也都增加了。

分析這種現象的原因，除了韓、柳兩位大文豪的影響力之外，筆者認為還應加入中國社會結構的變遷、價值觀的改變等因素，才能夠比較圓滿的予以解釋。換言之，有些文學問題，應該宏觀的將文學納入整個社會的文化脈絡中去看待，才能顯現出各種面向，而不只是就文學論文學。

本文之寫作，先對中晚唐古文家的「小人物」傳記作品作一些敘述與歸納，次述其對後世古文家及史書的影響，再論引發此一現象的社會氛圍、心理背景、「文以載道」觀等因素，以彰顯唐代古文家另一種不為學界熟知的成就。

二、作品

（一）選用範圍

在討論中晚唐古文家的小人物傳記作品之前，在資料的選用上，在此先作一些釐清和聲明。

首先，本文所謂小人物傳記，指的是真人真事，而非虛構的人物與故事情節，因此，「寓言」不包括在內。儘管有些傳記因寄寓性強而被人指爲寓言，但本文對寓言採取較嚴格的定義，即虛構的才算寓言。①其次，虛構人物與故事情節的「傳奇」作品也不包括在內。近當代所編的傳奇集，其內容有些屬於虛構，有些乃是記實，只是情節較曲折而已，本文將屬於記實的所謂傳奇視爲傳記，但不採納情節出於虛構的傳奇。再其次，本文同意某些「碑誌」的內容也可以視爲傳記，但不採用虛美空洞且沒有故事情節可述的殤女幼兒或庶民的碑誌資料。另外，本文不採用「僧道傳記」，因爲他們不屬於

①關於寓言的定義，《大不列顛百科全書》（臺北：丹青圖書有限公司，1987年）稱：「以散文或詩歌體寫成的短小精悍、有教誨意義的故事，每則故事往往帶有一個寓意。」這個定義不強調虛構。《大美百科全書》（臺北：光復書局，1990年）則稱：「以簡短的虛構敘事表現處世智慧的格言。……寓言中運用的典型角色是動物、自然界的物或力量，或是下階層社會的人物。……寓言之異於軼事，在於虛構性重於歷史性。……」這個定義強調寓言必須是虛構的。本文採取《大美百科全書》的定義，因爲它較符合先秦諸子書中的寓言形態。據此，虛構的小人物故事屬於寓言，不屬於傳記。

本文定義的小人物。最後，大量「憐憫」小人物的詩文，譬如柳宗的〈捕蛇者說〉，雖然也很值得研究，但本文也不採用，因爲本文的宗旨放在「表彰」嘉言善行之上。

本文何以從中唐談起？其實是在檢視《全唐文》及陳尚君編校的《全唐文補編》（**下文引用作品據此二書，並注明《全》卷某、《補》卷某**）之後做的決定，因爲初盛唐找不到這種表彰小人物的傳記。譬如初唐的王績（?~644），爲自己寫了〈無心子傳〉，也寫了〈負苓者傳〉、〈仲長先生傳〉、〈五斗先生傳〉（以上均見《全》132），但其傳主的處世風格像《論語》、《莊子》所見的隱士，並不是本文所謂小人物，所以加以排除。又如〈吳保安〉中吳保安與郭仲翔間的「氣義」故事，雖發生在盛唐時期，但他們兩人是官員出身，郭仲翔更出自名門，也不算小人物。②這樣一路檢視下來，才在中唐韓、柳文中出現，然後持續到唐末，因而本文討論中晚唐時期。

（二）作品內容

②〈吳保安〉原載《太平廣記》卷166「氣義類」，《新唐書》改寫後收入〈忠義傳〉。關於此篇內容的考證，可參王夢鷗：《唐人小說校釋》（臺北：正中書局，1983年），上冊。

首先可談的是韓愈（768~824）的〈圬者王承福傳〉（《全》567）。此傳有人認爲其人姓名與故事出於韓愈虛構，目的在藉此抒發議論。③筆者認爲，讀完拙文，將此傳納入整個中晚唐古文家此類作品中去觀察，當會放棄此想。王承福家世爲農夫，天寶之亂被徵從軍，退伍後因田產已失，靠圬鏝自食其力，由於擔心力不足以供養家人，又擔心影響圬鏝專業，不願娶妻生子。韓愈在文中先稱譽王承福「賢者也，蓋所謂獨善其身者也」，又批評道：「然吾有譏焉。謂其自爲也過多，其爲人也過少，其學楊朱之道者耶？」但接著則綜合其長短而認爲王承福：「其賢於世之患不得之而恐失之者，以濟其生之欲，貪邪而亡道，以喪其身者，其亦遠矣！」最後，韓愈說：「其言有可以警予者，故予爲之傳而自鑒焉。」一個工人的言行，能夠讓韓愈這樣不世出的文豪自警，真正勝過千千萬萬的士子，豈不值得爲他立傳嗎？如果用今天的觀念來衡量，王承福是極具專業精神的泥水匠，也是不想拖累別人的好公民。

③如清．蔡鑄云：「『王其姓，承福其名』，不必有其人也，不必有其事也。公疾當世之『食而怠其事者』，特借圬者口中以警之耳。憑空結撰，此文家無中生有法也。」見《蔡氏古文評註補正全集》，卷8，此據羅聯添等：《韓愈古文校注彙輯》（臺北：國立編譯館，2003年），第1冊，第317頁轉引。

寫小人物傳記篇數最多的是柳宗元（773~819），共有四篇（均見《全》592）。寫工人的〈梓人傳〉可與韓愈的〈圬者王承福傳〉對看，前人已曾點明。④傳中的主人名楊潛，是工匠的指揮，當時稱為「都料匠」，柳宗元本看不起其人，後來觀察他指揮群工建築、群工唯命是從的過程，才知道其中學問之大，實與宰相治國、指揮大小官員陳力就位相同，楊潛與宰相都須享大權、負全責，若業主或國君對之有所質疑，則寧願「悠爾而去，不屈吾道」，以免因求全苟且，導致棟橈屋壞，國家敗亡。基於佩服和讚賞楊潛「是足為佐天子相天下法矣」，柳宗元不稱他為「都料匠」，而據《周禮·考工記》稱他為「梓人」，有如今日之稱「建築師」一樣。優秀的建築師，乃是工程師和藝術家的結合，豈不值得表揚？

關於農夫的作品，有〈種樹郭橐駝傳〉。郭姓農夫駝背，「橐駝」是其綽號，本是長安西豐樂鄉人，以替人種樹為業，不論栽植庭園中的觀賞樹木，或為果農種樹，都

④唐·柳宗元：《柳宗元集》（臺北：漢京文化事業有限公司，影印本，1982年），卷17，〈梓人傳〉題下記「黄曰：王承福，圬者而得傳於韓；楊潛，梓人而得傳於柳。」黄者，蓋是黄唐，撰有《柳文雌黄》五十篇。

能枝繁果盛。人問其術，橐駝回答：「能順木之天，以致其性焉耳。」他認為種樹時要先重視根本，即「其本欲疏，其培欲平，其土欲故，其築欲密」，之後便不要再去騷擾它，讓它自然生長，才能長得最好，反之，則長得不好。橐駝又能運用他的經驗去評論地方官治民之道，認為官方只要提供好的生活環境即可，即使很關心人民，也不應太常騷擾百姓的生活。柳宗元認為橐駝的觀點很可作為官員治民的參考，所以在文末說：「嘻！不亦善夫！吾問養樹，得養人術。傳其事以為官戒也。」郭橐駝其術其言，真可稱之為：小技術，大哲理。

關於商人，有〈宋清傳〉。宋清是長安藥市的藥商，生意很好，難得的是，即使不認識的人也可以賒帳，宋清又不去索債，「歲終，度不能報，輒焚券，終不復言」，彷彿大善人。有人問他，宋清答：「清逐利以活妻子耳，非有道也。」又進一步說明：與人方便，於己無損，要看遠利，而不是近利。因為四十年來賣藥，燒掉的欠條中，儘管有千百人欠下藥錢而死無處求償，但另有百數十人，因後來發達，感激當年不予計較，有能餽贈也不少，並不妨害致富。柳宗元知道宋清的處世態度後，感慨道：「今之交，有能望報如清之遠者乎？幸而庶幾，則天下之窮困廢辱得不死亡者衆矣。」因爲在柳宗元看來，當時之人，即使是士大夫，與人交，都要別人立即回報，更不必說是借錢了。按：古人有「爲富不仁」之說，用今日的語言說即是「奸商」；而宋清有愛心，肯賒賬、焚券來幫助有困難的病人，可謂爲富而仁，比起現在救助弱勢人士的公益團體，大部分是靠募款而非出自一己之力，宋清的方式堪稱自然且高明，豈不值得表揚！

關於兒童，有〈童區寄傳〉。區寄是郴州樵牧家庭的孩子，年僅十一歲，被兩個綁匪綁架，準備販賣爲奴。區寄先佯裝害怕，消除綁匪的戒心，然後利用一匪離去時，靠在匪徒的刀刃上割斷綑綁，並殺死一匪，逃走時又被離去的匪徒捉住，生氣要殺區寄，區寄勸他說：「賣了我比殺了好，一人得錢比兩人分錢好。」綁匪覺得有理，區寄遂保住一命。之後，區寄又以爐火燒繩鬆綁，再殺綁匪，然後大呼求救，得脫報官。柳宗元從桂部從事杜周士口中聽到這故事，記了下來，目的自然是在表彰這個小孩的智勇雙全。

與韓愈同榜登進士第的閩人歐陽詹（生卒年不詳），也有一篇〈南陽孝子傳并論〉

（《全》598）。這篇文章記載歐陽詹於貞元九年至十一年親自聞見的故事。貞元九年，歐陽詹在虢州的客棧中遇到一個老父、一對兒媳以及他們的三個幼兒，拿著兩匹絹求售，絹上題有姓名，歐陽詹認得是友人鄭師儉之物，鄭不久前扶父靈柩回上京，問起絹的來源，正是鄭師儉所贈。貞元十一年，歐陽詹遇到鄭師儉，問起此事，鄭師儉說：「當年在路上和一個貧困的平民家庭同行，一對兒媳帶著老父和三個幼兒趕路，老父騎著瘦驢，兒子肩扛雜物約三十觔，媳婦抱著半歲嬰兒，兼照顧兩個小孩，走完山路，來到南陽大澤中，不想時因久雨，瘦驢陷入泥淖，與老父一起摔倒在地，兒子見狀，立即將雜物棄置泥水中，前往扶持，流著眼淚替老父清洗，如此數次，兒子悲不自勝，於是把雜物置於驢背上，親自揹著老父，當時地上積水到脛，所以父子一路到客棧都沒休息，父在子背，頗覺舒暢，子在父下，亦極欣喜，父子兩人一路歡笑，好像乘坐高車駿馬一般，如此者三天。我受到感動，贈絹一匹，讓兒子去換一匹好驢，但直到將分道而行都換不到，兒子便拿絹來還，我覺得此人不僅孝而且忠，更加贈一匹。你見到的，正是這家人。」鄭師儉的描述，絕對是中國文學中最令人動容的畫面之一，難怪鄭師儉受到感動，也難怪歐陽詹要記下這個故事，而且認爲鄭師儉誠心成人之孝也是大孝，所以在傳後的「論」中寫道：「負父信孝矣，而贈絹非孝歟？唯其有之，是以似之，鄭與南陽孝子偕孝矣！」

在文學、思想方面與韓愈同調的李翺（774~836），也有兩篇具特殊用意的作品，值得一併敘述。第一篇是〈高愍女碑〉（《全》638）。碑主是七歲女童，姓高，名妹妹。建中二年，妹妹的父親高彥昭受到反抗朝廷的叛徒挾持，命守濮陽，妹妹便和母兄被叛徒押爲人質。後來高彥昭以城反正，叛徒要殺人質，母親李氏請求放過年幼的妹妹爲婢，叛徒也同意了，但妹妹不肯，說道：「生而受辱，不如死。母兄且皆不免，何獨生爲？」母兄臨刑，拜於四方，妹妹說：「我家爲忠，宗黨誅夷，四方神祇尙何知？」只向父親所在的西邊哭，再拜而死。次年，太常謚妹妹爲「愍」。貞元十三年，韓愈向李翺說起這個故事，李翺因感佩女童的剛烈和見識而寫了這塊碑文。

第二篇是〈楊烈婦傳〉（《全》640）。建中四年，李希烈陷汴州，又進圖陳州，分兵攻項城縣，項城城小而缺兵備，縣令李侃不知如何是好，其妻楊氏曉以大義，又召集胥吏百姓宣示守城的決心，宣稱不論用瓦石或兵器擊傷賊兵都給予實質獎勵，於是李侃率眾守陴，楊氏親自作飯供應。有流矢射中侃手，侃返家，楊氏說：「你不在，會影響軍心。」李侃只好帶傷回防。後來，城上射死賊帥，賊帥乃是李希烈的女婿，賊兵遂退，項城解圍。在人心惶惶而且缺乏守城條件的情況下，項城防衛戰得此結果，靠的全是楊氏的膽識和堅決。李翺認爲值得表揚，於是寫下此傳。

李公佐（生卒年不詳，元和中曾爲江淮從事）的〈謝小娥傳〉（《全》725），一般以文中有夢中謎語之事，頗爲離奇，故視之爲「傳奇」或「小說」。⑤其實天下本有離奇之事，即使經過口傳其中不免添油加醋，但只要大體是實人實事，便不應完全以虛構視之。謝小娥的父親爲商賈，十四歲時，與父親、夫婿及僮僕數十人同在貨船上遭劫，均被殺害棄屍於江，小娥也傷胸折足，漂流水中，經他船救助，幸而不死，遂乞食爲生，輾轉至上元縣，依妙果寺尼靜悟。當初遭難時，夢見父親說：「殺我者，車中猴，東門草。」又夢見夫婿說：「殺我者，禾中走，一日夫。」常向人請教，均不得其解。

---

⑤〈謝小娥〉的故事，唐代有流傳的同事異本，即〈尼妙寂〉。〈謝小娥〉，原載《太平廣記》卷491「雜傳記」，經收入《全唐文》，〈尼妙寂〉則載卷128「報應類」。關於二文的關係，可參王夢鷗：《唐人小說校釋》（臺北：正中書局，1983年），下冊。

元和八年，李公佐在建業瓦棺寺聽寺僧提到此事，迅速解破謎語，便招小娥來，面告她：「殺汝父是申蘭，殺汝夫是申春。」小娥從此女扮男裝，以爲人傭保爲名四處尋找仇人。一年多之後，終於在潯陽郡⑥受僱於申蘭，經兩年餘，申蘭始終不知道小娥是女人，而且因小娥的順從，頗見信任，小娥遂細心觀察申蘭與其同宗兄弟申春等黨羽數十人的舉動。元和十二年，一晚，申蘭等同黨都酣飲酒醉，同黨散去，申春睡於內室，申蘭睡在庭院，小娥見時機成熟，便殺申蘭，並呼喊鄰居擒下申春，起出贓物，報官後循線擒獲同黨，均就戮。潯陽太守張公覗向上級表彰小娥，但因殺人，免死而已。此後，小娥一心禮佛，訪道於牛頭山，元和十三年，受戒於泗州開元寺，仍以小娥爲法號。其年夏，李公佐到泗濱善義寺，小娥正在寺中，認出公佐，告以復仇始末。李公佐認爲小娥得「貞」、「節」二字，寫道：「誓志不舍，復父夫之讎，節也。傭保雜處，不知女人，貞也。」

沈亞之（生卒年不詳，元和時健在）頗喜表揚嘉言善行，其中與小人物有關者三篇。〈歌者葉記〉（《全》736），表彰女歌手葉氏。葉女是洛陽金谷里人，貞元元年

---

⑥《全唐文》作「尋陽」，今據史傳改。

始學歌於柳巷之下，無人能及，曾為成都率家妓，率死，至長安，歌者會唱，輪到葉女，其聲音之高吭，樂師無人跟得上。有博陵大家子崔莒，家富，屢辦盛宴。一日，有人建議請葉女獻唱，葉至，歌一曲，舉坐目瞪口獃，從此歸莒家，歌藝在長安享譽數十年，但「為人潔峭自處，雖諧者百態，爭笑於前，未嘗換色」。元和六年，沈亞之在朔方，夜晚聞歌，有人隨著歌聲忽悲忽喜三次，不能自已，打聽之下，原來是和崔莒隔鄰而居，歌者即是葉女也。元和十年，沈在彭城又遇崔莒，問起葉女，業已去世。談起葉女，當時號稱最懂音樂的趙璧、李元憑，都大加推崇，沈亞之因而感慨的寫道：「嗚呼！豈韓娥之嗣與？惜其終莫有能繼其聲者。故余著之，欲其聞於後世云。」在歌者社會地位低落、容易受人玩弄的時代，沈亞之筆下的葉女，豈不是個才高卻知自愛的藝人嗎？

〈表劉薰蘭〉（《全》738），則是表揚勸導主人的家伎。劉薰蘭是洛陽人，元和九年，年十六，以能彈弦歸房叔豹，叔豹喜酒廢事，薰蘭曲予勸導，勉其向上，叔豹深自悔咎，從此向學。沈亞之因在房家作客，聽聞此事，「遂為著篇以繼勸」。

〈表醫者郭常〉（《全》738），是表揚有職業道德且不貪財的醫者郭常。郭常是饒州人，在當地行醫。饒江通閩，當時閩地頗有從海外販來的波斯、安息貨物，有的便被轉賣到饒州來。有個富商在饒州病危，群醫束手，請郭常來，允諾醫好酬錢五十萬。郭奇治療一個多月，富商病癒，如數酬謝，而郭不收，宣稱治療費用不到千錢。之後，有人批評郭奇矯情，郭常說：「商人平時錙銖必較，現在一下子拿走五十萬，他的心情一定淤悶，有損身體，現在他病剛好，臟腑還很脆弱，無法承受，所以我不要五十萬，以便保全他。」沈亞之引孔子「我未見好仁者、惡不仁者」的話，表揚郭奇真正是「好仁者、惡不仁者」。

杜牧（803~852）〈竇烈女傳〉（《全》756），故事頗像〈謝小娥傳〉，都能以智勇復仇。竇烈女，小字桂娘，容貌美麗，父親汴州戶曹掾竇良，只是個小官。建中初，李希烈破汴州，派人取桂娘，桂娘臨出門，跟父親說：「不必擔心，我一定能滅賊。」桂娘在希烈身邊，能取信於希烈，跟希烈說：「你的部將陳先奇，勇冠三軍，要好好攏絡。他的妻子也姓竇，讓我和她締爲姐妹交，以堅定陳先奇對你的忠心。」希烈允諾，於是桂娘取得對外聯繫的管道。等到李希烈死了，其子秘不發喪，準備除掉老將，任用年輕親信者取代，以便奪取兵權。恰巧有人送含桃給希烈子，桂娘建議分送一些給陳先奇，故示外界以無事，希烈子同意，桂娘遂用蠟帛爲信，染朱混在含桃中，對外透露實情。於是陳先奇等部將率兵問罪，斬殺李希烈的妻兒。兩個月後，吳少誠殺陳先奇，又偵知之前的事情出自桂娘的計謀，把桂娘也殺了。杜牧認爲：桂娘委身叛賊是「權」，和陳妻結交是「智」，不顧危險滅賊是「烈」，比起當地有才有力卻不敢對抗李希烈的士大夫強多了。

李商隱（812~858）的〈程驤〉（《全》780），表揚的是大盜程少良之妻與子。少良是群盜之首，每次行刼回來，妻子便安排酒食犒勞同黨。後來少良年老，有一次咬不動帶肉的骨頭，妻子便當眾說：「這老頭作奸犯科十幾年，殺人無數，現在連肉都吃不動，那能帶領諸位？各位不如把他殺了埋掉，以免被官府捕快捉走。」少良只好拿出贓款百萬錢分給同黨，並約定以後出事不相牽連。此後少良行義禮佛，竟然像個大善人，十五年後去世。他的兒子程驤完全不知道父親的過去，有一天，程驤有過，母親罵道：

「惡種！」程驤追問，母親才說出往事。程驤哭了幾天，盡散家財，此後一面讀書，一面做工供養其母。後來程驤學問漸漸聞名，有人向他問學，而他的爲人也極寬厚，鄆帥烏重胤⑦聞之，送錢數十萬讓他買書，程驤把剩餘的送給學生，鄰里間有人以前曾受到程少良好處的，往往讓程驤孳息，結果幾年下來，程驤竟擁有萬金，但程驤完全不認爲這些錢屬於自己，所有的箱子、鑰匙、契約，都交給鄰居管，用度也不檢閱，人格更顯得高超。開成初年，雖有高官來聘，程驤也未接受。李商隱這篇小傳，固然彰顯了程驤德行的可貴，但其母之曉大義、能決斷、甘貧苦，更是難能。至於程少良，只是補過而已。

司空圖（837~908）〈竇烈婦傳〉（《全》810），寫的是勇敢從仇家手中救夫的婦女。竇婦是朝邑令畢某的妻子，因同州叛變，主官李瑭逃走，畢某帶著家人藏匿望仙里避難，沒想到遇到仇家，非置畢某於死地不可，竇婦用身體捍蔽其夫，並拉住仇家的衣襟，仇家刺傷竇婦，竇婦仍不放手，畢某遂伺機逃脫。竇婦重傷幾死，里人延醫治療，並報官府表揚。

⑦《全唐文》作「烏重允」，乃避雍正皇帝諱，今據史傳改。

羅隱（?~909）〈說石烈士〉（《全》896），牽涉到一段文學史掌故。傳主石孝忠，是李愬的前驅親兵。元和中，蔡州吳元濟反，由丞相裴度督李愬、李光顏、烏重胤⑧諸部進討，隔年平定，憲宗命韓愈撰〈平淮西碑〉，碑文大大稱譽丞相的功業。一天，石孝忠來到碑下，熟視之下，用力推碑，企圖推倒，被有司拿下，節度使上奏，憲宗下令就地將其斃於碑下，石孝忠自忖必死，沒有機會爲李愬的功勞發聲，於是乘機用枷尾殺死一吏，憲宗聞之，命送闕下親自詢問，石孝忠說：「平定蔡州一役，讓敵人吳秀琳投降的是李愬，捉住驍將李祐的是李愬，擒獲賊首吳元濟的也是李愬，可是碑文卻把功勞都歸於丞相，李愬只和李光顏、烏重胤並列而已，李愬雖然不提，但以後藩鎮如果有事，誰願爲陛下賣力？我推碑不是爲了表明李愬的功績，而是爲陛下糾正賞罰。」憲宗由於已經了解平定淮西的始末，所以赦免石孝忠，稱他爲「烈士」，並命翰林學士段文昌重新另撰〈平淮西碑〉。石烈士不過是個兵卒，竟能主持公道，讓天子改變成命，堪稱是豪傑了。

除了上述十六篇之外，如沈亞之的〈喜子傳〉（《全》738）記喜子的貞潔，〈馮燕

⑧《全唐文》作「烏重允」，乃避雍正皇帝諱，今據史傳改。

傳〉（《全》738）表馮燕的奇行，李商隱的〈宜都內人〉（《全》780）寫伺機規勸則天皇帝的佚名宮女，司空圖的〈段章傳〉（《全》810）寫良心未泯的賊兵，柳珵的〈上清傳〉（《補》63）寫相國竇參的青衣能爲主人洗冤，房千里的〈楊娼傳〉（《補》71）寫從良的娼妓爲代其脫籍者殉死，都是令人動容的「小人物」故事。

（三）文章特點

歸納以上作品的文章特點，可以分以下三點討論。

第一，除了李公佐的〈謝小娥傳〉、杜牧〈竇烈女傳〉復仇情節比較曲折篇幅較長外，這些故事大部分都很簡短，這是因爲這些作品所記的是「小人物」，既是小人物，自然沒有豐富的經歷，文學家關注的是他們的某種善行，如王承福、楊潛、郭槖駞的專業精神，宋清的不謀近利，區寄的智勇，南陽孝子的純孝，郭常的惡不仁，程驤一家的改過遷善，石烈士的主持公道等，事既單純不複雜，篇幅自然不長。

第二，這些篇幅不長的文章，敘事之外，議論文字也在文中佔了不少比例，因爲作家將對傳主故事的評論視爲文章的重要部分。譬如在〈圬者王承福傳〉中，韓愈借王承福的現身說法檢討了獨善其身的人生態度。在〈種樹郭橐駝傳〉、〈梓人傳〉中，柳宗元也借其專業上的道理分別申論了治民及治國之道。在〈表醫者郭常〉中，沈亞之指責當時對於不仁之事熟視無睹的人。在〈竇烈女傳〉中，杜牧批評了不敢對抗李希烈的士大夫。等等均是。

第三，作家每希望這些作品能夠傳到後世，譬如〈歌者葉記〉，沈亞之在傳末寫道「欲其聞於後世」，〈表劉薰蘭〉，沈亞之也寫道「遂爲著篇以繼勸」。有些作家更希望受到史官的採納，因而在寫作時便向史傳的體裁貼近，有的有「贊」或「論」，有的模仿《左傳》的「君子曰」作論，儼然像史官作傳。如〈高愍女碑〉與〈楊烈婦傳〉，李翺在〈楊烈婦傳〉末的「贊」中寫道：「若高愍女、楊烈婦者，雖古烈女其何加焉？予懼其行事堙滅而不傳，故皆敘之，將告於史官。」李公佐則在〈謝小娥傳〉傳末用「君子曰」開頭寫道：「誓志不舍，復父夫之讎，節也。傭保雜處，不知女人，貞也。女子之行，唯貞與節，能終始全之者如小娥，足以儆天下逆道亂常之心，足以勸天下貞夫孝婦之節。余備詳前事，發明隱文，暗與冥會，符於人心。知善不錄，非《春秋》之義也，故作傳以旌美之。」都非常明白的表達了作家的企圖。

三、影響

那麼，中晚唐古文家對「小人物」的表彰，對後代究竟有無影響？筆者認為有兩點值得注意。

首先，有些作品真的被史官採納了。核對《舊唐書》，本文所述的故事都未見收錄。李翺在文中說要將〈高愍女碑〉、〈楊烈婦傳〉「告於史官」，究竟兩文曾付史館與否，今不能知，但總是見於其文集或其他著作中，然而《舊唐書》並未採用，這說明了五代時史官仍然承襲舊傳統，不重視「小人物」。但核對宋人重編的《新唐書》，則李翺所記的高愍女、楊烈婦，李公佐所記的謝小娥，司空圖所記的竇烈婦都赫然收在〈列女傳〉中。《新唐書》的列傳，是宋祁所作，〈列女傳〉除了部分沿襲《舊唐書》外，表彰的人數有所增加，他應該是從李翺、李公佐、司空圖的著作中取材的。換句話說，古文家所記的「小人物」的故事，也成為史官取材的對象，這和此前史官只從史館取材、史館又只收士族官宦的行狀碑誌，已有不同。而且從此以後，史書所見的「小人物」傳記比例也漸漸增高，而這又和下一點關係密切。

第二，宋代以後的古文家，受到唐人的影響，也寫了不少此類作品，有些也被收入了史傳，有些雖未被收入，卻因文集傳世，讓後世增添了不少有關「小人物」的佳話。在此僅舉歐陽脩文集中的〈桑懌傳〉為例，此傳寫一名「捕快」的故事。桑懌善使劍與鐵簡，藝高膽大，足智多謀，捕捉盜賊，神乎其技，屢屢獨力擒獲群盜，而為人持重謙退，甚至有功不居，情節真是精彩絕倫，比起《三俠五義》中的俠士，似乎有過之無不及，如非歐陽脩確實認識此人，與他有過來往，幾乎要讓人以為這是虛構的公案小說或武俠小說。而歐陽脩也在傳末說：「勇力，人所有，而能知用其勇者少矣！若懌可謂義勇之士，其學問不深而能者，蓋天性也。余固喜傳人事，尤愛司馬遷善傳，而其所書皆偉烈奇節，士喜讀之，欲學其作，而怪今人如遷所書者何少也。乃疑遷特雄文善壯其說，而古人未必然也。及得桑懌事，乃知古之人有然焉，遷書不誣也；知今人固有，而但不盡知也。懌所爲壯矣，而不知予文能如遷書使人讀而喜否？姑次第之。」換句話說，歐陽脩原來對〈刺客〉、〈游俠〉等列傳的真實度不無懷疑，認識桑懌後，才知道世間藏龍臥虎，即如眼前就有一個活生生的神捕，豈不應該給予表揚？就筆者所知，歷史上固然有善於捕捉盜賊的太守、縣令的記載，而記「捕快」這種人物的，歐陽脩此文應該是首見，不妨算是開公案小說的先河吧。而一如〈謝小娥傳〉等，〈桑懌傳〉也經史官改寫後收入《宋史》列傳第八十四中，可以證成筆者的前說。據《宋史》，桑懌雖曾當過縣尉，後來又從軍，戰死好水川，也是個官員，但歐陽脩所表揚者，是他早先擔任耆長、巡檢等小吏的「捕快」角色，這角色在歷史上從未經表揚，而在當時社會上，也只能算是個「小人物」，因而本文願採納爲例。附帶一提的是，桑懌後來成爲善捕盜賊的象徵性人物，如清代大儒黃宗羲的兒子黃百家在其著作《內家拳法》中即寫道：「吾鄉盜賊亦相蟻合，流離載道，白骨蔽野，此時得一桑懌足以除之。」⑨可見桑懌在武術家心目中的地位。此類例證，其他著名文士亦有之，學界不妨再事發掘。

⑨黃百家：《內家拳法》（臺北：新文豐出版公司，叢書集成續編，第102冊，一九八九）。

四、原因

（一）社會氛圍與心理背景

爲什麼中唐以後會出現此類表彰「小人物」的作品？筆者認爲不能完全把原因指向韓、柳兩位大文豪，而說是純粹受到大文豪的影響。須知大文豪的出現，也受到社會變遷的制約，如果不是社會結構、思想傾向等條件符合，大文豪的作品不會受到重視，韓、柳若生在六朝，其古文作品恐怕會被人束之高閣的。

由於社會結構的演變，東漢末葉開始出現門閥，「上品無寒門，下品無士族」，膏腴華族彼此通婚，政治和學問都掌握在門閥的手中，即使北魏孝文帝實施漢化，任官用人，不分胡漢，仍然沿用漢制，一直到唐初，崔、盧、王、鄭、李等五姓，勢力仍然盤根錯節，牢不可破。所以從東漢末年到初盛唐之間的歷史，可以說就是門閥的歷史，史書上幾乎看不到低下階層的事蹟。但唐代的科舉取士、禁止五姓通婚等措施，逐漸動搖了門閥的勢力。科舉取士，稀釋了官員中門閥的成分；禁止五姓通婚，破除了門閥的凝聚力。隨著時間的加長，門閥從量變引起質變，終於在中晚唐社會中沒落衰微。這是先秦封建社會崩潰後，再一次社會結構的大變遷。只要熟悉中國史的人，以上所述，不用引證。

門閥勢力消退，代之而起的是新興的知識份子，其中主導風潮的是進士階層。這些知識份子，或出身貧寒，或出身於沒落的門閥家庭，他們不再是《世說新語》所描寫的那種不知民生疾苦的「貴族」，他們大部分都遭遇過困難，見識過平民百姓的生活，因此較能了解或接受社會上的價值並非一切都要歸於高官貴冑，許多「小人物」也有可歌可泣、可驚可嘆的事蹟，也能創造出可貴的價值來。本文所舉出的作家中，除李公佐、羅隱之外，都登進士第，似可印證拙說。

筆者認為：以上所述就是中唐古文家表彰「小人物」的社會氛圍和心理背景。

（二）「文以載道」觀的具體實行

雖有成熟的社會氛圍和心理背景，人群間並不會自動的創造出有價值的文化或文學來，仍然要「待文王而興」。

從頭翻閱《全唐文》，到韓、柳才出現「小人物」的傳記，筆者認為不是偶然的，而是他們掌握並反映了社會氛圍和心理背景，具體實行「文以載道」觀的其中一項。

關於「文以載道」，它的意涵非常豐富。研究思想史的人立即想到的，自然是「道」指周孔之道，而非釋老。研究文學史的人立即想到的，自然是反對浮華雕飾、無病呻吟的文章。但這都是用對照面來詮釋，不夠直接。如果正面去詮釋，筆者認為可以這樣翻譯：「文章是要發揮正理、表揚嘉言善行的。」因為所謂「道」，據《論語》中所見孔子的詮釋，既指抽象的道理，也指具體的言行。那麼，文章家既可以寫發揮抽象道理的文章，更可以寫表揚善人的文章，因為具體的言行也是「道」。如此說來，韓愈寫〈原道〉、寫〈後漢三賢贊〉固然是「文以載道」的實踐，寫〈圬者王承福傳〉也是「文以載道」的實踐。柳宗元雖然未明顯提出「文以載道」的主張，其對佛道的態度也與韓愈有別，然而他對「文以載道」是贊成者也是實踐者，〈梓人傳〉、〈種樹郭橐駝傳〉、〈宋清傳〉、〈童區寄傳〉，套上「文以載道」來看，極為適合。韓、柳和前人不同之處，就是他們除了繼承傳統撰寫表揚士人官宦的文章⑩外，還能發掘「小人物」的價值，在他們看來，這也是「文以載道」的一環。

社會因素和心理因素既然成熟，韓、柳這樣的大文豪又有示範，後起者便很自然的跟進，即使沒有文論的口號來引導，也會視之爲當然之事，這便是歐陽詹、李翺、李公佐、沈亞之、杜牧、李商隱、司空圖、羅隱等人繼續有這類作品的原因，也是宋代以降古文家持續寫作的原因。正所謂：「時勢造英雄，英雄造時勢」。

五、結論

漢末以來的門閥，掌握了政治和學術，鄙薄社會上的低下階層，因而當時的史傳中幾乎看不到「小人物」的身影。到了中唐，門閥已經沒落，新興的知識份子，特別是進士出身的階層，由於較接近下層社會，比較了解民生疾苦，他們能欣賞士大夫，也不忽

⑩如韓愈寫〈張中丞傳後敘〉，表彰張巡、許遠、南霽雲；柳宗元撰〈段太尉逸事狀〉，表彰段秀實，均是。

視小民。在此社會氛圍與心理背景下，韓愈、柳宗元以「文以載道」觀爲引導，首開風氣之先，寫了幾篇「小人物」的傳記，表彰他們的嘉言善行。後起的古文家跟進，遂在唐代文學中，創造出一種前此未有的題材。這些作品，在宋代受到史官的重視，有的收入正史中。宋代以降的古文家，一面受到韓、柳大宗師的影響，一面受到可以入史的鼓勵，也持續寫作此類文章，終於成爲文人的常態。這意味著，中唐以後，有識之士也重視「小人物」的貢獻。這也意味著，中唐以後，「小人物」和「大人物」共同反映了歷史。

受限於題目與篇幅，本文不便多所發揮但已暗示的是，唐代以後，蓬勃發展的戲曲、小說，其中「小人物」的比重一直加大，遂形成與盛唐以前之文學大異其趣的內涵，追本溯源，正由中晚唐古文家發其端。這說明文學史的研究，不應太拘泥於文類的界限，甚至是文史的界限。

（本文原載《長庚人文社會學報》，第三卷第一期，二〇一〇年四月。）

唐宋詩人的「日本」想像

一、前言

日本與中國大陸，由於隔著相當的海程，隋朝以前極少往來，直到遣隋使、遣唐使訪華，日本人士在華夏的活動才逐漸多起來，而一直到宋朝末年，華夏人士曾到日本而又見於記載的則極少。因而儘管《後漢書》、《三國志》、《宋書》、《梁書》、《北史》、《南史》、《隋書》等都有「倭國」或「扶桑」的記載，華夏人士對日本的了解其實極爲模糊，即使和日本官員、學子、僧侶有所往來，受限於諸如語言溝通、民族尊嚴等因素，其對日本的了解恐怕是以想像的成分居多。

本文的寫作，特別選擇容易發揮想像力的詩歌當作討論的範圍，時代則限制在唐宋時期，以觀察當時文人對日本的一般印象；當然，這和依據可靠資料進行具體分析的研究方法，在目的和研究進路上都不相同，但也許更能代表當時一般知識份子的認知。

寫作之前，筆者先查檢《全唐詩》①、《全唐詩外編》②、《全唐詩補編》③、《全宋詩》④中詩題、詩序或詩句中有「日本」一詞的華人作品（亦即不包括在華日人或渤海、朝鮮人），否則雖和日本有關（譬如其詩是爲送給日本人士而作），亦不納入，總共得到86首，包括《全唐詩》24首、《全唐詩外編》1首、《全唐詩補編》15首、《全宋詩》46首。然後將詩作的內容分成幾類，以觀察當時華夏人士對日本地理位置、人物與文化、風俗與物產的想像。⑤

---

①《全唐詩》（北京：中華書局，1985年）。以下凡引此書，均標「唐」字，其後數字則是卷次。

②王重民、孫望、童養年輯錄：《全唐詩外編》（臺北：木鐸出版社影印本，1983年）。以下凡引此書，均標「唐外」字，其後數字則是頁數。

③陳尚君輯校：《全唐詩補編》（北京：中華書局，1992年）。以下凡引此書，均標「唐補」字，其後數字則是頁數。

④《全宋詩》（北京：北京大學出版社，1998年）。以下凡引此書，均標「宋」字，其後數字則是卷次。

⑤本文草成後，獲讀松原朗：〈唐詩の中の「日本」〉一文（收入《遣唐使の見た中國と日本》，東京：朝日新聞社，2005年），該文從《全唐詩》中選取26首作爲素材，與本文討論的範圍和取

二、「日本」一詞的出現

在中國的正史裡，《隋書》以前都稱日本爲「倭」，未出現「日本」一詞，舊、新《唐書》以下才稱「日本」。按：舊、新《唐書》分別爲五代及宋人所撰，書中稱「日本」處，或不無改舊文獻之「倭」而成之可能，如《舊唐書·則天皇后》大足二年「冬十月，日本國遣使貢方物」之類，此類資料證據力較弱。究竟華夏何時開始使用「日本」一詞，需要另尋較強的證據，加以證成。由於《隋書》是太宗朝魏徵等人編撰，所以唐初還沒有「日本」一稱容易決定。使用「日本」一詞的年代，《新唐書·東夷列傳·日本》稱：

> 咸亨元年，遣使賀平高麗。後稍習夏音，惡倭名，更號日本。使者自言，國近日所出，以為名。或云日本乃小國，為倭所并，故冒其號。

筆者以爲：「更號日本」的原因，從中國文獻中自然無法推定，但「日本」國號的出現

樣不全相同。

年代，卻能從中國文獻作出推估。咸亨（西元670至673年）是唐高宗年號，至於「後」字，固然沒有明確指出何年，但史官將「更號日本」一事繫於「長安元年」之前（西元701年），則應指西元701年之前。

筆者認爲史官所述，應有所據，因爲筆者在臺北發現的〈唐徐州刺史杜嗣先墓誌〉的原石之上記載⑥：

> （長安中）又屬皇明遠被，日本來庭，有敕令公與李懷遠、豆盧欽望、祝欽明等賓于蕃使，共其話語。……以先天二年二月二日，與夫人鄭氏祔葬于洛都故城東北首陽原當陽侯塋下，禮也。

誌文所述「日本來庭」是武周長安年間（701至704年）之事，正可和史書相印證。依據王國維先生二重證據法的思惟，西元670至701年之間，已有「日本」國號應該是可以接受的。質疑者或可辯稱，墓誌乃是後人所撰，不能證明長安年間或稍早已稱「日本」。

⑥參拙作：〈唐代墓誌考釋．徐州刺史杜嗣先墓誌〉，收入《石學續探》（臺北：大安出版社，1999年），頁127至133。

即使真如質疑者所言，該誌刊於玄宗先天二年（713年，該年後改開元元年），則以最保守之態度來論斷，至晚到西元713年唐人確實已使用「日本」一詞，而日人以「日本」為國號，則只會比此早，不會比此晚。

總而言之，玄宗甫即位，確實已有「日本」國號，這是可以由〈杜嗣先墓誌〉獲得證實的，不必等到開元二十二年刊的〈井真成墓誌銘并序〉來證明。而這正可說明為何開元年間的詩歌陸續出現「日本」一詞。

三、地理位置的想像

古人沒有地球經緯度的觀念，再加上船行會受海潮與風向的影響，中國史籍對海外諸國地理位置的記載，自然是模糊而不準確的。即使有具體的里程數字，那也是實際曲折行進的日程與道里，不是直線距離。如《梁書·諸夷列傳》描寫至倭國的行程如下：

去帶方萬二千餘里，大抵在會稽之東，相去絕遠。從帶方至倭，循海水行，歷韓國，乍東乍南，七千餘里始度一海，海闊千餘里，名瀚海，至一支國。又度一海千餘里，名未盧國。又東南陸行五百里，至伊都國。又東南行百里，至奴國。又東行百里，至不彌國。又南水行二十日，至投馬國。又南水行十日，陸行一月日，至邪馬臺國，即倭王所居。

對於這類敘述，除非是老練的遠洋船師否則是無法掌握的，一般人士很難據此對外國的位置有明確的概念。而當這模糊概念形諸詩歌時，想像的成分自然很高。試看詩人們如何想像其遠：

積水不可極，安知滄海東？（王維〈送秘書晁監還日本國〉，唐127）

萬國朝天中，東隅道最長。（儲光義〈洛中貽朝校書衡朝即日本人也〉唐138）

東海是西鄰。（包佶〈送日本國聘賀使晁巨卿東歸〉唐205）

雲濤萬里最東頭。（皮日休〈重送圓載上人歸日本國〉唐614）

連夜揚帆去，經年到岸遲。（方干〈送人遊日本國〉唐649）

四極雖云共二儀，晦明前後即難知；西方尚在星辰下，東域已過寅卯時；大海浪中分國界，扶桑樹底是天涯；滿帆若有歸風便，到岸猶須隔歲期。（方干〈送僧歸日本〉唐652）

無風亦駭浪，未午已斜暉。（吳融〈送僧歸日本國〉唐684）

歸程數萬里，歸國信悠哉。（朱少端〈送空海上人朝謁後歸日本〉唐補978）

今日送君歸日東，便成永別恨難窮；海邦萬里波濤隔，不似青山有路通。（釋文珦〈送禪上人歸日本〉宋3326）

從上引詩看，雖然事實上唐朝時與中國往來諸國中距離最遠的應是中亞、西亞各國，但唐人卻認爲日本最遠，所以說「萬國朝天中，東隅道最長」，主要的原因當然是對東方大海的欠缺了解。正因如此，形容道里之長爲「雲濤萬里最東頭」、「海邦萬里波濤隔」、「歸程數萬里」，而「萬里」幾乎已是古漢語描寫遙遠的極致用語了。不過，有的詩人仍嫌「萬里」不夠形象化，便依據當時天圓地方、日出日落的宇宙觀，設想中國和日本兩地太陽照射的差距，方干便寫到「西方尚在星辰下，東域已過寅卯時」，「西方」一句指的是中國還是夜晚，「東域」一句則指日本已出太陽。這種想像，和吳融的「未午已斜暉」類似，吳融想像：中國未到中午，日本已經黃昏。然而，即便這指長安和日本的距離，依照地球經度和時差來看，當時人的確想像過度，把日本想得太遠了。至於海程需要耗費的時間則以「年」計，所以說「連夜揚帆去，經年到岸遲」、「滿帆若有歸風便，到岸猶須隔歲期」。值得注意的是，儘管遣唐使並未持續到宋朝，但民間往來漸多，從釋廣聞〈答日本國丞相令公〉詩「人言千里本同風，何似如今一信通」（宋3100），便可知宋代與日本往來是更加密切了，也許這是宋朝詩人知道日本其實沒有那麼遠而漸漸不強調日本之遙遠的原因。

附帶一提，《梁書》和《南史》將倭與扶桑分為二國，新、舊《唐書》則僅稱日本。這也分別反映在唐宋詩歌中，唐人多認為日本在扶桑之東，中晚唐漸有人以扶桑稱日本，宋人則認為日本即扶桑。譬如：

遙指來從初日外，始知更有扶桑東。（劉長卿〈同崔載華贈日本聘使〉唐150）

絕國將無外，扶桑更有東。（徐凝〈送日本使還〉唐474）

扶桑已在渺茫中，家在扶桑東更東。（韋莊〈送日本國僧敬龍歸〉唐695）

以上唐人詩，都認爲日本在扶桑之東。中唐人則有稱：

扶桑一念到，風水豈勞形。（吳顗〈台州相送詩一首〉唐補944）

家與扶桑近，煙波望不窮。（全濟時〈送最澄上人還日本國〉唐補945）

歸到扶桑國，迎人擁海壖。（許蘭〈送最澄上人還日本國〉唐補946）

刼返扶桑路，還乘舊葉船。（幻夢〈送最澄上人還日本國〉唐補946）

上引前二首，日本和扶桑的關係顯得很模糊，後二首則以扶桑稱日本。到了宋代，則扶桑與日本不再有所分別：

光芒曾射扶桑島。（梅堯臣〈錢君倚學士日本刀〉宋259）

臨風極遐睇，目斷扶桑陬。（鍾唐傑〈送僧還日本〉宋2665）

一箇拳頭，硬如生鐵；放開則日耀扶桑，捏聚則乾坤黯黑。（釋普度〈日本瓊林侍者請贊〉宋3227）

笑下扶桑國，歸來致泰平。（陳深〈送耕存大參使日本〉宋3724）

以上宋人詩（最後一首作者應仕於元），都逕以「扶桑」代表日本。綜觀唐宋詩人對扶桑、日本的指稱，和史書所述的演變相符，可見詩歌也能反映當時學界的認知。

至於來華日人返國的季節，唐詩所見，都在秋天：

來朝逢聖日，歸去及秋風。（徐凝〈送日本使還〉唐474）

老思東極舊巖扉，卻待秋風泛船歸。（陸龜蒙〈和襲美重送圓載上人歸日本國〉唐626）

欲歸還待海風秋。（齊己〈送僧歸日本〉唐847）

至於朱千乘〈送日本國三藏空海上人朝宗我唐兼貢方物而歸海東詩并序〉（唐補978）稱空海「去秋而來，今春而往」「去歲朝秦闕，今春赴海東」，其中的來往朝赴，也許是指來去長安而言，因爲從海隅到長安，路程需要半年，所以不是真正在海邊乘船東航的時間。據研究，從日本到大陸，最理想的時間是依照季節風，秋天從日本出發，夏季返日本；但實際上遣唐使出航卻與季節風相反，夏季從日本出發，秋天或冬天返日。一說以爲遣唐使若在秋天出發，則無法於元月抵達長安參與元旦朝拜；不過，此說似乎未能獲得學界認同，也無法說明爲何一定要在秋冬天返日。⑦

到了宋代，則返國季節不復反映在詩歌裡，筆者推測這是詩中所見的來華日人多屬僧侶，他們並未擔負固定的使命，沒有歸國時程限制的緣故。

⑦參考古瀨奈津子撰、高泉益譯：《遣唐使眼中的中國》（臺北：臺灣商務印書館，2005年），頁34至135。

四、人物與文化的想像

唐宋詩中，和詩人往來的日本人，主要是官員和僧侶，而以僧人爲多。宋詩中每稱日僧爲學佛法不懼艱難而來，這自然合乎歷史事實：

為愛華風好，扶桑夢自消。（王礪〈贈日本僧〉宋54）

上人海東秀，才華眾推優；學道慕中國，於焉一來遊。（鍾唐傑〈送僧還日本〉宋2665）

上人幼負凌雲志，十五為僧今廿二；鯨波不怕嶮如崖，遠涉要明西祖意。（釋紹曇〈日本玄志禪人請語〉宋3425）

對於這些僧侶，當時評價頗高，除了讚美其求法意志的堅定、領悟力的高超之外，其中一點是他們（包括日本官員）能夠閱讀和書寫漢文，甚至努力學習華語。雖然應酬詩作中溢美之辭有時是難免的，但許多日人具有這方面的能力卻不容抹殺：

便風送來颿，夙昔多人物；始信天地間，見聞豈云悉；惆悵蓬萊說，胡為浪自黜；夷倭與侏離，九譯迷彷彿；書問顧已同，紙墨存落筆；俛仰六十年，舉指不任屈。（劉攽〈王四十處見舅氏所錄外祖與日本國僧詩并此僧詩書作五言〉宋600）

但見神僧巍跨水，弗聞君子陋居夷。（釋居簡〈贈日本國僧順侍者〉宋2797）

佛子親從日本來，人天隨步歎奇哉。（釋慧遠〈送日本國覺阿金慶二禪人遊天台〉宋1945）

隱隱孤帆絕海來，虛空消殞鐵山摧；大唐國裡無知識，已眼當從何處開。（釋智愚〈示日本智光禪人〉宋3018）

師道嚴明善應酬，石橋過了問龍湫；一花一草人皆見，是子知機獨點頭。（釋智愚〈日本源侍者游台鴈〉宋3018）

大唐國裡無人會，又卻乘流過海東。（釋智愚〈日本紹明知客請贊〉宋3019）

鉢盂捧入大唐來，飯裡無端咬著砂；一粒砂藏諸國土，方知寸步不離家。（釋了惠〈送日本俊上人〉宋3175）

大唐不許藏蹤，日本那容隱迹。（釋妙倫〈日本見上人請贊〉宋3264）

上人幼負凌雲志，十五為僧今廿二；鯨波不怕嶮如崖，遠涉要明西祖意。老松陰下扣烟扉，未透慈溪劈箭機；滿口鄉談學唐語，帝都丁喚那斯祈。（釋紹曇〈日本玄志禪人請語〉宋3425）

來華日人多不會說華語，但「書問顧已同，紙墨存落筆」卻展現閱讀和書寫的功力，至於「滿口鄉談學唐語」恐怕是逗留稍久的日人均要嘗試的。鑒於日人的漢文化水平，詩人們想像日人乃秦人的後裔，這主要是沿續華夏原有的徐福傳說：

無限屬城為裸國，幾多分界是亶州。自注：州在會稽海外，傳是徐福之裔。（皮日休〈重送圓載上人歸日本國〉唐614）

其先徐福詐秦民，採藥淹留丱童老；百工五種與之居，至今器玩皆精巧。（歐陽脩

〈日本刀歌〉宋299）

東方九夷倭一爾，海水截界自區宇；地形廣長數千里，風俗好佛頗富庶。土產甚夥并產馬，舶來中國通商旅；徐福廟前秦月寒，猶怨舊時嬴政苦。自注：倭有徐福廟。（鄭思肖〈元韃攻日本敗北歌〉宋3628）

又鑒於日人返國時均帶回大量書籍，更進一步想像日本的政教文化和文學風氣應與華夏相似，王維便認爲「正朔本乎夏時，衣裳同乎漢制」（〈送秘書晁監還日本國·序〉唐127），其他的詩人則說：

王文久已同。（徐凝〈送日本使還〉唐474）

九流三藏一時傾，萬軸光凌渤澥聲；從此遺編東去後，卻應荒外有諸生。（陸龜蒙〈聞圓載上人挾儒書洎釋典歸日本國更作一絕以送〉唐629）

穎士聲名動倭國，樂天辭筆過雞林。（孫覺〈客有傳朝議欲以子瞻使高麗大臣有惜其去者白罷之作詩以紀其事〉宋632）

前朝貢獻屢往來，士人往往工詞藻；徐福行時書未焚，逸書百篇今尚存；令嚴不許傳中國，舉世無人識古文；先王大典藏夷貊，蒼波浩蕩無通津。（歐陽脩〈日本刀歌〉宋299）

日本國與大唐國，一片皇風無間隔。（釋紹曇〈示日本景用禪人〉宋3425）

唐朝蕭穎士和白居易的詩文受到日人的熱愛，且產生相當影響，「穎士聲名動倭國，樂天辭筆過雞林」、「前朝貢獻屢往來，士人往往工詞藻」自是事實，但「徐福行時書未焚，逸書百篇今尚存」，「先王大典藏夷貊」，則不免想像過度；倒是日本至今保留一些隋唐佚籍，令人驚艷，才是事實。整體而言，唐宋詩人對日本政教文化與文學風氣的想像，都屬美好的一面。

五、風俗與物產的想像

對於遙遠而罕有人至的海外異國，要了解其風俗本有困難，所以唐朝方干〈送人遊日本國〉詩說「蒼茫大荒外，風教即難知」（唐649）。儘管如此，詩人們還是多少獲得一些資訊，並形諸歌詠。如關於佛教，有如下詩句：

想到夷王禮，還為上寺迎。自注：有僧遊日本，云：彼祇有三寺，上寺名兜率，國王供養；中寺名浮上，極品官人供養；下寺名祇上寺，風俗供養；有德行即漸遷上也。（貫休〈送僧歸日本〉唐831）

東方九夷倭一爾，海水截界自區宇；地形廣長數千里，風俗好佛頗富庶。（鄭思肖〈元韃攻日本敗北歌〉宋3628）

當時日本好佛且有寺廟，自屬正確，但詩人們對於日本本土的神道教是無所知的。

關於喪葬習俗，則僅一見：

不食至七日，能將禮自居；既然嚴像設，亦復奠朝晡。自注：親喪，七日不食。設座為神像，朝夕拜奠。（林同〈扶桑國〉宋3418）

據筆者所知，林同所述，並非聞自日本友人，而是根據《南史·夷貊下·扶桑國》的記載：「親喪，七日不食；祖父母喪，五日不食；兄弟伯叔姑姐妹，三日不食。設座爲神像，朝夕拜奠，不制縗經。」（《梁書》略同，僅「座」作「靈」字）林同所詠，是一組詩，包括中國境外的好幾個國家，但其中有扶桑無日本，他是宋朝人，當時早已將扶桑等同日本，所以其詩應該即指日本。不過，此一風俗恐非日本所有。

至於一般民風，少見歌詠，唯見於宋末元初蒙古軍跨海攻打日本時鄭思肖所作預言式的絕句：

涉險應難得命還，倭中風土素蠻頑；縱饒航海數百萬，不直龍王一怒間。（鄭思肖〈元賊謀取日本二絕〉宋3628）

所謂「倭中風土素蠻頑」，鄭思肖在〈元韃攻日本敗北歌〉（宋3628）的〈序〉中說：

倭人狠不懼死，十人遇百人亦戰，不勝俱死。不戰死，歸亦為倭主所殺。

「蠻頑」是表現在武士的「勇敢」之上的。不過，儘管日本武士「勇敢」，畢竟大型戰爭的勝負有時乃決定於天候，後來蒙古軍果然敗在「龍王」和「神風」的手裡，應驗了鄭思肖的預言。

物產方面，見於唐詩的有：

身著日本裘，昂藏出風塵。自注：裘則朝卿所贈，日本布為之。（李白〈送王屋山人魏萬還王屋〉唐175）

禪林幾結金桃重，梵室重修鐵瓦輕。自注：日本金桃，一實重一斤。以鐵為瓦，輕于陶者。（顏萱〈送圓載上人〉唐631）

日本裘、鐵瓦，可當作研究古器物學的資料。至於令宋人驚歎的，以日本大刀居首：

日本大刀色青熒，魚皮帖欛沙點星。……干將太阿世上無，拂拭共觀休懊惱。（梅堯臣〈錢君倚學士日本刀〉宋259）

寶刀近出日本國，越賈得之滄海東；魚皮裝貼香木鞘，黃白閑雜鍮與銅；百金傳入好事手，佩服可以禳妖凶；……令人感嘆坐流涕，鏽澀短刀何足云。（歐陽脩〈日本刀歌〉宋299，一作司馬光〈和君倚日本刀歌〉宋499）

對於日本刀，梅堯臣以干將、太阿作比，可見日本刀的精良，所以鄭思肖將「倭刀極利」（〈元韃攻日本敗北歌·序〉宋3628）視爲蒙古軍敗北的原因之一，至於日本刀裝飾之美便不在話下了。

唐宋曾由日本傳入華夏的物品自然還有其他名目，譬如摺扇等，但都見於其他文獻，詩中所見不多，唯宋人對日本貨品留下良好印象則無可疑：

其先徐福詐秦民，採藥淹留丱童老；百工五種與之居，至今器玩皆精巧。（歐陽脩〈日本刀歌〉宋299）

東方九夷倭一爾，海水截界自區宇；地形廣長數千里，風俗好佛頗富庶。土產甚夥并產馬，舶來中國通商旅；徐福廟前秦月寒，猶怨舊時嬴政苦。（鄭思肖〈元韃攻日本

敗北歌〉宋3628）

至於將器物之精良，歸因於徐福帶去的百工，這自然是華夏人士的自大。

六、結語

日本的遣唐使和後來至中國遊歷的僧侶，在他們的著作中留下了對中國制度、學術、風俗的描述，這可稱之爲日本人眼中的中國，是比較具體的。⑧本文則以唐宋詩歌爲範疇，分析當時詩人（他們同時也是有影響力的學者或官員）對日本的印象與想像，可稱之爲中國人眼中的日本，則顯然相對模糊。但據本文討論所及，唐宋時雙方對彼此的印象與交情都很友好。元代以後，蒙古攻日、倭寇擾邊、日軍侵華，雙方乃有磨擦，造成遺憾。歷史給我們的教訓是：文化及商業的往來兩利，土地及貨物的攘奪兩害，如何選擇，端看智慧。

⑧參考古瀨奈津子撰、高泉益譯：《遣唐使眼中的中國》（臺北：臺灣商務印書館，2005年）。唯此書大多偏向唐代禮制如何影響日本的討論，缺少日人對華夏文化的評價的討論。

（本文日譯本原載《中國人の日本研究——相互理解のための思索と實踐》，日本三和書籍，二〇〇九年八月。）

范仲淹〈桐廬郡嚴先生祠堂記〉的寫作動機與目的

一、引言

宋仁宗景祐元年正月，右司諫范仲淹出守睦州，州有桐廬郡之名，郡之七里瀨有嚴子陵釣臺，因命推官章岷往構堂而祠之，①並撰此〈桐廬郡嚴先生祠堂記〉。同年六月，范氏徙知蘇州；十月，以書倩邵餗篆碑。②

此記係范氏名篇之一（以下簡稱〈范記〉），茲錄全文於下：

①見臺灣商務印書館四部叢刊《范文正公集．文正別集》卷一〈過方處士（干）舊隱詩序〉。另參《范文正公集》卷三〈和章岷推官同登承天寺竹閣〉。

②見《范文正公集》尺牘卷下〈與邵餗先生書〉。

先生，漢光武之故人也，相尚以道。及帝握赤符，乘六龍，得聖人之時，臣妾億兆，天下孰加焉？唯先生以節高之。既而動星象，歸江湖，得聖人之清，泥塗軒冕，天下孰加焉？唯光武以禮下之。在蠱之上九，眾方有為，而獨不事王侯，高尚其事，先生以之。在屯之初九，陽德方亨，而能以貴下賤，大得民也，光武以之。蓋先生之心，出乎日月之上；光武之器，包乎天地之外。微先生，不能成光武之大；微光武，豈能遂先生之高哉！而使貪夫廉，懦夫立，是有大功於名教也。某來守是邦，始構堂而奠焉。廼復其為後者四家，以奉祠事。又從而歌曰：雲山蒼蒼，江水泱泱，先生之風，山高水長。

就寫作技巧言，〈范記〉結構緊湊、章法巧妙，前代文評家的分析，已透闢幾無餘義了。③因此，寫作技巧不是本文所要探究的對象。就文章宗旨言，〈范記〉借漢光武與嚴子陵事，呼籲帝王應有「禮」、有大度，士人應有「節」、有風骨；這是閱讀〈范記〉立刻能領悟的，似乎也不必再深究了。不過，筆者認爲：如果吾人對〈范記〉的內

③略參廣文書局影印《古文析義初編》、文津出版社影印黃紱麟重刊李扶九原選《古文筆法百篇》中諸評。

涵僅有如此的認知，尚不夠完整；探討其寫作動機與目的，才能使吾人有更充分的了解。

二、寫作動機與目的

范仲淹志在用世，他爲何表彰「不事王侯，高尚其事」的嚴子陵呢？范仲淹也不是附和風雅之士，他爲何在嚴子陵去世的一千年後「始構堂而奠焉」呢？這是吾人閱讀〈范記〉理當思考的。筆者以爲：研究范氏出守睦州前後的言行，當知〈范記〉有所影射，乃有所爲而發，則上述問題便迎刃而解了。

范仲淹以右司諫出知睦州，乃因得罪宋仁宗與宰執呂夷簡，其經過是這樣的（以下組織史料成文，但各段皆以注腳注明出處及相關文獻）：

初，郭皇后之立，非上（仁宗）意，寖見疏。而后挾章獻（真宗后）勢，頗驕，後宮為章獻所禁遏，希得進。及章獻崩，上稍自縱，宮人尚氏、楊氏驟有寵，后性妬，屢與忿爭，尚氏嘗於上前出不遜語侵后，后不勝忿，起批其頰，上救之，后誤批上頸，上大怒，有廢后意。④〔先是〕，帝始與夷簡謀，以張耆、夏竦皆太后（章獻）所任用者也，悉罷之，退告郭皇后。后曰：「夷簡獨不附太后邪？但多機巧、善應變耳。」由是夷簡亦罷為武勝軍節度使、檢校太傅、同中書門下平章事、判陳州。及宣制，夷簡方押班，聞唱名，大駭，不知其故。而夷簡素厚內侍副都知閻文應，因使為中詗，久之，乃知事由皇后也。歲中而夷簡復相。〔至是〕，帝以爪痕示執政大臣，夷簡以前罷相故，遂主廢后議。仁宗疑之，夷簡曰：「光武，漢之明主也，郭后止以怨懟坐廢，況傷陛下頸乎？」⑤上意未決，外人藉籍頗有聞者，右司諫范仲淹因對極陳其不可，且曰：「宜早息此議，不可使聞於外也。」居久之，乃定議廢后。夷簡先敕有司，無得受臺諫章疏。〔明道二年十二月〕乙卯（二十三日），詔稱皇后以無子願入道，特封為淨妃、玉京沖妙仙師，賜名清悟，別居長甯宮。臺諫章疏果不得入。仲淹即與權御史中丞孔道輔率知諫院孫祖德、侍御史蔣堂、郭勸、楊偕、馬絳、殿中侍御史段少連、左正言宋郊、右正言劉渙，詣垂拱殿門伏奏：「皇后不當廢，願

---

④引自世界書局印行《續資治通鑑》卷一一三。另參《涑水紀聞》卷五、《范文正公年譜》、《宋史》卷二四二〈后妃傳〉上。

⑤引自《宋史》卷三一一〈呂夷簡傳〉。另參《涑水紀聞》卷五、《范文正公年譜》。

賜對以盡其言。」護殿門者闔扉不為通，道輔撫銅環大呼曰：「皇后被廢，奈何不聽臺諫入言？」尋詔宰相召臺諫諭以皇后當廢狀，道輔等悉詣中書，語夷簡曰：「人臣之於帝后，猶子事父母也，父母不和，固宜諫止，奈何順父出母乎？」眾譁然爭致其說，夷簡曰：「廢后自有故事。」道輔及仲淹曰：「公不過引漢光武勸上耳，是乃光武失德，何足法也？自餘廢后，皆前世昏君所為。上躬堯舜之資，而公顧勸之效昏君所為，可乎？」夷簡不能答，拱立曰：「諸君更自見上力陳之。」道輔與范仲淹等退，將以明日留百官廷爭，而夷簡即奏：「臺諫伏閤請對，非太平美事。」乃議逐道輔等，至待漏院，詔道輔出知泰州，仲淹知睦州，祖德等各罰銅二十斤。故事：罷中丞，必有告辭。至是直以敕除道輔，比還家，敕隨至，又遣使押道輔及范仲淹亟出城，仍詔：「諫官、御史自今並須密具章疏，毋得相率請對，駭動中外。」⑥

根據以上的記載，可知：仁宗之廢郭后，最初起因於帝后感情不睦、后妃爭寵奪愛，隨即夾雜了仁宗及呂夷簡兩人各自的公私恩怨的因素，而兩人爲避免孔道輔、范仲淹領導

⑥引自世界書局印行《續資治通鑑》卷一一三。另參《涑水紀聞》卷五、《范文正公年譜》、《宋史》卷二四二〈后妃傳〉上。

的臺諫的阻撓，俾迅速遂行其目的，竟採取出乎常規的嚴厲措施封殺臺諫的發言，不讓他們有爭論的機會。本來，宋代開國之後，迄無廢后往例，何況此次廢后，僅因誤批帝頸，⑦這正是臺諫進言的絕佳題目，而呂夷簡卻援引漢光武帝廢其后的故事做爲搪塞的依據。雖然兩后同屬郭姓，光武又是中興賢君，以仁宗比光武，在呂夷簡言，說詞淵博而巧妙；在仁宗言，有一個堂而皇之的下臺階；但對心知廢后真正原因的臺諫諸臣言，是無法服氣的。尤其對遭到無理的嚴厲懲罰和約束的人來說，這已經不是廢后問題，也不只是政治權力的消長的問題，而已然是君臣關係及朝臣忠奸清濁的問題了。而當時廢后事件的要角范仲淹恰巧出知光武故人嚴子陵隱居處的睦州時，若干巧合遂在心懷不平的范仲淹的胸中逐漸醞釀成作文議論的素材。

范氏外放睦州，是他宦途上的首次挫折，而且心中極不服氣。他在歲暮家家準備過

⑦據《宋史》卷三〇四〈范正辭附子諷傳〉及《范文正公年譜》載，當時范諷以皇后無子爲由贊成廢后。但呂夷簡面對臺諫時卻無法以無子爲由，因爲章獻太后即非仁宗親生母，章獻既可爲后，郭氏何以不能？因此有子無子並非當時雙方爭論的重點，而廢后詔書亦只能以郭后志願入道爲言。

年的時刻被押著出城（詳上引），赴任途中，又在淮上遇風，全家險些葬身魚腹，妻兒頗有怨言。⑧這些景況對其思維與感情都造成衝擊，這從他在睦州的半年中做了一生中分量最多的詩篇（四十餘首）此一訊息可以看出。筆者認爲：分析這些詩篇，有助於了解范氏當時的想法與心態，並能看出〈范記〉內容的若干痕迹。茲引錄這時期最引人注目且與本文有關的兩組詩如下：

〈出守桐廬道中十絕〉

隴上帶經人，金門齒諫臣；雷霆日有犯，始可報君親。

又

君恩泰山重，爾命鴻毛輕；一意懼千古，敢懷妻子榮。

又

⑧參《范文正公集》卷三〈赴桐廬郡淮上遇風三首〉。

妻子屢牽衣，出門投禍機；寧知白日照，猶得虎符歸。

又

分符江外去，人笑似騷人；不道鱸魚美，還堪養病身。

又

有病甘長廢，無機苦直言；江山藏拙好，何敢望天閽。

又

天閽變化地，所好必真龍；輒意正迂闊，悠然輕萬鍾。

又

萬鍾誰不慕，意氣滿堂金；必若枉此道，傷哉非素心。

又

素心愛雲水，此日東南行；笑解塵纓處，滄浪無限清。

又

滄浪清可愛，白鳥鑑中飛；不信有京洛，風塵化客衣。

又

風塵日已遠，郡枕子陵溪；始見神龜樂，優優尾在泥。

〈蕭灑桐廬郡十絕〉

蕭灑桐廬郡，烏龍山靄中；史君無一事，心共白雲空。⑨

又

⑨按「史君」疑係「使君」之誤。

蕭灑桐廬郡，開軒即解顏；勞生一何幸，日日面青山。

又

蕭灑桐廬郡，全家長道情；不聞歌舞事，遶舍石泉聲。

又

蕭灑桐廬郡，公餘午睡濃；人生安樂處，誰復問千鍾。

又

蕭灑桐廬郡，家家竹隱泉；令人思杜牧，無處不潺湲。

又

蕭灑桐廬郡，春山半是茶；新雷還好事，驚起雨前芽。

又

蕭灑桐廬郡，千家起畫樓；相呼採蓮去，笑上木蘭舟。

又

蕭灑桐廬郡，清潭百丈餘；釣翁應有道，所得是嘉魚。

又

蕭灑桐廬郡，身閒性亦靈；降真香一炷，欲老悟黃庭。

又

蕭灑桐廬郡，嚴陵舊釣臺；江山如不勝，光武肯教來。⑩

前一組十首，是范氏在赴任道中作，其第一、二首，乃范氏在道德層面對其秉正進諫的自我肯定，但第五首「江山藏拙好，何敢望（怨望之望）天閽」、第六首「天閽變化地，所好必真龍」，卻藏不住其情感上對仁宗與呂夷簡的不滿。後一組十首，是范氏在任之

⑩以上見《范文正公集》卷三。

作，表現的是豁達寧靜的心態，但第十首「蕭灑桐廬郡，嚴陵舊釣臺，江山如不勝，光武肯教來？」雖然語調輕快蕭灑，卻明顯的將仁宗比漢光武，將自己比嚴子陵了，不能說沒有責怪仁宗的弦外之音。因爲在情感上，范仲淹始終沒抹除被貶謫的陰影。同一時期但稍後的〈新定感興五首〉⑪之四及之五說：

去國三千里，風波起不貲；迴思洞庭險，無限勝長沙。

江上多嘉客，清歌進白醪；靈均良可笑，終日著離騷。

這是想到了賈誼與屈原，雖然他並不認同屈原面對貶謫的反應，令我們想到後來〈岳陽樓〉記中「不以物喜，不以己悲」兩句所表現的處世心胸，但那是理智上的、思維上的，而不是感情上的。總而言之，由於機緣的巧合以及對朝廷的不滿，促使范仲淹思索君臣各應有的風範，於是藉題發揮，寫下這篇傳誦千古的名作。

筆者並不寄望從資料上推尋出〈范記〉成立的全部線索。這是做不到的，因爲我們並沒有范氏思維及情感的所有記錄；這也是不可能的，因爲這種企圖不符合詩文創作的

⑪以上見《范文正公集》卷三。

實際情況。筆者的提議，是將上述的史料、睦州時期的詩作、〈范記〉三者作一綜合考察。這三者發生的時間很接近，最長不超過半年，如果說三者都提到「光武」云云，而我們卻認爲三者彼此沒有關係，恐怕不算妥當。筆者認爲在經過前文的分析後，我們可以大膽的主張：〈范記〉是極巧妙的作品。它是一篇懷古與議論意味都很濃厚的碑記，在這層次中，文章肯定了漢光武與嚴子陵；同時它也是一篇不露痕迹卻又能令人發出會心一笑的時政論，在這層次中，文章批評了仁宗與呂夷簡。在不熟悉廢后事件的人讀來，二百一十九字的〈范記〉，借漢光武與嚴子陵事，呼籲帝王應有「禮」、有大度、士人應有「節」、有風骨，內涵已極豐富。而在熟悉廢后事件的范氏友朋及若干宋人們讀來，則除上述者外，「嚴先生」分明是范氏自喻；「漢光武」分明反諷仁宗；「動星象」（嚴子陵以足加光武腹，太史奏客星犯御座）則可影射郭后誤批帝頸事，亦可指臺諫不顧仁宗意伏閤請對事；「王侯」則令人聯想起宰相呂夷簡；仁宗因小事廢后，呂夷簡公報私仇、不顧輿論，豈非有損「名教」？而維護「名教」，不正是帝相的職責嗎？帝相不顧「名教」，該誰來維護呢？不是有氣節的士子嗎？對這種讀者來說，〈范記〉雜糅了陳寅恪先生所謂的「古典」與「今典」，並引發了對當代風教的思索，因此，他們所體會到的內涵，較前者更是豐富而完整了。

三、結語

如果以上推論得實，那麼我們可以說，范氏寫作〈范記〉的動機，是基於若干機緣巧合及對朝政的不滿，而其目的，則不僅止於表彰漢光武的大度與嚴子陵的風節而已，他也想巧妙地表達謫臣對時政、風教的不滿，以及「高尚其事」的自我肯定。

范氏賦予記文豐富內涵的寫作方式，一來由於寫作藝術高度成功，二來由於范氏個人聲望，對宋代散文寫作有值得注意的影響，不過這已在本文所擬論述的範圍之外了，自當別文論之。

（本文原載《紀念范仲淹一千年誕辰國際學術研討會論文集》，行政院文化建設委員會策劃，國立臺灣大學文學院編印，一九九〇年六月。）

歐陽脩父子親友之植物愛好及其對宋詩題材的影響

一、前言

歐陽脩（西元1007~1072）乃一代偉人，除生平立身及古文、駢文、詩、詞等卓越文學成就足以令後人盛道外，學術方面亦往往開風氣之先，有拓展研究領域之功勞。經學方面，《易童子問》主張《易傳》作者非孔子、《詩本義》不全然相信《詩序》、〈問進士策〉質疑《周禮》所記官員太多應非周公所作等等，影響宋代經學研究風氣頗鉅。①史學方面，重新高揭《春秋》筆法而有《新五代史》之作。又因酷好金石銘刻，寫出第一部具份量之金石學專著《集古錄跋尾》，正式宣告金石學之成立。平日喜與友朋

①詳拙著：《宋人疑經改經考》，《文史叢刊》第55種（臺北：國立臺灣大學文學院，1980年）。

談論詩藝，首創「詩話」體裁而有《六一詩話》之作。以上所揭，乃學界習知之事，實則其它猶有足述者在，則為其博物之學也。其《筆說·博物說》云：「蟪蛄是何棄物？草木蟲魚，詩家自為一學。博物為難，然非學者本務，以其多不專，所通者少，苟有一焉，遂以名世。當漢武帝，有東方朔，張華，皆博物。」②歐公雖有「非學者本務」之語，實則生平頗留心博物，其對金石古器之愛好亦其一端。本文於博物中，僅論其父子親友對花藥草木之愛好，以見其學界不習知之另一面，遂論及此一愛好開拓宋詩之題材與詩境，以為解讀當時諸賢及宋代詩歌之一助，至於對古器、鳥獸、蟲魚、山川、風雲等之愛好則姑置之。

人之一生在學術上有一項創發，已為後人敬仰，而上舉諸項集於歐公一身，實為華夏三千年歷史中極為少見之個案。筆者研究宋代經學問題與金石學，均從歐公著作入手，極受啓發，飲水思源，高山仰止。茲值歐公一千年誕辰，謹以此文表示區區之意。

---

②本文引歐陽脩著作，均見《歐陽脩全集》（臺北：河洛圖書出版社影印斷句本，1975年），不另一一注明卷次頁數。按：此本校勘雖不佳，然異文、相關題跋標注齊全，故用之。

二、歐陽脩父子親友對植物之愛好與相關著作

宋真宗天聖八年（1030），歐公試禮部，第一，殿試，甲科第十四。該年五月，授將仕郎、試秘書省校書郎、充西京留守推官，是爲授官之始。次年，至西京洛陽上任，時西京留守爲錢惟演（962~1034），幕府中有文士尹洙（字師魯，1001~1047）、梅堯臣（字聖俞，1002~1060）等，歐公日相與爲古文歌詩，遂以文章名冠天下。至景祐元年三月，西京秩滿，離洛，凡在洛三年。居洛期間，喜賞牡丹，每於花下飲酒，猶是唐人風流。十年之後，在鎮陽河北都轉運使任上因觀他人所繪洛陽牡丹圖譜，作〈洛陽牡丹圖〉詩云：

洛陽地脈花最宜，牡丹尤為天下奇。我昔所記數十種，於今十年半忘之。
開圖若見故人面，其間數種昔未窺。客言近歲花特異，往往變出呈新枝。
洛人驚誇立名字，買種不復論家貲。比新較舊難優劣，爭先擅價各一時。

當時絕品可數者，魏紅窈窕姚黃妃。壽安細葉開尚少，朱砂玉版人未知。

傳聞千葉昔未有，只從左紫名初馳。四十年間花百變，最後最好潛溪緋。

今花雖新我未識，未信與舊誰妍媸。當時所見已云絕，豈有更好此可疑。

古稱天下無正色，但恐世好隨時移。（節錄）

三十年後，在汴京，王舉正自洛陽遣人致贈牡丹，歐公回憶當年在洛時情景，爲作〈謝觀文王尚書惠西京牡丹〉詩云：

憶昔進士初登科，始事相公沿吏牘。河南官屬盡賢俊，洛城池禦相連接。

我時年纔二十餘，每到花開如蛺蝶。姚黃魏紅腰帶鞓，潑墨齊頭藏綵葉。

鶴翎添色又其次，此外雖妍猶婢妾。爾來不覺三十年，歲月纔如熟羊肩。

無情草木不改色，多難人生自摧拉。見花了了雖舊識，感物依依幾抆睫。

念昔逢花必沽酒，起坐驩呼屢傾榼。而今得酒復何為，愛花繞之空百匝。（節錄）

蓋歐公之愛牡丹，至老不衰，屢屢見於文字。如〈玉樓春〉詞云：「常憶洛陽風景媚，煙暖風和添酒味。鶯啼宴席似留人，花出牆頭似有意。　別來已隔千山翠，望斷危樓斜日墜。關心只爲牡丹紅，一片春愁來夢裡。」

按：歐公有《洛陽牡丹記》之作。其書分三部分：花品序第一，取牡丹品種特著者列出二十四種名稱，其中數種名稱亦見於上引二詩；花釋名第二，考釋名稱之原由成因；風俗記第三，記洛中培植牡丹之法乃出接枝。此記未能確定作於何時，一般以爲早年所作，北宋末有僞託之作假梅聖俞口謂是歐公任官洛陽時所作，其說不足信，查《洛陽牡丹記》後有後人辨誤跋尾云：

士大夫家有公《牡丹譜》一卷，乃承平時印本。始列花品序及名品，與此卷前兩篇頗同，其後則曰：敘事、宮禁、貴家、寺觀、府署、元白詩、譏鄙、吳、蜀、詩集、記異、雜記、本朝、雙頭花、進花、丁晉公續花譜，凡十六門，萬餘言，前題「吏部侍郎參知政事歐陽某撰」，後有梅堯臣跋，蓋假託也。姑以三事明之：公之花釋名，

> 大概謂自唐則天已後，洛陽牡丹雖盛，然沈宋元白未嘗形容其美且異，劉夢得亦止云「一叢千萬朵」而已。蓋言今之名品，當時未有，而此乃以元白常花唱酬為一門，一也。花譜，蔡君謨所書，至今流傳。熙寧元年公跋云：「君謨絕筆於斯文。」安得此萬餘言者！二也。梅之後序云：「公初筮西洛，作花品，及參大政，亦有〈謝西京王尚書牡丹詩〉。」案梅以嘉祐五年四月卒，是冬，公乃入西府，明年，遷參政，其妄尤甚，三也。此初無足辨，特以印本流傳，恐後人或信耳。

又，歐公在〈花品序第一〉中自云：「余在洛陽，四見春。天聖九年三月始至洛，其至也晚，見其晚者。明年，會與友人梅聖俞游嵩山、少室、緱氏嶺、石唐山、紫雲洞，既還，不及見。又明年，有悼亡之戚，不暇見。又明年，以留守推官歲滿解去，只見其蚤者。是未嘗見其極盛時，然目之所矚，已不勝其麗焉。」均可見《洛陽牡丹記》不作於歐公官洛時。但〈花釋名第二〉云：「姚黃者，千葉黃花，出於民姚氏家。此花之出，於今未十年。」則《洛陽牡丹記》之作當在歐公離洛後不甚久③。此記後由蔡襄

---

③劉德清：《歐陽脩紀年錄》（上海：上海古籍出版社，2006年）將《洛陽牡丹記》繫於慶曆五年（1045）。若考慮歐公在洛陽時（1031至1034）得見姚黃，又於寫作此記時說「此花之出，於今

（1012~1067）書於石，歐公有熙寧元年跋尾一則，記蔡書乃其絕筆，蔡襄卒於治平四年（1067），則此記於歐公晚年始拓印流傳。因歐公之盛名，後遂有抄襲兼僞託之作名《牡丹譜》者④，其僞已詳上述。

熙寧五年（按：此年歐公逝世），蘇軾（1036~1101）在杭州，太守沈公⑤出《牡丹記》十卷倩蘇軾作敘，蘇軾於文中稱「強爲公記之」，其文謂：

> 凡牡丹之見於傳記，與栽植接養剝治之方，古今詠歌詩賦，下至怪奇小說皆在。……此花見重於世三百餘年，以擅天下之觀美，而近歲尤復變態百出，務為新奇以追逐時好者，不可勝紀，此草木之智巧便佞者也。⑥

未十年」，則應早於慶曆五年。

④《宋史·藝文志·農家類》有「歐陽脩《牡丹譜》一卷」，今不能判斷是否即《洛陽牡丹記》，抑爲出於僞託者。

⑤據明·薛鳳翔：《牡丹史》（合肥：安徽人民出版社，李冬生點校本，1983年），焦竑〈牡丹史序〉，沈公乃沈括（1031~1095），熙寧中知杭州。

⑥上引蘇軾文字，見宋·蘇軾：《蘇東坡全集》（臺北：河洛圖書出版社影印斷句本，1975年）《前集》卷24〈牡丹記敘〉。

按歐公上揭詩云「今花雖新我未識，未信與舊誰姸媸。當時所見已云絕，豈有更好此可疑」，《洛陽牡丹記》亦謂「余居府中時，嘗謁錢思公於雙桂樓下，見一小屏立坐後，細書字滿其上，思公指之曰：欲作花品，此是牡丹名，凡九十餘種。余時不暇讀之，然余所經見而今人多稱者，纔三十許種，不知思公何從而得之多也。計其餘，雖有名而不著，未必佳也。故今所錄，但取其特著者而次第之。」蓋歐公爲學恥炫其博，亦不欲記其怪異者，故對錢惟演不甚以爲然。蘇軾既爲歐公門生及姻親⑦，自知歐公有《洛陽牡丹記》之作及其去取標準，沈公所出著作，與上舉抄襲僞託者相近，蘇軾雖「強爲公紀之」，但心不謂然，故文中明顯透露不以然之意。然類似著作之頻出，亦足見歐公愛好牡丹之影響力矣。

牡丹之外，歐公又愛芍藥，唐人稱牡丹爲木芍藥⑧，蓋二者花相花品極相似故也。歐公於慶曆八年（1048）知揚州時，有〈眼有黑花戲書自遣〉詩云：

⑦據《新中國出土墓誌．河南卷》（北京：文物出版社，1994年）所載歐公第三子歐陽棐墓誌，棐有女二人，「次適承事郎監鄂州酒務蘇迨」，蘇迨者，蘇軾次子，然則蘇軾兄弟不僅爲歐公門生，亦有姻親關係。

⑧參《牡丹史》，卷3，〈花考〉引《太真外傳》、《天寶遺事》、《開元花本記》。

洛陽三見牡丹月，春醉往往眠人家。揚州一遇芍藥時，夜飲不覺生朝霞。
天下名花惟有此，罇前樂事更無加。如今白髮春風裡，病眼何須厭黑花。

劉敞（1019~1068）、劉攽（1023~1089）兄弟乃歐公學友，時有詩文往來，又均喜栽種花木，見《公是集》⑨、《彭城集》⑩中。關於芍藥，敞集有詩數首，攽則有《芍藥譜》一卷，見《宋史·藝文志·農家類》，以有同好，歐公宜知之。

茲有可附論者，即「牡丹」一稱之名義，歷來未有允當解釋。或以其始於盛唐，而謂武則天欲天下男子赤心效忠故曰「牡丹」⑪，筆者意不謂然。據歐公書稱「牡丹，出丹州延州」之語，則「丹」指「丹州」，更無疑義；至於「牡」字，據歐公〈風俗記第三〉稱「不接則不佳」之語，則其取意與牡蠣之「牡」意同，蓋古人尚無正確遺傳學知識，不知牡蠣亦經雌雄相配而生，而誤以爲係「鹹水結成」所「化生」，故稱爲「牡」

⑨宋·劉敞：《公是集》（臺北：臺灣商務印書館，影印文淵閣四庫全書）。
⑩宋·劉攽：《彭城集》（臺北：臺灣商務印書館，影印文淵閣四庫全書）。
⑪李樹桐：〈唐人喜愛牡丹考〉，《大陸雜誌》39卷第一期及第二期合刊，1969年7月。

⑫，牡丹出自接枝，花品之佳非全因蜂蝶配種而來，故亦稱「牡」。鄙意以爲「牡丹」二字之名義如此，附此以俟博雅君子教正。

景祐三年（1036），歐公年三十，因切責司諫高若訥不論救范仲淹事貶知峽州夷陵縣事，十月到任，在縣一年有餘。始到，有〈千葉紅梨花〉詩。夷陵無牡丹，則注意其它花木，時見呈詩友峽州判官丁元珍、推官表臣（按：姓不詳，疑姓朱）詩中，如〈戲答元珍〉云：

---

⑫唐．段成式：《酉陽雜俎》（臺北：源流文化事業有限公司，1983年9月，再版），《前集》卷17載：「牡蠣，言牡，非謂雄也。介殼中唯牡蠣是鹹水結成也。」，頁166。又，清．李時珍：《本草綱目》（臺北：宏業書局有限公司，1974年1月），卷46，介部，介之二下注：「（陶）弘景曰：『道家方以左顧是雄，故名牡蠣，右顧則牝蠣也。或以尖頭爲左顧，未詳孰是。』（陳）藏器曰：『天生萬物皆有牡牝。惟蠣是鹹水結成，塊然不動，陰陽之道，何從而生？經言牡者，應是雄耳。』（寇）宗奭曰：『本經不言左顧，止從陶說。而段成式亦云：「牡蠣言牡，非謂雄也。」且如牡丹，豈有牝丹乎？此物無目，更何顧盼？』時珍曰：『蛤蚌之屬，皆有胎生、卵生。獨此化生，純雄無雌，故得牡名。曰蠣曰蠔，言其粗大也。』」，頁21~22。按：古人昧於遺傳學，故有化生之說，然究「牡蠣」及「牡丹」名義，應以段成式、寇宗奭、李時珍說爲是。

春風疑不到天涯，二月山城未見花。殘雪壓枝猶有橘，凍雷驚筍欲抽芽。
夜聞歸雁生鄉思，病入新年感物華。曾是洛陽花下客，野芳雖晚不須嗟。

意。春來而洛陽花下之客未曾見花，此則不無自嘲意味矣。〈縣舍不種花惟栽楠木冬青茶竹之類因戲書七言四韻〉云：「結綬當年仕兩京，自憐年少體猶輕。伊川洛浦尋芳徧，魏紫姚黃照眼明。客思病來生白髮，山城春至少紅英。芳叢密葉聊須種，猶得蕭蕭聽雨聲。」聽之不足，又親自栽種，〈至喜堂新開北軒手植楠木兩株走筆呈元珍表臣〉云：「爲憐碧砌宜佳樹，自斸蒼苔選綠叢。不向芳菲趁開落，直須霜雪見青蔥。披條泫轉清晨露，響葉蕭騷半夜風。時掃濃陰北窗下，一枰閑且伴衰翁。」三四句自有明志之寓意。

慶曆四年（1044），歐公任河北都轉運使，衙在鎮陽，〈病中代書奉寄聖俞二十五兄〉有云：「昔在洛陽少年時，春思每先花亂發，萌芽不待楊柳動，探春馬蹄常踏雪。到今年纔三十九，怕見新花羞白髮。」（節錄）然其愛花之性實不曾改，其〈鎮陽殘杏〉（一本有寄聖俞字）、〈暮春有感〉、〈留題鎮陽潭園〉均充滿對花木之描寫。

慶曆五年（西元1045），歐陽脩貶知滁州，十月，到任，次年，自號醉翁。在州喜盤桓於豐樂亭、醉翁亭，其鄰近花木有出其判官謝某所種者，〈謝判官幽谷種花〉云：

淺深紅白宜相間，先後仍須次第栽。我欲四時攜酒去，莫教一日不花開。

但亦多出於手植者，〈四月九日幽谷見緋桃盛開〉云：「經年種花滿幽谷，花開不暇把一卮。」〈幽谷種花洗山〉云：「洗出峰巒看臘梅，栽成花木趁新年。史君（按：當作使君）功行今將滿，誰肯同來作地仙。」〈希真堂東手種菊花十月始開〉云：「當春種花唯恐遲，我獨種菊君勿誚。」日後撰〈憶滁州幽谷〉云：

滁南幽谷抱千峰，高下山花遠近紅。當日辛勤皆手植，而今開落任春風。

主人不覺悲華髮，野老猶能說醉翁。誰與援琴親寫取，夜泉聲在翠微中。

然則〈豐樂亭遊春〉詩云「鳥歌花舞太守醉」、「籃輿酩酊插花歸」、「來往亭前踏落花」者，以及〈豐樂亭記〉之「掇幽芳而蔭喬木」，〈醉翁亭記〉之「野芳發而幽香」，有出於歐公手植者矣。

嘉祐二年（1057），權知禮部貢舉。《歸田錄》云：「余與端明韓子華、翰長王禹玉、侍讀范景仁、龍圖梅公儀同知禮部貢舉，辟梅聖俞爲小試官，凡鎖院五十日。六人者相與唱和，爲古律歌詩一百七十餘篇，集爲三卷。……聖俞，自天聖中與余爲詩友，余嘗贈以〈蟠桃〉詩，有韓孟之戲，故至此梅贈余曰：猶喜共量天下士，亦勝東野亦勝韓。」所謂韓孟者，歐公在河北時寄〈蟠桃〉詩，以韓孟喻彼此唱和之高下，梅之答詩〈讀蟠桃詩寄子美永叔〉則自謙「嗟我於韓徒，足未及其牆，而子得孟骨，英靈空北邙」，而欲推蘇舜欽與歐公相較，「雖奔未甘降，更欲呼子美」，以上足見二人相得之狀⑬。今歐公集中有〈和聖俞感李花〉、〈折刑部海棠戲贈聖俞二首〉、〈刑部看竹效孟郊體〉諸詩，乃當時所作，其中「人生浪自苦，得酒且開釋。不見宛陵翁，作詩早白

⑬按歐集有〈讀蟠桃詩寄子美〉（一本讀下有聖俞字）「韓孟於文詞，兩雄力相當」云云，亦見梅堯臣《宛陵集》卷24，題作〈讀蟠桃詩寄子美永叔〉，中有句云「近者蟠桃詩，有傳來北方」，而此首之前一首〈郭之美忽過云往河北謁歐陽永叔沈子山〉，中有句云「忽聞人扣門，手把蟠桃枝，問我此蟠桃，緣何結子遲」，則自其內容觀之，蟠桃及〈蟠桃〉詩乃歐公所贈，歐集所收者乃梅詩也，詩題亦有誤漏。至於歐公〈蟠桃〉詩，集失載。

頭」，「昨日枝上紅，今日隨流波。物理固如此，去來知奈何，達人但飲酒，壯士徒悲歌」，均以聖俞不得志而安慰之之語。

總之，歐公愛花，一生未改，往往親手培植，形諸歌詠者，種類極多，其例除上舉者外，如〈聚星堂前紫薇花〉、〈寄生槐〉、〈西齋手植菊花過節始開偶書奉寄聖俞〉、〈和聖俞唐書局後叢莽中得芸香一本之作用其韻〉、〈昇天檜〉、〈春日獨遊上林院後亭見櫻桃花奉寄希深聖俞仍酬遞中見寄之什〉、〈金鳳花〉、〈木芙蓉〉、〈西園石榴盛開〉、〈去思堂植雙柳今已成陰因而有感〉、〈小桃〉、〈禁中見鞓紅牡丹〉、〈和江鄰幾學士桃花〉、〈答西京王學士寄牡丹〉、〈定力院七葉木〉、〈榴花〉、〈柳〉、〈井桐〉、〈和梅聖俞杏花〉、〈荷葉〉、〈賦竹上甘露〉、〈和對雪憶梅花〉、〈桐花〉、〈黃楊樹子賦〉、〈荷花賦〉等，俱見其「莫教一日不開花」之情愫。

除花木外，歐公亦頗注意可餌食之藥草。其最重視者自屬茗茶，〈嘗新茶呈聖俞〉云：「由來真物有真賞，坐逢詩老頻咨嗟。」〈次韻再作〉云：

　　吾年向老世味薄，所好未衰惟飲茶。

集中論茶種、炙碾、水質之詩文如《歸田錄》論茶品、〈雙井茶〉詩等，不下十餘首。而摯友蔡襄於茗茶素有研究，詠茶詩文頗夥，另撰有《茶錄》一卷⑭，歐公為之作跋。茗茶之外，喜食杞與菊，〈二月雪〉云：「寧傷桃李花，無損杞與菊。杞菊吾所嗜，惟恐食不足。花開少年事，不入老夫目。老夫無遠慮，所急在口腹。風晴日暖雪初銷，踏泥自採籬邊綠。」歐公對菊頗有研究，此詩非出泛論，《筆說・辨甘菊說》云：

> 《本草》所載菊花者，世所謂甘菊，俗又謂之家菊。其苗澤美，味甘香可食。今市人所賣菊苗，其味苦烈，迺是野菊，其實蒿艾之類，強名為菊爾。家菊性涼，野菊性熱，食者宜辨之。余近來求得家菊，植於西齋之前，遂作詩云：「明年食菊知誰在，自向欄邊種數叢。」余有思去之心久矣，不覺發於斯。

此外，亦及其它藥果，如〈橄欖〉云：「……酸苦不相入，初爭久方和。……良藥不甘口，厥功見沈痾。……」則有寄託之語也。而友朋間以花果餽贈，每形諸歌詠，〈和聖

⑭見《宋史・藝文志》著錄。

俞李侯家鴨腳子〉云：「鴨腳生江南，名實未相浮。絳囊因入貢，銀杏貴中州。」〈梅聖俞寄杏〉：「鴨腳雖百個，得之誠可珍。問予得之誰，詩老遠且貧。霜野摘林實，京師寄時新。封包雖甚微，採掇皆躬親。」鴨腳即銀杏也。蔡襄閩人，閩多荔芰，遂撰有《荔芰譜》一卷⑮，歐公亦爲之作跋。此外如晚年所撰《歸田錄》論及金橘、竹子、大柿等，則知歐公一生實頗用心於花藥草木。

歐公此一愛好，與朋友共之，已見上述，而亦影響其子歐陽棐（1047~1113）。棐字叔弼甫，治平四年進士，歐陽脩第三子，生平稍見《宋史·歐陽脩傳》而不詳。一九八五年，其墓誌於新鄭縣辛店鄉歐陽寺村出土，拓本、釋文並見《新中國出土墓誌·河南卷》⑯。誌載棐之家世生平、仕履鉅細靡遺，筆者已有考釋⑰。此處可討論者，則爲棐之著作成書者達十七種，治學方向均步武其父⑱，其中有《花藥草木譜》四

⑮見《宋史·藝文志》著錄。

⑯《新中國出土墓誌·河南卷》（北京：文物出版社，1994年）。

⑰詳拙作：〈宋代碑誌考釋八則〉，收入《石學續探》（臺北：大安出版社，1999年）。

⑱〈歐陽棐墓誌銘并序〉：「有《文集》二十卷，所著《堯曆》三卷、《合朔圖》一卷、《歷代年表》十卷、《三十國年號記》七卷、《九朝史略》三卷、《食貨策》五卷、《集古錄目》二十

卷（今佚），足見以棐之觀感，花藥草木確爲其父所重視學問之一科。

三、論歐陽脩梅堯臣因愛好花藥草木而對詩題詩境有所開拓

歐公友朋眾多，其中與尹洙、蘇舜欽、梅堯臣、蔡襄、劉敞、劉攽以詩文學問相切磋者最多，今仍可於諸人集中考見，當年景況，歷歷在目。而上舉諸人中，又與梅堯臣最相契合，〈乞藥有感呈梅聖俞〉：

> 因嗟與君交，事事無不同。

所謂「事事無不同」者，謂見解與愛好而言，梅堯臣仕途不得志，歐公以至好每加以提攜照顧，故知禮部貢舉時，辟爲小試官，受詔修《唐書》時，亦薦預其事，可謂篤於友

卷、《襄錄》二卷、《澄懷記》二卷、《說文字源》二卷、《協韻集》三卷、《五運六氣圖》一卷、《花藥草木譜》四卷、《六壬書》五卷、《軌革要略》二卷、《葬書》二卷，其餘雜著方編外集未成。」

誼矣。

除此之外，梅堯臣與歐陽家亦有遠房姻親關係，按歐撰〈梅聖俞墓誌銘并序〉云：「（聖俞）女二人，長適太廟齋郎薛通。」而薛通者，又見歐撰〈尙書駕部員外郎致仕薛君墓誌銘并序〉，薛君名長孺，薛通乃其次子。薛長孺者，據歐撰〈資政殿學士尙書烏部侍郎簡肅薛公墓誌銘并序〉，乃薛奎之子，而薛奎次女即歐公第三任夫人。故歐公娶於薛家，而聖俞女嫁至薛家。薛長孺早卒，據歐撰〈薛簡肅公文集序〉稱，薛奎以其弟之子仲孺爲後。仲孺，字公期，亦好藝文，故歐、梅兩人集中多見其人，乃共同之姻親。然則歐、梅唱和與饋贈之頻繁，實亦以誼兼親友之故。

梅堯臣有《宛陵集》⑲，讀其書而知其性好草木蟲魚鳥獸，愛種草木⑳，知藥性

⑲宋·梅堯臣：《宛陵集》（臺北：臺灣商務印書館，影印文淵閣四庫全書）。本文引用梅詩均見該書，不另一一注明卷次，以避煩瑣。

⑳《宛陵集》中有〈雨中移竹〉、〈植梔子樹二窠十一本於松側〉、〈移竹〉、〈南軒盆植重臺蓮移種池〉等詩。

㉑，又好出遊以觀四時山川風雲之變化，與歐公同科，關於蟲魚鳥獸山川風雲者姑置不論，集中以花藥草木爲題者至多，亦與歐公相似。嘗試加統計，歐詩861首中，詩題見花藥草木字者約60首，梅詩2702首中，詩題見花藥草木字者不下220首，而逕以花藥草木名爲詩題者亦不少（詳本篇上下文），此種情況，唐賢諸集中未曾見也。又因唱和，每多同題，如〈依韻和永叔上林院亭見桃花悉已披〉、〈禁中鞓紅牡丹〉、〈邢部廳看竹效孟郊體和永叔〉、〈次韻奉和永叔謝王尚書惠牡丹〉等皆是，亦足覘透過唱和彼此互相影響之一端。

歐公〈梅聖俞集序〉云：

> 予聞世謂詩人少達而多窮，夫豈然哉！蓋世所傳詩者，多出於古窮人之辭也。凡士之蘊其所有而不得施於世者，多喜自放於山巔水涯外，見蟲魚草木風雲鳥獸之狀類，往往探其奇怪，內有憂思感憤之鬱積，其興於怨刺，以道羈臣寡婦之所歎，而寫人情之難言，蓋愈窮則愈工；然則非詩之能窮人，殆窮者而後工也。

㉑《宛陵集》中有〈尹子漸歸華產茯苓若人形者賦以贈行〉、〈采白朮〉、〈次韻永叔乞藥有感〉、〈舟中行自採枸杞子〉、〈種藥〉、〈種胡麻〉等詩。

然則「見蟲魚草木風雲鳥獸之狀類，往往探其奇怪，內有憂思感憤之鬱積」者，非屬空言，乃是寫實，既謂聖俞，亦以自道。則讀歐、梅詩文者，宜於此處多注意其懷抱。又自詩歌史之角度觀察，草木鳥獸蟲魚固風人所愛詠，然而二人有關花藥草木題材之多，與北宋唐以前所經見者有多寡之不同，實有開拓詩題之事實，其後形成風氣，終而有專詠花藥草木之詩集出現，如宋初《梅花千詠》二卷、家求仁《草木蟲魚詩》六十八卷即是㉒；至其描寫，刻畫入微，詩境亦與唐賢不同，視爲北宋詩藝之一特色，固其宜也。

吉川幸次郎先生（1904~1980）之名著《宋詩概論》，嘗論宋詩之性質爲：

> 宋人的眼光在注視外在世界時，如在前節所說，並不局限於能給特別印象的事物。事實上，他們對極不特殊的事物也發生了莫大的與趣。一言以蔽之，就是對日常生活的注意觀察。㉓

吉川先生於舉例之後又稱：

㉒以上二書，分見《宋史》〈藝文志七〉與〈藝文志八〉。

㉓吉川幸次郎著、鄭清茂譯：《宋詩概說》（臺北：聯經出版事業公司，1977年），頁18。

像這樣對日常生活的關切與興趣，固然是中國詩歌自古以來的傳統。如最早的《詩經》三百篇所詠的多半是日常的題材，又如六朝的陶淵明、唐朝的杜甫、白居易，也都有描寫自己家庭及身邊雜事的作品。但只有到了宋代，這方面的興趣才進入了最高潮，描寫的範圍和技巧也才達到了最廣最細的地步。

至於宋詩此一特色之確立，吉川先生以爲乃在仁宗之時：

確立了新詩風的中心人物是歐陽脩與梅堯臣。兩人是很親近的朋友。雖然梅堯臣在詩歌上較有成就，但就影響的大小說來，卻遠不如歐陽脩。

吉川先生之觀察，可與本文所論相印證。唯吉川先生之視野包含全部日常生活，而本文則指出所謂日常生活如更落實具體而言，不妨以歐公「見蟲魚草木風雲鳥獸之狀類，往往探其奇怪，內有憂思感憤之鬱積」之現成語言，視爲其中一大部分。本文揭櫫花藥草木的愛好構成其日常生活與情性寄託的一部分，吉川先生大著第二章論歐、梅詩，並未注意及此，則本文或可爲吉川先生大著之注腳或補充。

四、結論

關於花藥草木之專著，歐公有《洛陽牡丹記》、劉攽有《芍藥譜》、蔡襄有《茶錄》及《荔枝譜》、歐陽棐有《花藥草木譜》，一時之間，可謂盛矣。而歐、梅關於花藥草木之詩作尤夥，以與北宋初葉及唐以上人詩比較，實具有可加注意之特色。

文學作品，反映性情，而人之性情，各有不同，故文學作品之面貌亦各不同。陶淵明、李太白性好飲酒，詩中多見「酒」字，而讀者不可以出於其人之愛好而不予重視，蓋其懷抱有寓於此中者矣。筆者謂歐、梅之詩多見花藥草木之描寫，亦不可僅以其愛好而不予重視，蓋其懷抱有寓於此中者矣，上文已略述一二，茲不能亦不必就其詩作一一分析其境。花藥草木如此，然則其於「蟲魚風雲鳥獸」狀類之吟詠，亦可以類推，而知其「羈臣寡婦」之心矣。

（本文原載《紀念歐陽脩一千年誕辰國際學術研討會論文集》，國立臺灣大學中國文學系編印，二〇〇九年六月。）

周敦頤愛的是什麼蓮

一、前言

周敦頤（1017~1073），字茂叔，學者稱濂溪先生。他是宋代理學的開山者，他留下的文化遺產，除了理學著作外，詩文作品很少，但其短文〈愛蓮說〉盡人皆知。①

〈愛蓮說〉的「蓮」字究竟指什麼植物？數十年來的中學教科書多附了圖片，極少數指那是葉片貼浮水面的睡蓮，大多數稱那是花、葉都浮出水面甚長的荷，莫衷一

① 《四庫全書總目》（臺北：藝文印書館，1989年）「周元公集九卷」提要云：「〈愛蓮說〉一篇，江昱《瀟湘聽雨錄》力攻其出於依託，然亦別無顯證。」檢江昱：《瀟湘聽雨錄》（上海：上海古籍出版社，續修四庫全書，1995年），其卷一云：「〈愛蓮說〉，鄭東里太守之僑謂意義淺俗，氣體卑弱，絕非《通書》、〈太極〉文字，有辯甚晰。」據此，謂愛蓮說〉出依託者，乃鄭之僑，非江昱。

是。儘管荷和睡蓮有相似處，而且在中國文學中，「蓮」與「荷」兩字常常混用（本文不另處理「芙蓉」、「芙蕖」、「菡萏」等詞，以免討論失焦）。「蓮」字可指荷，如〈古辭〉②有「采蓮南塘秋，蓮花過人頭」之句，蓮花既高過人頭，明顯指的是荷。「荷」字可指睡蓮，如楊萬里〈玉井亭荷花〉③「老龜大於錢，辛勤上團葉，忽聞人履聲，入水一何捷」，雖然用了玉井荷花的典故（參下文第四節），在此卻只能指睡蓮。「蓮」、「荷」在詩文中混用，其結果常常導致讀者無法分辨作者的陳述究竟何指。

然而，從植物學的觀點說，此類植物的中譯學名並沒有稱爲「荷」的科、屬、種，而都稱爲「蓮」（詳下節）。總之，荷是俗稱，其植物學上的特徵和睡蓮不同。而這個差異，涉及〈愛蓮說〉文本解讀的正確與否，也涉及該文內容是否有較深層的文化意涵的問題，應該詳辨，尤其在周敦頤本人的詩文無法提供我們直接解答的狀況下，細心分

②宋・郭茂倩：《樂府詩集》（臺北：臺灣商務印書館，影印文淵閣四庫全書，1983年），卷72。或謂此爲梁武帝〈西洲曲〉，見戴君仁編：《詩選》（臺北：中國文化大學出版部，1981年新版）。

③宋・楊萬里：《誠齋集》（臺北：臺灣商務印書館，影印文淵閣四庫全書，1983年），卷25。

析和求證是必要的。

筆者從幾個方面考察，主張周敦頤愛的「蓮」應是葉片貼浮水面的睡蓮。睡蓮是佛教的象徵，所以周敦頤有將佛教象徵轉化爲儒學象徵的企圖，這和他會通《易》理、道家學說、陰陽學說、五行學說，繪製〈太極圖〉，提出儒家式的形上學，而開創了理學，在方式上是一致的。

事實上，學界早有〈愛蓮說〉是否有轉化佛教象徵之意圖的討論（**詳參本文第四節關於詮釋史的討論**），但筆者以爲在解說上仍有餘義，且不注意「蓮」字究竟指何種植物的問題，因而重論此一議題。

本文將先從區別荷與睡蓮在植物學上的異同開始討論，其次論佛教經典所盛稱的「蓮」指睡蓮。之後，筆者將回顧〈愛蓮說〉的詮釋史，再依文本論周敦頤所指的「蓮」也是睡蓮。最後則論周敦頤的企圖是將「蓮」從佛法的意象轉爲儒家「君子」品格的意象。

如果拙說成立，讀〈愛蓮說〉者，不應只視該文爲一篇精緻可愛的小品，而應體認此文的寫作動機與深層的文化意涵。

二、植物學上的荷與睡蓮

在植物分類上，中譯學名並沒有被稱爲「荷」的科、屬、種。而稱爲「蓮」的科、屬、種，在分類上也隨著研究的細密化而有一個演變的過程。

根據1958年出版的《中國種子植物科屬詞典》④及《中國植物科屬檢索表》⑤，1979年出版的《中國植物志》⑥，中國所產，在睡蓮科 *Nymphaeaceae* 以下有3個亞科，每個亞科之下的屬多寡不一，屬下又有種，其結構如下：

---

④《中國種子植物科屬詞典》原於1958年出版，茲據其修訂本《中國種子植物科屬詞典》（臺北：南天書局有限公司，1991年）。

⑤《中國植物科屬檢索表》原於1958年出版，茲據其增訂本《中國高等植物科屬檢索表》（臺北：南天書局有限公司，1991年）。

⑥《中國植物志》（北京：科學出版社，1979年），第27卷。

睡蓮科 *Nymphaeaceae*
- 蓮亞科 *Subfam. Nelumbonoideae*
  - 蓮屬 *Nelumbo Adans.*
- 蒓亞科 *Subfam. Cabomboideae*
  - 蒓屬 *Brasenia Schreb.*
- 睡蓮亞科 *Subfam. Nymphaeoideae*
  - 芡屬 *Euryale Salisb.*
  - 睡蓮屬 *Nymphaea L.*
  - 萍蓬草屬 *Nuphar Sibth. et Sm.*

而2000年鄭武燦出版的《臺灣植物圖鑑》⑦，蓮亞科和睡蓮亞科已分別稱爲蓮科和睡蓮科，而不再都歸於睡蓮科之下。這表示從植物學上看，蓮和睡蓮在特徵上確有顯著的不同。

總之，從植物學上說，「蓮」的品種繁多，不一而足，有其葉足以承載七八歲小

⑦鄭武燦：《臺灣植物圖鑑》（臺北：茂昌圖書有限公司，2000年）。

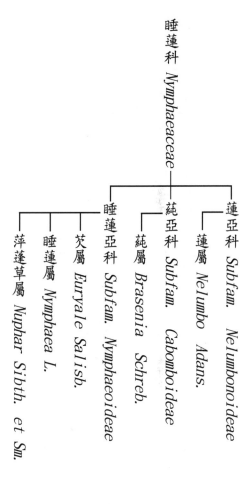

兒的大王睡蓮，也有其花小巧精緻的蓮，更有一般人不知和蓮科、睡蓮科有親屬關係的蒓、芡一類植物。爲了使臺灣及中國讀者容易了解，茲根據《臺灣植物圖鑑》的記載，舉臺灣所見的此類植物，將一般口語或文書所謂的荷與睡蓮作一植物學上的區分，以便後文的進行。

臺灣常見而俗稱爲荷的植物，《臺灣植物圖鑑》编號2021，屬於蓮科蓮屬的一種，學名*Nelumbo nucifera Gaertn*，其描述如下：

> 多年生草本，水生，根莖匍匐，長在水下土壤中，有分枝，多節，白色，圓柱形。單葉，具葉柄，柄長1~2公尺，平滑或具刺，挺出水面；葉片徑20~60公分，扁圓形或盾狀，全緣而呈波狀，中心呈杯狀，膜質，粉綠色，葉脈由中心向四方射出。花大，徑10~25公分，白色或玫瑰色，具香味；花萼4~5片，小型；花瓣多數，橢圓形　，具多數縱脈；雄蕊多數；花藥黃色。果托徑5~10公分，呈短倒圓錐形。種子長約0．8公分，卵球形，藏於果托窠孔中，頂端伸出，淡紅棕色。分佈亞洲東部、印度及澳洲北部，本省廣泛栽植。花期自5月至7月。

臺灣一般所稱的睡蓮，編號2023，屬於睡蓮科睡蓮屬的一種，學名*Nymphaea tetragona Georgi*，其描述如下：

多年生草本，水生，地下莖堅靭，直立，肉質。單葉，具長柄，葉片徑約7~15公分，浮貼水面，卵圓形至卵狀橢圓形，葉基鏃狀缺裂，葉緣全緣，上表面暗綠色，下表面紅色。花徑5~8公分；花萼4片，長3~4公分，寬1~1．5公分，綠色，闊披針形至窄卵形，先端近銳形；花瓣8~15片，長3~5公分，寬1~1．5公分，先端近銳形；雄蕊多數，約40枚，黃色，外層較寬，呈花瓣狀，內層線狀，藥隔不延伸。果實卵球形。分佈西伯利亞、中國、日本及北美，本省產在低海拔池塘和湖泊。花期自5月至7月。

從以上的描述，可知荷和睡蓮雖有相同點，但有許多不同，譬如在水面下，荷有橫長可食的藕，而睡蓮沒有，在水面上可見且明顯的分別，便是荷的葉片與花的柄可長至1~2公尺且浮出水面，而睡蓮的葉片則浮貼水面，花僅伸出水面少許。

另外在臺灣常見的還有俗稱「水蓮花」的萍蓬草，編號2022，也屬睡蓮科，學名*Nuphar ahimadai Hayata*，其花似睡蓮，浮出水面之長度亦同睡蓮；但其葉片略成心形，與睡蓮葉片較圓不同，葉片或漂浮，或浮出水面少許，此點亦與睡蓮不盡相同。

總之，在植物學上說，荷和睡蓮的特徵是不同的。

三、佛教所稱的蓮指睡蓮

佛教與「蓮」關係密切，梵語與「蓮」有關者都翻譯成「蓮」，極少譯成「荷」的，所以極樂世界稱「蓮邦」，諸佛菩薩之座稱「蓮臺」、「蓮座」，結蹶跏坐稱「蓮花坐」，袈裟稱「蓮花衣」，有經曰「妙法蓮花經」，有社曰「蓮社」。不過，單從翻譯的字面看，並不能證明以上的「蓮」字指的即是睡蓮而不是荷，還要根據佛教文獻來證明，而且必須以印度的品種及其特徵爲準，不應以中國或臺灣的品種爲據，上一節的引述只是先提供讀者一個基本的概念，以便對照。

根據《佛光大辭典》⑧「蓮華」條的解釋：

⑧慈怡主編：《佛光大辭典》（高雄縣：佛光出版社，1988年）。

在印度，稱蓮華者，可大別為二種。

（1）缽頭摩華，梵語*padma*，巴利語同。學名*Nymphaea alba*。即蓮華。又作缽曇摩華、缽特摩華、般頭摩華、缽弩摩華、波曇華、波慕華。譯為赤蓮華、赤蓮、紅蓮華、赤黃蓮華、黃蓮華。有赤、白二色，是否實有黃色則不詳。通常缽頭摩華即指赤蓮華而言；八寒地獄之中，有缽頭摩地獄、摩訶缽頭摩地獄，即譯為紅蓮地獄、大紅蓮地獄。此乃因地獄之眾生，由於寒冷，故身體凍成紅色，皮破而呈血赤之色。

（2）優缽羅華，梵語utpala，巴利語uppala。即睡蓮。學名*Nymphaea tetragona*。又作優缽華，烏怛缽羅華、優盋羅華。譯為青蓮華、黛華、紅蓮華。有青色、赤色、白色等。其中以青色者為最著名，即尼羅烏缽羅華（梵nilotpala），又作泥盧缽羅華，譯為青蓮華。在經典中，形容佛眼之微妙，即以其葉為喻；口氣之香潔則以其花為喻。青蓮花為千手觀音四十手中之右一手所持物，此手即稱青蓮華手。又八寒地獄之第六為優缽羅地獄，八大龍王之一為優缽羅龍王。前者因冰混同水色而呈青色，或因寒氣而使皮膚凍成青色，故稱優缽羅地獄。後者因龍王所住之處即優缽羅華所生長之池，故以之為名。

> 此外，拘勿頭華，梵語kumuda。又作拘牟頭華、俱物頭華、句文羅華。譯為白蓮華、地喜花，即白或紅之睡蓮，亦有黃、青二色，此恐係指赤、白優缽羅華而言。……另有分陀利華，梵語pundarika，學名Nelumbo nucifera。又作分陀利迦華、分荼利迦華、奔荼利華、本拏哩迦華；譯為白蓮華，又稱百葉華、妙好華。亦為白色睡蓮之一種。不被煩惱污染之清淨無垢佛，其法性即喻為分陀利華。《悲華經》及《妙法蓮華經》即以此華為經題。又千葉蓮華，乃有千枚花瓣之蓮華，係供養佛陀所用，即為佛所坐之華臺。
>
> 又《大日經疏》卷十五列舉五種西方之蓮華，即缽頭摩華、優缽羅華、泥盧缽羅華、拘勿頭華、芬荼利迦華。

據上，缽頭摩華、優缽羅華、泥盧缽羅華的學名共同的是*Nymphaea*，乃是睡蓮。而拘勿頭華，上引文明白的說是「即紅或白之睡蓮」。至於分陀利華，學名雖然稱*Nelumbo nucifera*，在植物學上屬於蓮科，但上引文說它「亦爲白色睡蓮之一種」，可見該品種之葉漂浮水面，所以一般人以爲它也是睡蓮。由此可見，佛教經典所稱之蓮，指的是睡蓮。

以上的引述，不妨再以《中華佛教百科全書》⑨「蓮華」條的斷語作結，更爲清楚明白：

> 佛典中所提及的蓮華，與中國、日本之圓形葉蓮不同，是一種橢圓形葉的睡蓮。

四、〈愛蓮說〉詮釋史的回顧

〈愛蓮說〉見清康熙間張伯行編《周濂溪先生全集》⑩卷八，此文是北宋仁宗嘉祐八年（1063）石刻墨本，朱熹從周敦頤曾孫周直卿處獲得者，其文爲：

> 水陸草木之花，可愛者甚蕃。晉陶淵明獨愛菊，自李唐來，世人盛愛牡丹。予獨愛蓮之出淤泥而不染，濯清漣而不妖，中通外直，不蔓不枝，香遠益清，亭亭淨植，可遠

⑨藍吉富主編：《中華佛教百科全書》（臺南縣：中華佛教百科文獻基金會，1994年）。

⑩宋．周敦頤：《周濂溪先生全集》（臺北：藝文印書館，百部叢書集成，正誼堂全書本）。

觀而不可褻玩焉。予謂：菊，花之隱逸者也。牡丹，花之富貴者也。蓮，花之君子者也。噫！菊之愛，陶後鮮有聞。蓮之愛，同予者何人？牡丹之愛，宜乎眾矣。

古人對〈愛蓮說〉的「蓮」如何了解？最好回顧一下它的詮釋史。

談到〈愛蓮說〉的詮釋史，自然最好從宋代開始。《周濂溪先生全集》，卷九「附錄諸賢贈送唱酬等作」、「附錄諸賢懷仰記述等作」收有不少濂溪同時及後人的相關詩文，其中或對濂溪的愛蓮有若干聯想，茲錄如下：

一帆風雪別南昌，路出涪陵莫恨長；綠水泛蓮天與秀，蜀中何處不聞香。（任大中〈送周茂叔赴合州簽判〉）

先生雅愛水中蓮，尤愛蓮花峰下泉；此水此蓮誰會得，一窗生意草芊芊。（潘之〈濂溪六詠〉之二。自注：濂溪發源於盧阜蓮花峰下）

聞道移根玉井傍，開花十丈是尋常；月明露冷無人見，獨為先生引興長。（朱熹〈愛蓮詩〉。編者附注：此詩近見《遺芳集》，錄之）

以上三詩都提及「蓮」字，前二詩無法判斷詩中指的是荷還是睡蓮。朱子之作，所謂「開花十丈」用的是韓愈〈古意〉詩的典故：

太華峰頭玉井蓮，開花十丈藕如船；冷比雪霜甘比蜜，一片入口沈痾痊；我欲求之不憚遠，青壁無路難夤緣；安得長梯上摘實，下種七澤根株連。

這當然說的是荷，不過韓詩的依據卻是更早的神話和道教之說，不是實指。錢仲聯《韓昌黎詩繫年集釋》⑪卷二，在「太華峰頭玉井蓮」句下云：

魏本引韓醇曰：《華山記》云：「山頂有池，生千葉蓮花，服之羽化，因曰華山。」方世舉注曰：〈西山經〉：「太華之山，削成而四方，其高五千仞，其廣十里。」古樂府〈捉搦歌〉：「華陰山頭百丈井，下有泉水徹骨冷。」

在「開花十丈藕如船」句下云：

《法苑珠林》：《真人關尹傳》曰：「老子曰：『真人游時，各各坐蓮華之上，華徑

---

⑪錢仲聯：《韓昌黎詩繫年集釋》（臺北：河洛圖書出版社，1975年）。

十丈，有返生靈香，逆風聞三十里。』」

由此可見，朱子〈愛蓮詩〉其實與濂溪〈愛蓮說〉無關。而藉上引錢仲聯的集釋文字，可知在佛教進入中土一段時間之後，道教也將佛教象徵的蓮花化入自己的傳說中。上引三詩之外，黃庭堅的〈濂溪詞并序〉，其「詞」有句云：

津有舟兮池有蓮，勝日兮與客就閒，人聞挐音兮不知何處，散髮醉歌荷為蓋兮，倚芙蓉以當妓。

黃庭堅的「序」，對結廬所在取名濂溪的描述頗不正確，業經朱熹〈濂溪說〉⑫一文予以糾正。而筆者也要指出，上引「詞」對「蓮」與「荷」的描寫，似乎顯示黃庭堅心目中的「蓮」指的是荷，否則就不會「人聞挐音兮不知何處」。但是，黃庭堅把濂溪的舉止和心境寫成「散髮醉歌荷爲蓋兮，倚芙蓉以當妓」，比較像李白而不是周敦頤。總之，以上宋人的詩文或不能證明什麼，或難以憑據。

⑫亦收入《周濂溪先生全集》，卷9。

袁甫〈白鹿書院君子堂記〉⑬稱濂溪：

> 先生之學，該貫天地萬物而獨愛一蓮，何哉？蓮亦太極也。中通外直，亭亭淨植，太極之妙具于是也。

此一說法，將〈愛蓮說〉和〈太極圖〉牽扯一起，而認爲蓮的特徵具有理學內涵，並引發後來學界的種種推測。

明代周文靖有一幅畫，名〈周茂叔愛蓮圖〉，收入《唐宋元明名畫大觀》⑭下冊第176幅，此圖的「蓮」是溪中的成片睡蓮，可見對於濂溪愛的是什麼蓮，周文靖所理解的是睡蓮。

清代李扶九的《古文筆法百篇》⑮卷九收有〈愛蓮說〉，並分析道：

---

⑬宋．袁甫：《蒙齋集》（臺北：臺灣商務印書館，影印文淵閣四庫全書，1983年），卷13。

⑭《唐宋元明名畫大觀》（臺北：成文出版社有限公司，1976年）。

⑮清．李扶九：《古文筆法百篇》（臺北：文津出版社，1978年）。

> 二氏言性，多以蓮為比。言「火裡種金蓮」，即「出淤泥而不染」也。佛之身坐碧蓮台，即「中通外直」、「亭亭淨植」也。先生有〈題蓮詩〉云：「佛愛我亦愛，清香蝶不偷，一般清香味，不上美人頭。」先生於世皆淡，而獨愛蓮乎？非愛蓮也，愛其與己性合也。今觀「淤泥」七句，俱是言性，不知者以為是說蓮也。

又其〈書後〉說：

> 周子愛蓮之作，其曰「中通外直」，蓋謂有合一陰一陽之道，合虛與氣而名之也。其曰「不染」、「不妖」、「不蔓不支」，蓋謂有合性善之旨，而不同於遷就可轉、渾淪無別也。其曰「春遠益清，亭亭淨植，可遠觀而不可褻玩」，蓋謂有合元亨利貞之保合太和，仁義禮智之發皆中節，宜活潑不宜膠執也。

以上兩段引文的詮釋，前者認爲〈愛蓮說〉中的「蓮」是濂溪用以暗喻自己的性情，後者則認爲「出淤泥而不染」以下七句都蘊涵濂溪的性理學說。筆者比較能認同前者，亦即濂溪以「蓮」爲自己人格（君子的人格）的象徵，而且其靈感的來源與佛道二教有關。但李扶九的詮釋並未直接表示「蓮」指的荷還是睡蓮，而且以「火裡種金蓮」即

「出淤泥而不染」，佛之身坐碧蓮台即「中通外直」、「亭亭淨植」，與上引及下文將引的佛典之說未能侔合。至於後者，逕以陰陽氣性等為說，乃承袁甫之論而來，其詮釋不免附會，筆者以為置之不論可也。又，前者謂濂溪有〈題蓮詩〉云云，又見於《韻府群玉》⑯卷五「荷」字條下，因不見於《周濂溪先生全集》，姑存疑不論。

林語堂《生活的藝術》⑰中〈論花和折枝花〉：

> 湖蓮自成一種，且據我看來，是花中之最美者。消夏而沒有蓮花，實不能稱為美滿。如若屋旁沒有種荷的池子，則可以將它種在大缸中，不過這種法缺少了一片連綿，花葉交映，露滴花開，芳香裏里的佳景（美國的水蓮和中國的荷花不同）。宋代名士周濂溪著文解釋他愛蓮的理由，並說蓮花是出於淤泥而不染，所以可比之為賢人。這完全是儒家的口氣。

從林語堂對湖蓮的描寫看，對於濂溪所愛的「蓮」，他的認知是荷。

⑯元·陰時夫：《韻府群玉》（臺北：臺灣商務印書館，影印文淵閣四庫全書，第951冊）。
⑰林語堂：《生活的藝術》（臺北：遠景出版事業公司，1986年）。

民國以來，初中國文課本多數選了〈愛蓮說〉。民國七十四年《國民中學國文》試用本第二冊第十三課是〈愛蓮說〉，課文下附有圖片，乃是睡蓮，其「題解」說：

作者藉蓮的特質來比喻君子的美德。

課本對「濯清漣而不妖」濯的是什麼，「中通外直」的直指的又是什麼，雖未多加著墨，但從所附圖片可以推論，課本編輯群認爲睡蓮的葉才能說「濯清漣而不妖」，睡蓮的花才能說「中通外直」，荷則不能。

但民國七十六年《國中國文》正式版本、七十九年的改編本等，所附的圖片都清楚的是荷。此後部編本或各家出版社所出《國中國文》課本所附圖片，不論攝影或是手繪插圖都是荷。

友人陳益源教授稱：嘉義縣及金門廟宇，多有茂叔愛蓮圖，均作荷花狀。此與該圖繪於棟樑高處，若作睡蓮則不易達意或許有關。茲特附載於此。⑱

---

⑱陳益源：《嘉義縣寺廟雕繪暨傳說故事之調查與研究成果報告書》（嘉義縣：國立中正大學，1999年）。唐蕙韻、王怡超：《金門縣寺廟裝飾故事調查研究》（金門縣：金門縣文化局，2009

在中國大陸，邱漢生、張豈之主編的《宋明理學史》⑲中有一節名〈愛蓮說的佛說因緣〉，又高等學校統編教材《中國思想史》⑳亦稱〈愛蓮說〉有深層的佛學因緣，其他單篇論文談論者頗多，或稱〈愛蓮說〉與佛學無關㉑，或稱周敦頤思想與佛學相通㉒，或稱愛蓮說靈感來自佛道二教㉓，或稱以蓮爲君子象徵不完全因襲佛典㉔，種種不一；但都無人討論荷與睡蓮的問題。

綜合上述，〈愛蓮說〉的「蓮」，有人認爲指荷，有人認爲指睡蓮。有人不論靈感來源，有人認爲與佛教或道教有關。

年）。

⑲侯外廬、邱漢生、張豈之主編：《宋明理學史》（北京：人民出版社，1984年）。

⑳《中國思想史》（西安：西北大學出版社，1993年）。

㉑如任俊華、彭麗瑤：〈愛蓮說並非佛學因緣說〉，《湖湘論壇》，1995年第2期。

㉒如宋道發：〈周敦頤的佛教因緣〉，《法音月刊》，2000年第3期。

㉓如郝允龍：〈周敦頤何以對蓮情有獨鍾〉，《中國古代文學研究》，2007年7月。

㉔如俞香順：〈愛蓮說主旨新探〉，《江海學刊》，2002年5月。

五、從文本論〈愛蓮說〉指的是睡蓮

在漫長的詮釋史中，學者認知各異。但筆者發現：沒有人從植物學的角度去作分辨，也因而對〈愛蓮說〉文本上的字眼不夠敏感。

從字面看，〈愛蓮說〉可以討論前揭議題的文句有「出淤泥而不染，濯清漣而不妖，中通外直，不蔓不枝，香遠益清，亭亭淨植，可遠觀而不可褻玩焉」等七句。作者的描寫，顯然包括了水面以上的花、葉片、葉片和花的柄三個部分，而沒有涉及水面下的根、莖部分。

先論花。不論荷或睡蓮，都有浮出水面的花，而且都散發清香味，因而都符合「出淤泥而不染」和「香遠益清」的文意。再論葉片，荷的葉子高出水面不少，睡蓮的葉片則貼浮水面，濯是洗滌的意思，漣是漣漪，指水，葉片遠離水面的荷是無法以清漣洗滌的，只有葉片貼浮水面、與漣漪盪漾成趣的睡蓮才能說「濯清漣而不妖」。最後論葉片和花的柄。荷的花和葉片因為浮出長達1~2公尺，其柄都帶有相當幅度的彎曲，風來尤甚，固然「不枝不蔓」又「中通」，但豈能稱爲「外直」？只有花柄僅浮出水面少許的睡蓮，才真正是「中通外直，不枝不蔓」。以上分析，讀者親臨池畔觀察，便知所言不虛。可見〈愛蓮說〉的「蓮」指的是睡蓮。

友人廖美玉教授稱：荷爲經濟作物，有蓮藕、蓮蓬，農家以時採收，似不宜謂之「可遠觀而不可褻玩焉」。睡蓮無蓮藕、蓮蓬可採，不屬經濟作物，而爲觀賞植物，故可稱爲「可遠觀而不可褻玩焉」。此解可稱別有會心。

六、周敦頤將蓮從佛法的象徵轉化為君子的象徵

朱熹於南宋孝宗淳熙六年（1179）書〈愛蓮說〉後，略云：

> 右〈愛蓮說〉一篇，濂溪先生之所作也。先生嘗以「愛蓮」名其居之堂，而為是〈說〉以刻焉。

可見濂溪名其堂爲「愛蓮」，並爲此特撰〈愛蓮說〉。古人名其堂室均有寓意，所以不宜僅以其植物愛好視之。在濂溪之前，儒家學術著作或其文學作品中尚無以「蓮」爲「君子」之象徵者，有之自濂溪始，理當有更深一層之寓意。

筆者認爲他有意將「蓮」的象徵意義從佛法轉化爲儒學，從諸佛菩薩轉化爲君子，證據即在「出淤泥而不染，濯清漣而不妖，中通外直，不蔓不枝，香遠益清，亭亭淨植，可遠觀而不可褻玩焉」等七句的意涵，大部分承襲佛經而來。按：梁譯、陳·真諦釋《攝大乘論釋》㉕卷十五載：

蓮花有四德：一香，二淨，三柔軟，四可愛。

又據宋·法護（?~1058）等譯《佛說除蓋障菩薩所問經》㉖卷九載：

㉕陳·真諦釋：《攝大乘論釋》，收入《大正藏》（臺北：新文豐出版股份有限公司，1983年修訂版），第31冊。

㉖宋·法護等譯：《佛說除蓋障菩薩所問經》，收入《大正藏》（臺北：新文豐出版股份有限公司，1983年修訂版），第14冊。

菩薩若修十種法者，即如蓮華。何等為十？一者離諸染污。二者不與少惡而俱。三者戒香充滿。四者本體清淨。五者面相熙怡。六者柔軟不澀。七者見者皆吉。八者開敷具足。九者成熟清淨。十者生已有想。善男子！云何是菩薩離諸染污？譬如蓮華出於水中而水不染。……云何是菩薩戒香充滿？譬如蓮華生時處妙香廣布，菩薩亦復如是。……云何是菩薩本體清淨？譬如蓮華生時自然潔白，隨其方所，婆羅門、剎帝利、一切人民共所稱讚。……云何是菩薩面相熙怡？譬如蓮華當開敷時，令諸見者心意快然生適悅故。

按法護爲天竺人，生年不詳，但據《續資治通鑑長編》卷九十七「（真宗天禧五年，1017）十一月丁丑以司空兼門下侍郎太子少師平章事丁謂爲譯經使兼潤文，時譯經三藏法護等請依唐制命宰臣充使故也」㉗，則周敦頤之生年（1017）法護已爲譯經三藏。又，《除蓋障菩薩所問經》，梁·曼陀羅仙已譯，名《寶雲經》；又與僧伽婆羅同譯，名《大乘寶雲經》；又有唐·達摩流支譯，名《佛說寶雨經》。故該經至少曾經四譯，

㉗宋·李燾：《續資治通鑑長編》（臺北：臺灣商務印書館，影印文淵閣四庫全書，1983年），卷97。

今以法護所譯者最爲暢達，故引據於上。由此可見，不僅「可愛」一詞，〈愛蓮說〉中形容蓮花的七句中，「出淤泥而不染，濯清漣而不妖，香遠益清，亭亭淨植」四句意思完全出於佛經，「中通外直，不蔓不枝，可遠觀而不可褻玩焉」三句才是濂溪依據儒家價值加入的新意，諸如正直、一以貫之、望之儼然等，有承襲，有創新，而將「蓮」的意象從諸佛菩薩轉化爲君子。附帶說明，「濯清漣而不妖」的「妖」字，周敦頤也意有所指。據《新唐書·楊再思傳》，張昌宗排行第六，貌美異常，楊再思言：「人言六郎似蓮華，非也，正謂蓮華似六郎耳。」如張昌宗之「妖」而爲武則天所寵，自然不符濂溪心目中的君子形象。

根據上述，濂溪對於西土與華夏的蓮花典故，都了然於胸，卻能輕鬆道出己見，不著痕跡，實極高明。

七、結論

佛教中的「蓮」指的是睡蓮，〈愛蓮說〉中「蓮」的君子意象大部分承襲自佛經，一部分則由濂溪以儒家價值加入。文本中的「濯清漣而不妖」、「中通外直」兩句，從植物的特徵上說，也明顯指睡蓮。這說明濂溪此文有將諸佛的象徵轉化為君子的象徵以豐富儒家君子之內涵的意圖，有如他會通《易》、老、陰陽、五行並轉化為儒家的形上學。只是他的處理方式，如其為人，雲淡風清，極為低調，濂溪為人傾倒者，此為其一。學者稱，理學乃儒者融合釋老而來，於〈愛蓮說〉又得一證。

若從文學與文化的角度看，以物象徵君子，在玉、松、蘭、菊、竹等之後，傳統文化中從此又增加了睡蓮一項，雖然不少人誤解為荷。

（本文原載《成大中文學報》，第二十七期，二〇〇九年十二月。）

蒙元回回教世家之漢詩人薩都剌的文化情懷

一、前言

蒙古建立的元朝，繼北朝和隋唐之後，為華夏再一次帶來種族和文化的多樣性，這自然會在許多面向發生效應。因而觀察當時人物的習性、思維與文化活動，對了解歷史的複雜發展，具有實質的意義。陳垣《元西域人華化考》①便在色目人華化這個面向做出了極佳的範例，學界自然還可以予以深化，甚至從反面向探討漢族的蒙古化或色目化問題。

本文以蒙元治下的回回教世家的漢詩人薩都剌為探討對象，即是在上述思考的脈絡下的選擇。由於薩都剌留下的文字作品都是詩詞，本文將以其裔孫薩龍光編注的十四卷

①陳垣：《元西域人華化考》（臺北：世界書局，1962年）。

本《雁門集》②為依據（本文凡引此集均僅注卷次），從薩都剌對宗教的態度，對家國社會的關懷，以及其個人的生活情趣等方面，探討此一角色複雜的人物，如何形成其個人心中之世界。結論是：薩都剌雖是回回教世家的色目人，但在文化上已完全轉化，成為不折不扣的華夏文人。

在展開論述之先，有必要先對論文題目中稱薩都拉為「回回教世家之漢詩人」略做說明。此稱是筆者經過思考後，依據陳垣《元西域人華化考》「回回教世家之中國詩人」的稱謂而略作改變。陳垣所謂「回回教世家」，意謂其先祖雖信回回教而本人則未必。陳垣「中國詩人」之稱，筆者改為「漢詩人」，是因「中國」一詞歧義太多，而且蒙元時期在華夏活動的種族、語言、文字也很多樣化，不如用「漢詩人」一詞，才不會有歧義。

再者，薩都剌的族屬問題，在陳垣論證之後，仍出現極多異說，本文則主陳垣原說，而更重要的理由是，華夏自來重視文化歸屬而不強調族屬，本文論薩都剌的文化情

---

②元·薩都剌撰，清·薩龍光編注：《雁門集》（清嘉慶十二年薩龍光跋，福建侯官縣刻本）。

懷，尤與族屬無涉，因而本文將不討論族屬問題。至於生卒年的問題，由於缺少明確記載，也有異說，但此事與本文宗旨並不相涉，因而也不深入討論。薩龍光編注的《雁門集》，乃一編年本，對作品的編年，基本上可靠，本文予以採信，唯對生卒年則有所保留③。

以下分宗教情懷、家國情懷、文士情懷三項，參酌前人的研究成果，以探討薩都剌的內心世界、文化情懷。

二、薩都剌的宗教情懷

③關於薩都剌之生卒年，薩龍光據〈北人塚上〉詩「閩嶺相望六十六」句，謂「公蓋自數其年也。以是年後至元丁丑，逆數至六十六年，爲世祖至元九年壬申，是公之生年也。……公有〈李清菴見過〉詩，云：『何人更有八十歲』，是在順帝至正十一年辛卯，公年八十也。大抵公之卒在至正十七、八年間，公年約八十六、七云。」按：「閩嶺相望六十六」句，語意模糊，六十六是否自指年歲，不無疑問，「何人更有八十歲」句，是自稱或指李清菴，亦頗難言，故本文有所保留。至於大部分詩作之編年，由於薩龍光之注多取時事相印證，故基本上予以採納。

薩都剌，字天錫，號直齋。祖薩拉布哈（又譯思蘭不花），父傲拉齊（又譯阿魯赤），陳垣依此名字斷定出自回回，無誤，但這不代表移居華夏已久的回回都仍然信奉回回教。薩都剌早年之生活與學業不詳，但依薩龍光對《雁門集》的編年，開卷數首之內容都與宗教界有關，且終身喜好遊覽寺觀，則研究薩都剌，必先討論其宗教信仰的問題。據統計，薩都剌的詩作中，涉及僧道寺觀的篇什多達一百八十餘首，佔全部作品的兩成以上，④其中包括蒙古祭拜「長生天」的描寫⑤。薩都剌和佛教、道教僧侶的往來明白反映在詩作中，但全集中沒有任何信奉回回教的信息，反而有不少他並非穆斯林的證據。下文將先論述薩都剌不是穆斯林，因爲薩都剌若信回回教，其文化情懷將強烈反映出異於華夏人士的成分。

④參龔世俊：〈薩都剌的詩歌與元代宗教〉，文載《寧夏大學學報．人文社會科學版》，第26卷，2004年第1期。

⑤如卷6〈上京即事五首〉第二首：「祭天馬酒灑平野，沙際風來草亦香；白馬如雲向西北，紫駝銀甕賜諸王。」薩龍光編注引《元史．祭祀志》說之：「元興朔漠，代有拜天之禮。世祖中統二年，親征北方。夏四月，躬祭天于舊桓州之西北，灑馬湩以爲禮，皇族之外，無得而與。自是南郊大祀必設馬湩，因舊俗也。」

（一）回回教

回教戒律甚嚴，在後世，回教徒家庭的子女很難不是回教徒，但蒙元時期在華夏的回回未必一定仍信回回教。從薩都剌的詩詞作品觀察，他沒有信仰單一宗教的痕跡。

中國學者薩兆潙指出：回回教戒飲酒，而薩都剌自少至老嗜飲成性，乃因蒙古化的關係。⑥的確，《雁門集》中描寫自己劇飲的詩歌甚多，如他與弟薩野芝（字天與）同舟阻風，兩人偷閒飲酒，〈崔鎮阻風〉（卷1）云「河魚村酒不足醉，賴有同舟好兄弟」。在佛寺中也飲酒，〈宿經山寺二首〉（卷2）云「痛飲不知過夜半，深山風露下松枝」。與道士交也飲酒，〈雪中飲昇龍觀〉（卷7）云「山瓢未盡金陵酒，玉樹飛花滿石壇」。甚至全家一起飲酒，〈溪行中秋翫月並序〉（卷10）寫全家爲母祝壽，「鯉鯽鮮大如江鱸，奉觴酌酒前拜趨，月波蕩酒如浮酥，子爲母壽婦壽姑，阿妹次進偕婿夫，酌獻亦及婢與奴」。嗜飲酒，這乃是薩都剌自身和其家人在生活習俗上的劇變。不過，張迎勝則舉證說明回回教並非絕對禁酒，如《長春真人西游記》對回回（回紇）生活的描

⑥薩兆潙：〈一位蒙古化的色目詩人薩都剌〉，文載《北京社會科學》，1997年1期。

寫多次提到「葡萄酒」⑦，劉祁《北使記》也記載回回（回紇）「雖齋亦酒脯自若」、「釀葡萄爲酒」⑧，所以僅憑飲酒一事不足以斷定薩都剌不是穆斯林。⑨雖然如此，筆者仍願接受薩兆溈的判斷，因爲薩氏進一步指出，回回教一日之內要做五次禮拜，每年有一次全月齋戒，但均不見於薩都剌詩詞所反映的生活中。又回回教禁止教外通婚，而其家人有之，亦可爲薩都剌已不信回回教的佐證。⑩但薩兆溈所言，還不是直接證據，以下筆者所述，方屬正面證據。薩都剌老家本在北方，由於早年經商其後又宦遊四方，

⑦筆者檢元．李志常：《長春真人西遊記》（臺北：藝文印書館，百部叢書集成，連筠簃叢書本，1967年），書中使用「回紇」一詞，但實指「回回」，陳垣《元西域人華化考》有說。且據書中載「大石馬」引導眾民祈禱之事，「大石馬」即「答失蠻」，文中回紇（回回）所爲確屬伊斯蘭教儀式。

⑧筆者檢王國維校注金．劉祁：《北使記》（臺北：文華出版社，王觀堂先生全集，第13冊，古行記四種校注），書中言「其婦人衣白，面亦衣，止外其目。……人死，不焚，葬無棺槨，比殮，必西其首。其僧皆髮，寺無繪塑」，文中之回紇（回回）確屬伊斯蘭教徒。

⑨張迎勝：〈薩都剌族籍諸說芻議〉，文載《寧夏大學學報．人文社會科學版》，第26卷，2004年第1期。

⑩薩兆溈：〈一位蒙古化的色目詩人薩都剌〉，文載《北京社會科學》，1997年1期。

所以多不在老家，〈城南偶興二首〉（卷12）第二首寫道「客裡不知春早晚，年年盃酒過清明」，說明了清明節乃是他和家族心靈相繫的符號，這不是一個穆斯林的情懷。順帝至元二年遊宦至閩，隔年清明，有〈北人塚上〉詩（卷10），描寫自己祭祖的經過和心情說：

南人城南逢清明，北人望北號哭聲；人生何處問南北，春秋霜露俱含情；
天涯芳草何青青，杜鵑口血花冥冥；酪漿一壺麥一飯，香火照日藏流螢；
自言家住大河北，閩嶺相望六十六；血氣尋甌呼應聲，音容皎皎常在目；
虛名薄利非良圖，故山松柏號夜狐；兒身有祿親不待，親墳無主兒義辜；
低頭下拜襟盡血，行路人情為慘切；紙灰低拂綠楊風，盃瀝澆殘沙上月；
人言朔客鐵心腸，誰無半餉情慘傷；宦遊既知離別苦，何如拂衣歸故鄉。

薩都剌選擇在清明時，以酪漿麥飯望北遙祭亡父，既燃香（香火），燒紙錢（紙灰低拂），又以漿酹地（盃瀝澆殘沙上月），完全是漢人習俗，而與回回教儀式不合。此乃薩都剌不信回回教的明確證據。

（二）佛教

薩都剌之非穆斯林，更反映在他與僧、道的密切往來之上。薩都剌早年多訪佛寺，與僧侶往來，故先論佛教。通觀全集，薩都剌走訪的佛寺多達三十餘座，包括鎮江鶴林寺、丹陽普照院、丹陽經山寺、丹陽陵口寺、焦山贊善庵、鎮江花山寺、延陵昌國寺、鎮江因勝寺、六合長蘆寺、金陵龍翔寺、九華山翠峰寺、江寧保寧寺、石頭城清涼寺、冶城鐵塔寺、鍾山崇禧寺、丹陽普寧寺、江寧崇國寺⑪、上元半山寺、江寧竹林寺、建康長干寺、鎮江金山寺、鎮陽龍興寺、鎮陽觀音院、高郵光孝寺、高郵羅漢寺、鉛山鵝湖寺、侯官仁王寺、甌寧雲際寺、杭州法雲寺、廬州龍潭寺、崇善寺、常州正覺寺等。

---

⑪薩龍光注云：「謹案：崇國寺未詳所在。但詩中有『門前綠柳青溪繞』之句，青溪在江寧府治，則寺亦當去府治不遠。考《江南通志》有崇因寺在江寧府城南十里，……豈國字即因字之誤歟？」

往來的和尚包括法欽上人、鶴林寺即休上人、法聞律師、亨上人、簡上人、正覺寺益山長老、金山寺龍江上人、權上人、龍翔寺欣笑隱、約上人、覺隱上人、餘杭明古上人、清涼寺白巖上人、天竺寺圓上人、鷲峰上人、廬山來復上人、國師達益巴等。這些佛教人士中，和薩都剌往來最密切的就是鎮江鶴林寺的即休上人，薩都剌遊鶴林寺詩及贈即休詩多達十七首。

由於遊覽及住宿佛寺，不免翻讀佛經，〈憶鶴林即休翁〉（卷2）寫道「地僻藤花落，窗虛貝葉翻」，甚至模仿了僧侶的習性，〈宿因勝莊二首〉（卷3）中寫道「小窗僧話久，亦學坐蒲團」，但「竹院亦幽雅，參禪愧未能」，足見薩都剌雖喜歡和僧侶往來，但並未信佛。

（三）道教

據薩龍光編年，薩都剌與道士往來較晚，始見順帝元統元年（1333），其後往來漸多。綜觀《雁門集》，薩都剌走訪的道觀和道教遺址達二十餘座，包括呂城葛觀、龍沙會仙宮、鍾山紫薇觀、鍾山青溪道院、吳江奉真道院、江寧洞神宮、茅山昇龍觀、茅山崇禧觀、茅山元符宮、茅山凝神庵、茅山玄洲精舍、鎮陽柳溪道院、真定玉華宮、長洲玄妙觀、吳山紫陽庵、閩太真觀、建陽梅仙山、桐君山祠、武夷山、抱朴子墓、會真觀、武夷山萬年宮等。

往來的道士也不少，包括紫薇觀道士馬初陽、馮友直，武夷山道士陳華隱、吳山紫陽庵女道士王守素，青溪道士江野舟，冶城道士稽秋山，舒真人，茅山劉雲江尊師、王習靈宗師、茅山派道士張雨、茅山昇龍觀道士謝舜咨，茅山道士林所源、彭元明、石山輝，正一派教主吳全節，清元觀道士陳玉泉，張道士等。其中往來最多的是茅山道士張雨和正一派教主吳全節。張雨，字伯雨，號句曲外史，善詩，《雁門集》中，詩題著張雨姓名者十一首，而所附〈倡和錄〉計收張雨酬薩詩則有九首，其往來之密切可知。又薩都剌在〈宿玄洲精舍芝菌閣別張伯雨二首〉（卷7）之二云：「外史相邀登菌閣，此身只合往瀛洲；它年叢桂結招隱，野服愿隨麋鹿游。」在〈梅仙山和唐人韻〉（卷10）說「歸隱知何日，分爐學煉砂」，都表達了對道士生活的認同，但薩都剌畢竟沒有成爲道教的教徒。

由以上的分析看來，並無薩都剌信仰回回教的任何信息。又，他雖喜遊寺、觀，能欣賞僧、道的出世生活，進而與僧侶交遊酬唱，但並非信徒。陳垣上揭書卷四云：

> 薩都剌本人，是否仍守回回舊俗，實一疑問。其〈溪行中秋玩月詩〉，則以儒自命，曰「有子在官名在儒」，此西域人習華學者之通例也。

按：陳垣所言甚是。薩都剌雖好與僧侶、道士往來，但既以儒自許，相往來的學者、官員比和尚、道士更多，今集中所見，除有姓無名、有名無姓者外，有曹克明、虞集、盧摯、吳澄、蕭𣂏、韓性、安熙、杜清碧、黃溍、王克敬、吳克恭、索士巖、翟志道、石巖、郭天錫、揭曼碩、李泂、丁太初、管卜八、蔣景山、趙伯顏、廉惠山海牙、觀音奴、王文林、易釋董阿、張翥、馬允中、程宗韻、宋本、野先不花、馬伯庸、任德照、趙世延、王功甫、金德啓、張以寧、姚子徵、張益、趙逢吉、阿魯圖、朱舜咨、王伯循、鑾子、郭尚之、許有壬、李藝、米思泰、韓仲宜、只兒哈丹、崔好德、暢曾伯、陳旅、楊子承、習思敬、顏子忠、王克紹、李諒、李竹操、高晞遠、王守誠、順子昌、王士熙、完顏子方、沙刺班、宣古泉、陰君錫、蘇天爵、李廷佐、楊維楨、鄭元祐、陳基、顧瑛、楊善卿、邱以敬、劉載民、鄧文原、孟志學、馬九皐、鄭明善、劉子謙、許榮達、王本中、邱持敬、陳謙、馬懷素、干文傳、陳行之、梅雙溪、邱臣敬、李清菴、張仲舉、倪瓚、盧琦、李孝光、李禎等九十餘人，其中名見史傳者過半，尤多著名學者、詩人及書畫家，足見薩都刺交遊之廣，並非只與僧、道往來。長期以來，大部分的華夏儒者大多與釋、道往來而不信教，薩都刺的宗教情懷正與華夏儒者相似。

三、薩都刺的家國情懷

除了逃世出家者之外，華夏知識份子的職志，長期以來都是修身、齊家、治國、平天下，若不在位，修身齊家之外，亦必關心天下大事、社會民生。以此衡量薩都刺，完全符合華夏知識份子的襟懷。以下分親情、政局、民生三項論述。

（一）親情

蒙元未開科舉之前，士子多求爲小吏或經商營生，薩都剌早歲也不例外，至吳楚一帶經商，〈醉歌行〉（卷1）寫道「紅樓弟子年二十，飲酒食肉書不識。嗟余識字事轉多，家口相煎百憂集」，足見身爲長子的薩都剌承受不小的經濟壓力。而且薩都剌經商，似乎不甚如意，〈客中九日二首〉（卷1）之一云：「寥落天涯歲月賒，每逢佳節每思家；無錢沽得鄰家酒，不敢開窗看菊花。」之二云：「佳節相逢作遠商，菊花不異故人鄉；無錢沽得鄰家酒，一度孤吟一斷腸。」客中感慨良多，所以〈述懷〉（卷1）寫道「好客不來門戶俗，老親相別信音稀；青春背我堂堂去，黃葉無情片片飛」。關於薩都剌家庭的資料並不多，透露訊息最多的是在順帝至元丁丑（1337）仲秋寫的〈溪行中秋翫月並序〉（卷10），有必要鈔錄全序如下：

余乃薩氏子，家無田，囊無儲。始以進士入官，為京口錄事長，南行臺辟為掾，而御史臺奏為燕南架閣官，歲餘，遷閩海廉訪知事，又歲餘詔進河北廉訪經歷，皆奉其母而行，以祿養也。後至元三年八月望，舟泊延平津，是夕星河燦然，天無翳雲，月如白日，溪聲潺湲若奏樂，四山環抱，如拱如立，如侍左右奔走執事者。薩氏子奉母坐船上，與其婦具酒餚盤饌，奉觴上壽，繼而若妹若婿，若婢若僕，以次而進，和而不褻，謹而怡怡，月色蕩酒，而溪韻雜笑談，母懽甚，至舟人醉飲，亦相與鼓枻作南歌而樂，今夕何夕，不知奉親之在異鄉也。嗟夫！昔人所謂宦遊之樂，不如奉親之樂，實天樂也。薩氏子於是命婦盥爵，滿以酒，再拜為母壽而作歌。

詩中另有一些細節的描寫，亦節錄如下：

奉母祿養南北區，晨昏不忍離斯須，荊楚燕趙閩粵吳，今年去官南海隅，北上咫尺天子都，官船軋軋如安車，阿母坐臥襟懷舒，清晨夜泊不知挐，母在船上重褥鋪，芙蓉映水搖氍毹，開甕酒熟浮新蛆，秋園摘果雨剪蔬，船尾曲突通行廚，家雞水鴨美且腴，鯉鯽鮮大如江鱸，奉觴酌酒前拜趨，月波蕩酒如浮酥，子為母壽婦壽姑，阿妹次進偕婿夫，酌獻亦及婢與奴，熙熙春盎無親疏，行禮有節俱歡娛，阿母笑語情愉愉，有婦右側兒左扶，舟人醉飽從歡呼，鼓枻節歌聲嗚嗚。

根據序和詩，薩都剌早歲外出經商，眷口留在老家，至泰定丁卯（1327）登進士第除官後，經濟改善，便帶著老母家小四處遊宦，雖然南北奔走，「荊楚燕趙閩粵吳」，但對於母親的起居，供養唯謹，遇到母親壽辰，也如漢人一般的舉行壽宴，奉觴上壽，家人臚拜。從序和詩，讀者都能感受到薩都刺的孺慕之心、親人的和樂，「奉觴上壽」、「有婦右側兒左扶」，以及治家的嚴謹，「和而不褻，謹而怡怡」，「行禮有節俱歡娛」，完全是一幅漢人的孝親圖，從這裡可以看出薩都刺的漢化之深。

（二）政局

對政局的關心，乃是華夏知識份子的傳統，薩都刺一生雖然未曾捲入政爭，但對政局始終保持高度的注意，並在詩歌中表達他的憂心和看法。所以顧嗣立〈讀元史八首〉之四中有句云：「史氏多忌諱，紀事只大氐，獨有薩經歷，諷刺中肯綮。」⑫譬如〈寒夜聞角〉（卷2）中寫道：

野人臥病不得眠，嗚嗚畫角聲悽然；黃雲隔斷塞北月，白雁叫破江南烟；山城地冷迫歲暮，野梅雪落溪風顛；長門美人怨春老，新豐逆旅惜少年；夜深悲壯聲搖天，萬瓦月白霜華鮮；野人一夜夢入塞，走馬手提鐵節鞭；髑髏飲酒雪一丈，壯士起舞氈帳

⑫清·顧嗣立：《閭丘詩集》（臺南縣：莊嚴文化事業有限公司，四庫全書存目叢書，集部第266冊，1997年），卷15。

前；五更夢醒氣如虎，將軍何人知在邊。

按：致和元年（1328）七月，泰定帝崩於上都，八月始立太子阿速吉八於上都，改元天順，而燕帖木兒搶先迎懷王圖帖睦爾于江陵，襲位大都。十月，燕帖木兒戰勝梁王禪，倒刺沙奉皇帝寶璽投降，阿速吉八不知所終。當時薩都刺身在大都，親見其事，此詩即是對此事的評論。按：此詩措辭隱晦，薩龍光的注分析道：

公詩「黃雲隔斷塞北月」，謂太子遠在上都，「白雁叫破江南烟」，謂懷王入自江陵也。「美人」、「逆旅」借陳后、馬周以自喻，謂憤懷莫洩也。「野人一夜夢入塞」六句，激昂慷慨，憂君側之無人，思士氣之一奮，蓋已知梁王禪非制將之才、倒刺沙失托孤之任矣。曰「將軍何人知在邊」，斥之也。其後十月，梁王禪與燕帖木兒戰，果屢敗遁走，倒刺沙等奉皇帝寶璽出降，阿速吉八不知所終。

薩龍光闡幽發微，確使詩意大白。唯謂薩都刺逆知勝負則不然，蓋詩中謂「山城地冷迫歲暮，野梅雪落溪風顛」，依詩中所寫景象，則詩乃事後追述之作。

蒙元皇室自武宗傳位其弟仁宗並約兄弟相及、迭居大位之後，皇室發生一連串的紛爭，先是仁宗毀約傳子英宗，英宗爲鐵失所弒，世祖忽必烈之孫泰定帝入居大位，泰定帝崩，武宗子懷王圖帖睦爾先逐太子阿速吉八，再假意讓位其兄周王，是爲明宗，隨即弒兄自立，是爲文宗。對此，薩都剌極感痛心，〈記事〉（卷2）寫道：

當年鐵馬遊沙漠，萬里歸來會二龍；周氏君臣空守信，漢家兄弟不相容；祇知奉璽傳三讓，豈料遊魂隔九重；天上武皇亦洒淚，世間骨肉可相逢。

此詩批評皇室，明白易曉。「周氏」句指周王，「漢家」句指文宗，「祇知」二句謂周王無防備之心而遭弒，「武皇」指武宗若地下有知當痛心灑淚，「世間」句則諷刺皇子不如世間同胞骨肉，沈痛至極，故瞿佑《歸田詩話》云：「〈記事〉一首，直言時事不諱。」⑬

兄弟既相殘，政局將逐漸趨於敗壞，從而可知，薩都剌頗爲注意並予批評。天歷三

⑬明．瞿佑：《歸田詩話》（臺北：藝文印書館，百部叢書集成，知不足齋叢書本，1967年），卷中。

年（四月改爲至順元年），因去年陝西大旱，災民眾多，下詔得納粟補官，元代賣官，從此年始。薩都剌〈江南怨〉（卷3）即諷刺此事：

江南怨生男，遠遊生女賤；十三畫得蛾眉成，十五新粧識郎面；識郎一面思猶淺⑭，千金買官遊不轉；儂家水田跨州縣，大船小船過淮甸；買官未得不肯歸，不惜韶華去如箭；楊花撲簷飛語燕，疏雨梧桐閉深院，人生無如江南怨。

此詩表面似寫怨婦，重點則在譴責賣官之舉。

至順三年（1332）八月，文宗崩於上都。由於太子年幼，當年又有逐君弒兄之事，此時燕帖木兒請立太子燕帖古思，皇后不從，大位之事，令人擔心。薩都剌見此，遂撰爲〈鼎湖哀〉（卷5），其前半敘述文宗在位五年事宜，後半則對當局者特別是燕帖木兒致以拳拳之意，盼勿再有前朝之事：

吾皇騎龍上天去，地下赤子將安依；吾皇想亦有遺詔，國有社稷燕太師；太師既受生

⑭薩龍光注：石君作「洞房識郎面猶淺」。

死託，始終肝膽天地知；漢家一線繫九鼎，安肯半路生孤疑；孤兒寡婦前日事，況復將軍親見之！況復將軍親見之！

詩中有「想亦有遺詔」、「孤兒寡婦前日事」等語，其擔憂之情，溢於言表。後皇后命傳位於武宗之孫、明宗第二子鄜王懿璘質班，其事乃定。但鄜王年甫七歲，登基未及兩個月，以十一月薨，是爲寧宗。此時燕帖木兒再請立太子燕帖古思，后又不從，另迎明宗長子妥懽帖睦爾於廣西。燕帖木兒既見妥懽帖睦爾，並馬徐行，具陳迎立之意，妥懽帖睦爾一無所答，燕帖木兒疑其不可測，遷延數月不肯立，人心惶惶，而燕帖木兒置若罔聞。對此局勢，薩都剌更是憂心，〈賡覆字韻〉（卷5）云：

朔風吹帳滅前燭，將軍夜擁貂裘宿；玉關飛雪入紫宮，白髮孤臣守金屋；近思往事良可悲，世事撈攎多反覆；古來宮殿說咸陽，落日猿啼挂枯木。

此詩較爲隱晦，薩龍光注云：

此時人心皇皇，而燕帖木兒置若罔聞，故云「將軍夜擁貂裘宿」也。鄜王薨于壬申十一月，鄜州在陝西，故以「玉關飛雪」言之，凡此皆近事也。……國有君而逐之，兄既立而弒之，燕帖木兒始讎泰定而迎二王，繼助文宗而戕明宗，弒、立大故，反覆撈攎，公心痛焉。

大臣操弄權謀，擺布皇室，令人切齒。所幸燕帖木兒卒，妥歡帖睦爾於次年六月即位，是爲順帝。其後元室雖再無大位之爭，而順帝荒廢政務，不恤生民，起義軍四起，終於必須退回沙漠。

（三）民生

以詩歌向執政者反映民生疾苦，乃所謂「言之者無罪，聞之者足以戒」，薩都剌也繼承這個傳統。天歷元年（1328），皇室有大位之爭，隔年則各處旱災蝗災，而文宗不體恤數百萬災民，於是年建龍翔集慶寺於建康，修崇禧萬壽寺於鍾山，所以薩都剌〈鬻女謠〉（卷2）中有數句云「人誇顏色重金璧，今日饑餓啼長途；悲啼淚盡黃河乾，縣官縣官爾何顏；金帶紫衣群太守，醉飽不問民食艱；傳聞關陝尤可憂，旱荒不獨東南州；枯角吐沫澤雁叫，嗷嗷待食何時休」，〈謾興〉（卷2）云：「去歲干戈險，今年蝗旱憂；關西歸戰馬，海內賣耕牛；元老知誰在，孤臣為爾愁；淒風吹短髮，落日倦登樓。」這是以詩歌傳達民情。

順帝至正九年（1349），浚瀰河，修黃河金隄，而河流暴漲，修堤民工死者頗眾，該年冬起朝廷又議治河，十年，薩都剌有〈早發黃河即事〉詩（卷14）寫其此一二年間事，其下半云「豈知農家子，力穡望有秋；短竭長不完，糲食常不周；醜婦有子女，嗷嗷鳴機事耕疇；上以充國稅，下以祀松楸；去年築河防，驅夫如驅囚；人家廢耕織，嗷嗷齊東州；饑俄半欲死，驅之長河流；河源天上來，趨下性所由；古人有善備，鄙夫無良謀；我歌兩河曲，庶達公與侯；淒風振枯槁，短髮涼颼颼」，其內容即是批評廢農治河乃不恤人民，用工于河流暴漲之候乃不審天時，「我歌兩河曲，庶達公與侯」，希望當局改善。

四、薩都剌的文士情懷

薩都剌所遺著作，詩詞九百餘首，堪稱文士。除了飲酒、賦詩上文敘述已多之外，他也愛好華夏文人的生活情趣。以下分登臨遊覽、題畫書壁、焚香品茗、投壺試弓四項陳述。

（一）登臨遊覽

薩都剌性好遊覽，徐象梅《兩浙名賢錄》⑮云：

> 薩都剌天錫，雁門人，寓居武林。博雅工詩文，風流俊逸，而性好游。每風日晴美，輒肩一杖，掛瓢笠，腳踏雙不借，徧走兩山間，凡深岩邃壑，人跡所不到者，無不窮其幽勝。至得意處，輒席草坐，徘徊終日不能去。興至，則發為詩歌，以題品之。今兩山多有遺墨，而〈西湖十景詞〉尤膾炙人口，竟莫知其所終。

除窮幽訪勝之外，薩都剌尤好遊覽及住宿寺觀，且與僧道往來酬唱，多見前文引述，茲不重複，僅觀其〈和友人遊鶴林寺〉（卷2）篇末自述：

⑮明．徐象梅：《兩浙名賢錄》（北京：書目文獻出版社，北京圖書館古籍珍本叢刊，第18冊，1987年），卷54。

> 人生樂事當勝遊，山堂作者半日留：古來此事誰不樂，只恐人去山靈愁。

已足以說明他的愛好。

（二）題畫書壁

《雁門集》中，令人印象深刻的，除了大量的遊覽佛寺、道觀之作外，便數題畫詩了。集中題畫之作，從早期到晚年，始終不絕，細數之，共有三十一題三十六首，包括詩餘一闋，堪稱多產。其中最引人注目者，筆者以爲乃是〈題四時宮人圖四首〉（卷4），此詩的題材是薩都剌艷稱人口的宮詞，而筆法則從韓愈的〈畫記〉脫胎換骨而出，在此僅錄第一首以饗讀者：

> 紫宮風暖百花香，玉人端坐七寶牀；鳳凰小架懸夜月，一女侍鏡覷濃粧。背後一女冠烏帽，茶色宮袍靴色皂；手持團扇不動塵，一掬香彎立清曉。一女淺步腰半駝，小扇輕撲花間蛾；淡陰桐樹一女立，手抱胡牀眼轉波。牀頭細鎖懸金鐘，白髮雙飛花影重；詞人見此神恍惚，巫山夢裡曾相逢。

此詩不用虛筆讚美畫工，而用實筆將畫中人物的動作姿態描寫得栩栩如生，在題畫詩中允稱別開生面。而且題畫之難，是除詩才之外，必須有品評畫作的能力和一定程度的書法功力，否則畫作的擁有者是不會索題的。如此說來，薩都剌在書畫方面必有相當造詣。陶宗儀《書史會要》云薩都剌「有詩名，善楷書」⑯，倪濤《六藝之一錄》云「薩都剌〈遊紫陽洞〉詩，在瑞石山紫陽庵，題『紫陽勝境，元肅政廉訪司知事雁門薩都剌天錫』（中爲七言律詩，茲略）行書」⑰，可證薩都剌擅長行書、楷書。

由於詩作和書法的功力，薩都剌旅次之間往往書壁，今觀《雁門集》中，詩題明言「題某某壁」者凡十首，至於僅言「題某某驛」、「和某某題壁」者，應亦是題壁，尚未計入，從此處也可窺見薩都剌的文士風流。

⑯明・陶宗儀：《書史會要》（臺北：臺灣商務印書館，影印文淵閣四庫全書，第814冊，1983年），卷7云：「薩都拉，字天錫，回紇人。登進士第，官至淮西廉訪司經歷。有詩名，善楷書。」

⑰清・倪濤：《六藝之一錄》（臺北：臺灣商務印書館，影印文淵閣四庫全書，第832冊，1983年），卷110。

（三）焚香品茗

比起酒酣賦詩，焚香品茗屬於另一種境界。薩都剌是色目人，家居北方，卻很能享受這種優雅細緻的生活情趣，這說明了薩都剌在生活上的高度漢化。〈安分〉（卷1）云「頻將棋局消長日，時爇香薰篆細烟」，當時薩都剌是商客。〈病中書懷二首〉（卷2）之一云「練杵搗寒月，香爐生晝薰」，〈層樓即事〉（卷7）云「浴罷焚香掃閣眠」，〈閩帥資善公以息齋著色竹見遺予以唐子華雲山圖酬之并賦詩其上云〉（卷10）云「看山愛竹了公事，焚香挂畫似神仙」，〈偶成三首〉（卷13）第三首云「疏簾日午花陰直，高柳風清燕語閒；默坐焚香點周易，軟紅不到小屛山。」都描寫了焚香取靜的生活片段。

飲茶之習雖有二千年歷史，但其事本起於南方，歷史上北人每譏南人「牛飲」、「水厄」，迄今北方習俗上仍不甚重視。薩都剌雖是北人，又嗜飲酒，但在南方與禪僧往來，卻因而頗能欣賞品茗的雅趣。早歲〈清明遊鶴林寺〉云（卷1）「計將何物賞清明，且伴山僧煮新茗」，其所伴之山僧當爲即休上人，其後兩人遂頗多往來饋贈，〈送鶴林長老胡桃并茶〉（卷2）云：

胡桃殼堅乳肉肥，香茶雀舌細葉奇；枯腸無物不可用，寄與說法談禪師；竹籠雪吐澗水恬，茅屋烟炊雲樹薄；竹院深沈有客過，碎桃點茶亦不惡。

以胡桃點茶，事有所本，顧元慶《雲林遺事》云：「（倪）元鎭素好飲茶，在惠山中，用核桃松子肉和真粉成小塊如石狀，置茶中，名曰清泉白石。」⑱又，〈元統乙亥余除閩憲知事未行立春十日參政許可用惠茶賦謝〉（卷8）詩云：

春到人間纔十日，東風先過玉川家；紫微書寄斜封印，黃閣香分上賜茶；秋露有聲浮薤葉，夜窗無夢到梅花；清風兩腋歸何處，直上三山看海霞。

此詩用唐人玉川子盧仝飲茶詩的典故極爲熟練，說明薩都剌諳於茶道。又，〈謝人惠茶〉（卷11）云：

鐵面將軍扣門急，驚覺秋深夢一窗；半夜竹爐翻蟹眼，臥聽風雨下湘江。

⑱明．顧元慶：《雲林遺事》（臺北：藝文印書館，百部叢書集成，借月山房彙鈔本，1967年）。

鐵面將軍應是送茶者派來的軍士，因夜半扣門聲急，所以戲稱爲鐵面將軍，但這多半是送茶者希望薩都剌儘速嚐鮮，而薩都剌也不遲疑的隨即燒火煮茶，可見薩都剌久居江南，對此道已是行家了。

（四）投壺試弓

投壺最早見於《左傳》，乃是春秋時代已有之雅事。文宗天歷二年（1329），薩都剌有〈花山寺投壺〉（卷2），詩云：

落日花山寺，秋風鐵甕城；居人歡訟簡，稚子說官清；繫馬巖花落，投壺野鳥驚；興闌山下路，相送晚鐘鳴。

按：花山寺在鎮江，當時參與投壺者不詳。次年，著名學者奎章閣學士虞集特寄上〈寄丁卯進士薩都剌天錫〉⑲表示欣賞，詩云：

江上新詩好，亦知公事閒；投壺深竹裡，繫馬古松間；夜月多臨海，秋風或在山；玉

⑲見《雁門集》附卷〈倡和錄〉。

堂蕭爽地，思爾珮珊珊。

可見當年文苑視此爲美談。所以薩都刺有〈和學士伯生虞先生寄韻〉（卷3）云：

白鬢眉山老，玉堂清晝閒；聲名滿天下，翰墨落人間；才俊賈太傅，行高元魯山；獨憐江海客，尊酒夜闌珊。

又有〈次韻答奎章虞閣老伯生見寄〉（卷3）云：

袞職須公稱，江波屬我閒；宦情魚鳥畔，德譽董韓間；黃閣論思地，金焦放浪山；儘操舟泛泛，空憶珮珊珊。

薩都刺和虞集的唱和，本身即是美談，此事稍後，薩又有拜虞爲一字師之事，更爲詩壇增加一則掌故。⑳十年後，至元六年（1340），薩都刺擢爲翰林應奉，有〈奎章閣感

⑳明．俞弁：《逸老堂詩話》（上海：上海古籍出版社，續修四庫全書，第1695冊，1995年）云：「元薩天錫嘗有詩〈送訢笑隱住龍翔寺〉，其詩云『……地顯厭聞天竺雨，月明來聽景陽鐘……』，虞學士見之，謂曰：『詩故（撰按：應爲固之誤）好，但聞、聽字意重耳。』……後至南臺，見馬伯庸，論詩，因誦前作，馬亦如虞公所云。欲改之，二人搆思數日，竟不獲。未

興〉（卷二）二首，感慨文宗時崇學右文，「當時濟濟誇多士，爭進文章乞賜錢」，如今順帝不尚文，奎章閣的現況是「花落春深似去年，無人再到閣門前」，薩都剌心中想到的當年人物，應該就包括虞集吧。

投壺之外，薩都剌也曾試弓以見膂力不減。〈泊舟黃河口登岸試弓〉（卷二）云：

泊舟黃河口，登岸試長弓；控弦滿明月，脫箭出秋風；旋拂衣上露，仰射天邊鴻；詞人多膽氣，誰許萬夫雄。

詩言「詞人多膽氣，誰許萬夫雄」，足見薩都剌雖以文士自許，但其豪氣與健朗自與文弱書生有別。

五、結論

幾，薩以事至臨川謁虞公……薩誦所作，公曰：『此易事。唐人詩有云「林下老僧來看雨」，宜改作「地顯厭看天竺雨」，音調更差勝。』薩大悅服。」清·蔣一葵：《堯山堂外記》所載略同。

薩都剌的祖先是信仰回回教的色目人，爲蒙元政權効力，其本人則以進士出身，擔任蒙元官員，卻又成爲著名的漢詩人。這樣一個角色複雜的人物，其內心世界、文化情懷究竟如何？本文依據其詩作，從宗教情懷、家國情懷、文士情懷三個面向觀察，得出如下結論：薩都剌不是穆斯林，對佛、道生活頗爲欣賞，卻未入道，沒有明顯的宗教信仰。對家庭親情、政局動向、社會民生保持高度的關心，表現出儒者經世致用的精神。閒暇時愛好登臨遊覽，飲酒賦詩，題畫書壁，焚香品茗，乃至投壺試弓，與華夏文人的生活情趣同步。整體來說，薩都剌和大多數華夏文人已無二致。陳垣先生認爲他是華化的西域人，本文以其詩作探討其文化情懷，可以證實薩都剌在文化上已完全轉化成傳統的華夏文人。

（本文原載蒙古國立大學LAMAS' JOURNAL，第二期，二〇一〇年七月。）

國家圖書館出版品預行編目資料

古典文學的諸面向

葉國良著. – 初版. – 臺北市：臺灣學生，2019.09
面；公分

ISBN 978-957-15-1779-7 (平裝)

1. 中國古典文學 2. 文學評論

820.7 107015271

古典文學的諸面向

著 作 者 葉國良
出 版 者 臺灣學生書局有限公司
發 行 人 楊雲龍
發 行 所 臺灣學生書局有限公司
地 址 臺北市和平東路一段 75 巷 11 號
劃撥帳號 00024668
電 話 (02)23928185
傳 真 (02)23928105
E-mail student.book@msa.hinet.net
網 址 www.studentbook.com.tw
登記證字號 行政院新聞局局版北市業字第玖捌壹號
定 價 新臺幣五〇〇元
出版日期 二〇一九年九月初版
ISBN 978-957-15-1779-7

82056